简单的快乐

[美] 章珺 ◎著

復旦大學 出版社

目 录

情 感 篇

01　Hargett 奖学金 …………………………………………… 3
02　杰瑞家的火车 …………………………………………… 11
03　凯伦 ……………………………………………………… 17
04　两个生日一天过 ………………………………………… 27
05　美国奶爸 ………………………………………………… 40
06　美国婆婆中国媳妇 ……………………………………… 77
07　萍水相逢 ………………………………………………… 85
08　天使离去后 ……………………………………………… 90
09　老式爱情 ………………………………………………… 94
10　陪伴孤独 ………………………………………………… 123

生活篇

01	卖房记	133
02	乔迁之喜	160
03	不拘小节	204
04	车轮上的国家	207
05	感动	223
06	天籁之音	227
07	校园里的Party	230
08	笑口常开	233
09	在阅读中成长	237
10	开心一课	242

情 感 篇

能够天长地久的，不是灿烂的烟花，是细微的感动，不期而至的温暖。

物质和功利的彩笔，已经把本色的情感涂抹得光怪陆离。与生命同来的情感，成了追逐不到的奢望。

几个故事，还原情感原有的色彩。
能打开的心灵，不会过于向往奢华。
能留下的幸福，不会因为岁月的流逝而褪去光泽。
亲情、友情、爱情，因为有了这些陪伴，岁月才如此纯净、沉实。

01　Hargett 奖学金

每一年，美国的各类学校和机构为世界各地的莘莘学子提供名目繁多的奖学金。可是翻遍所有有关的资料，也不会有人找到 Hargett 奖学金，因为这笔奖学金的创造者 Hargett 教授从未想过用自己的名字去命名，他甚至认为这是一件很普通的事情，用不着留下任何的记录。可它确确实实存在着，它改变了很多中国学生一生的命运，也为很多美国学生了解中国架起了一座桥梁。

我是在美国做访问学者时结识 Hargett 教授的。他是美国纽约州立大学奥尔巴尼分校东亚系的教授。除了主持学校和系里的诸多事务外，他还是一位深受学生爱戴的汉语老师。我曾去听过他的课，本来是多少有些枯燥的语言课，却被他讲得声情并茂、妙趣横生。他时常跟学生开玩笑，很多难点就是在一片笑声中被破解的。练习发声时，他常常手舞足蹈，全身投入，细微的差别可以被他很形象生动地演绎出来。这辈子不知听过多少课了，那是我第一次产生这样的感觉：原来老师也可以这样讲课呀！也许这是课堂教育的最佳境界吧。老师与学生做到最充分的交流，学生不是在压力之下，而是在怡然的气氛中轻松地学到东西。台上的 Hargett 教授和台下的几十名学生一直都是欢声笑语，可是学生们什么都没少学，连我这个中国人都从那堂课里学到了不少汉语知识。

像 Hargett 这样的资深教授，一般不太愿意去教大学一年级的中文

简单的快乐：情感篇

课。他的研究方向也不在语言学上，他是宋词研究的专家。在我认识他之前，就读到过介绍他的文章。他跟著名作家於梨华共事多年，他们共同接待过一些来自中国的作家。有位作家在他的随笔中提到跟 Hargett 教授在宋词上的推敲。Hargett 教授的高谈妙语，让这位对宋词也颇有研究的中国作家大为叹服。Hargett 教授在中国古典文学的研究上著述颇丰，他对中国历史和文化也颇有见地，可他依然很喜爱最初级的汉语教学。带着一帮大孩子，从拼音开始，在一个个困难和惊喜之后，听他们说出一口漂亮的汉语。Hargett 教授很享受这样的过程。作为美国人，他认为他更了解美国学生可能遇到的荆棘和坚冰，他想帮助他们少走一些弯路。同时，他的教学方式和情感投入也在感染着他的学生。在很多年里，他的中文课是这所大学的一个品牌。因为 Hargett 教授，很多学生选学了中文，并且坚持下来。

　　Hargett 教授讲课的魅力源于他对教师这个职业的热爱，源于他对中国文化的挚爱。这个黄头发、蓝眼睛的美国人，对中国一直一往情深。他对中国的感情最初是受了父亲的影响。Hargett 教授的父亲当年作为陈纳德将军手下飞虎队的一员来过中国，在抗日战争时期，他和他的战友们无私地援助过中国。作为桥梁工程师，他还梦想着为这个饱受战乱之苦的国家多建几座桥梁。几十年过后，Hargett 教授实现了父亲的夙愿，只不过这不是我们视力所及的桥梁，而是架设于中美两国之间的友谊桥梁。

　　为中国学生联系奖学金，并不是 Hargett 教授的责任和义务，特别是设立读 MBA（工商管理硕士）的奖学金，本身既有相当的难度，又与 Hargett 教授的专业无关。从 20 世纪 90 年代开始，Hargett 教授却迎难而上。MBA 那时候几乎是最热门的专业，想读这个学位的人趋之若鹜，可是攻读 MBA 的费用也令人咋舌，而且绝大多数的美国大学不为 MBA 设立奖学金，所以对那个年代来自中国大陆的学生来说，去美国攻读 MBA 多少是一种奢望。有些学生是在来美国很多年，先工作后攒下一笔钱然后再去读 MBA。Hargett 教授看到了这种状况，他希望能有更多的中国学生及早读到 MBA，他抽出自己的时间，联系了一些公司、团体或富有的个人，经诸多努力终于筹到了第一批钱款，为中国学生设立了每年每个人达 2 万美元的奖学金，资助他们来奥尔巴尼攻读 MBA。几年下来，许许多多的中国学生受益于此。后来，Hargett 教授又为美国学生去中国学汉语设立了奖学金，为他们到北京、上海等地的一些著名学府学习汉语提供机会。这些美国学生通过这样的学习，加深了对中国的了解，增进了对中国的感情。

  Hargett 教授的真诚还不仅仅体现在为这些学生创造了难得的机会，他还细致周到地关心着这些学生的生活，当然受助于他的还远远不止那些享受到"Hargett 奖学金"的人。我去奥尔巴尼在他那里做访问学者时就没少麻烦他。我到美国的第二天见到了他，他开来一辆面包车，把我的大小行李拉到学校给我安排的住处。进了屋，二话没说就帮我收拾东西，趴在地上帮我接电话线。他发现有个电灯不亮，又跑出去买来好几个电灯泡。还带我到商店买来各种日用品和食品。而这仅仅是开始，这以后更是没少打扰他。大到学校里的各类事情，小到寄信买邮票，很多时候我还没有开口，他已经帮我把问题解决了。为了方便我写作，他还把自己的电脑借给我用。他似乎也深知我远离故土的心情，找来一些中文书籍给我看。而那些拿着 Hargett 奖学金来到奥尔巴尼的中国学生们，除了受恩于 Hargett 教授为他们提供的一个宝贵的机会，还在其他很多事情上得到了 Hargett 教授的帮助。Hargett 教授亲自教会他们中的很多人开车，碰上刚去那里的一些人没地方住，他也总是热情地把他们先安排在自己家里。对他的美国学生他也是这么热情，每次他的学生要去中国学汉语之前，他都要自掏腰包请这些学生和他们的家长吃顿饭，讲一讲中国的风俗习惯和发展变化。从联系学校到安排经费，更是由他

简单的快乐：情感篇

一手操办。就在他帮助了那么多人的时候，他还开着那辆已经开了很多年、看起来有些破旧的面包车。他的女儿读大学，他只能给女儿选一个学费较低的公立学校。

我结束访问项目回到北京后，倒是有了些机会回报 Hargett 教授的帮助。其实这些回报跟他并无直接的关系。每一次都是因为他的学生来北京学习，他拜托我关照下他们。而 Hargett 教授来北京时，总会在百忙中抽出时间，请那些还在北京的美国学生吃顿饭，关心下他们的学习和生活。

为很多学生提供奖学金本来已是丰厚的恩泽，Hargett 教授没有任何的责任和义务再去关照他们获得奖学金后的生活，但他一直为此倾心倾力。许多事情都不是举手之劳，要花费很多的时间和精力。特别是对这些学生来说，留学是一个全新的开始。来到一个陌生的环境，他们可能需要更多额外的帮助。事无巨细，无头无绪的时候，他们常常会去求助于 Hargett 教授。因为这位为他们提供奖学金的教授，几乎是他们在这个新的地方所知道的唯一的一个人。对诸多的请求，Hargett 教授总是有求必应。更多的时候，是他主动提供帮助。

我再次回到美国的时候，遇到了我有生以来最大的挫折。我办好了移民，辞掉了在北京的工作，准备来美国跟我的丈夫团聚。机票也已订好，在还有十几天就要动身的时候，我突然得知那个我渴盼着与之团聚的男人的身边已经有了另外一个女人。那像是一场噩梦，或是一部与我无关的电影，当我确认这场噩梦、这部悲剧确确实实发生在我自己身上时，我体验到的是从未有过的绝望与无助。

绝望与无助的时候，我给 Hargett 教授和另外两个朋友发了电子邮件，告诉他们我遭遇的变故和我的前途未卜的未来。Hargett 教授很快回了封长信。安慰之外，还让我看到前面的希望。他有一个郑重的许诺，就是他会和朋友们一起，帮我渡过这个难关。

我一直保留着 Hargett 教授和其他的朋友们那个时候的回信。当我的生活支离破碎的时候，是那些坚韧厚重的友情，给了我面对不幸、重新开始的勇气。

Hargett 教授的帮助，并不只是在言语上。他建议我不要更改行程，按原计划来美国。他知道我的机票是买到康涅狄格州的哈特福德，那个本该是我的幸福的终点站的地方，已没有了我的落脚之处。所以他建议我来纽约州的奥尔巴尼。我曾在这里做过访问学者，有他和其他的朋友们。而他会去哈特福德机场接我，接我来到奥尔巴尼。Hargett 教授还为此找到他的学生 Jamie。这个美国女孩曾得到 Hargett 奖学金，去北京大学学汉语。在北京时我们成了朋友。Jamie 和她的父母得知我遇到的不幸后，马上表示让我来美国后先住到他们家里。

Hargett 教授和 Jamie 一家给我的不仅仅是一个落脚点。雪中送炭，是身处寒境身心俱寒的人才能体会到的温暖。

哈特福德机场。疲惫迷茫的我推着行李走出来时，看见 Hargett 教授已在那里等着我。他给了我一个温暖而有力的拥抱，对我说，欢迎你回到美国。

那一天阴云密布，一如我当时的心情。我们刚上路，雪就下了下来，并且越下越大。因为是周末，加上下大雪，高速路上空荡荡的，很多时候只有我们这一辆车行驶在路上。稠密的雪花毫不喘息地扑打在快速行驶的汽车上，我的眼前是白茫茫的一片，前面的道路，还有人生的道路都是模糊不清的。

坐在我身边的 Hargett 教授稳稳地开着车，时不时地抛出个轻松的话题。我礼貌性地回应一下，还是转移了一些忧伤。而且，有这些朋友，我知道自己不在一条绝路上，虽然此时的风雪铺天盖地。我曾经的老板，受学生爱戴也是我所敬重的 Hargett 教授，对于此时此境的我，是一个很亲近的朋友，可以信赖和依靠。

简单的快乐：情感篇

  Hargett教授在建议我来奥尔巴尼之前，就一定知道他将为此付出的心力。我尽可能不去麻烦他，但重新开始又要办理离婚的我，还是没少去烦扰他。而他始终没有忘却他对一个朋友、一个需要他帮助的人的承诺。在我人生的低谷，他是那个给我最多恩惠的人。

  在我还只顾上应付眼前的麻烦的时候，Hargett教授跟我谈了一次话。他很认真地说：我们东亚系需要一名半职的中文老师，我建议你来试一试。

  中文老师？我从来没做过，我行吗？我犹疑地望着Hargett教授。

  你是学中文的，中文很好。当然不能说你中文好就可以成为一个好的中文老师，但这是一个机会，去试试吧。Hargett教授给我的是没有犹疑的信任。

  "我会去试的"，我小声说道。

  "这样很好。我知道离婚带给你的伤害，但过去的已经过去了，你应该开始新的生活。"Hargett教授鼓励道。

  我明白了他的好意。他不希望离婚毁掉我的生活，他希望我能找回失去的自我。我依旧被离婚的事纠缠着，突然的变故让我对何去何从有些无所适从，可是我何尝不想开始一份正常的充满希望的生活呢？还记得那天春光明媚，目光和心灵所及的地方都是那么生机盎然。阳光毫无顾忌地亲吻着大地，成片的绿叶也在恣意挥洒着它们的勃勃生气。微风轻轻吹过，从我的心头掠过的，是久违了的脱胎换骨般的轻松。

  很多时候，在我们给别人建议的时候，只是花些微的时间和心思，而Hargett教授给我的这些建议，都要让他付出很多的心血。

  他给了我机会，还要把我带上讲台，让一个在这方面完全没有经验的人，可以承担起这份信任。很庆幸有他这样的良师，精心的点拨，让我豁然开朗。我也一直在模仿他的教学模式，虽没有他的才能和知识层面，达不到他才能有的境界，但是这样的模仿也让我事半功倍。而我获得的不错的教学效果和学生们的喜爱，都源于 Hargett 教授最初对我的培训和启发，还有跟他一样的对这份工作的真诚和热爱。

在我重新振作起来以后，我又申请了传播系的硕士项目。不仅被录取，而且得到了一份珍贵的礼物——Hargett 奖学金。从 MBA 和美国学生的汉语学习开始，Hargett 奖学金的范围已经扩大到了传媒等其他领域，这使我有幸成为 Hargett 奖学金的获得者之一。

但是这条求学之路并不平坦，甚至可以说是荆棘密布。特别是在开始阶段，好几次我走到了读不下去的地步，这让我再次尝到了绝望的滋味。Hargett 教授总是适时地鼓励我，让我坚持下去。他喜欢说"不怕慢，就怕站"，这也是他常用来鼓励那些学汉语的美国学生的一句话。在学业上他也没少给我指导和帮助。虽然步履维艰，但我总算坚持了下来。我的成绩也从全班倒数第一上升到正数第一。走过沙漠，真的看见了一片绿洲。我不仅仅是学到了知识，还获得了挑战自己和在逆境中坚持不懈的勇气。我不知道这是否也是 Hargett 教授在为莘莘学子提供奖学金时的一个愿望。

毕业的时候，我意外地收到校长的来信，信中说，作为优秀毕业生，我荣幸地被选为毕业典礼的旗手。

毕业典礼上，旗手们走在队伍的最前列。万众瞩目之时，我站在舞台的中央。而 Hargett 教授却似沧海一粟淹没在一片人海中。我知道他在那片人潮中，却看不见他，找不到他。他身边的人们也只是把欢呼送给了舞台上的收获者。人们都在赞美花朵的鲜艳、果实的丰硕，很少有人会注意到播种者的艰辛付出。也许 Hargett 教授从未期待过给自己的赞誉。没有沽名钓誉的私心，他才可以这样年复一年地为他人付出。而这些人中，绝大多数人原本跟他素不相识。

毕业以后，我离开了奥尔巴尼。很多年里，跟 Hargett 教授只见过一次面。那一次他从奥尔巴尼开车去北卡罗来纳，途经马里兰时，在我

简单的快乐：**情感篇**

们家停留了一个晚上。这个时候的我已经有了一个幸福的家庭。在我心灰意冷的时候，Hargett 教授就对我说过，你会遇到一个好男人，他会给你一个幸福的婚姻。现在他当年的祝福已经变成了现实。再想起过去的那段失败的婚姻，庆幸已经远远大于伤痛。伤痛可以忘却，而患难时的倾心相助却是我可以受用一生的恩泽和福分。其实人的一生中，大概只有屈指可数的几次真正的改变，而 Hargett 教授肯定是那一个改变了我的生命和生活的人。他带我走出绝境，并且留下了一个坚实的脚印。对于这份天高地厚的恩德，我感激不尽，也总想回报于他。这不是我一个人的愿望。有一个曾在奥尔巴尼读 MBA 的朋友对我说过，他和那些得到奖学金的中国同学都认为，应该用 Hargett 教授的名字来命名这一笔奖学金，他们也渴望能有机会回报 Hargett 教授。可是我们一直没有回报他的机会。Hargett 教授在决定做这一切的时候，也并未期望于我们的回报。大概在他看来，我们能够学有所成，就是对他的回报了。

　　这份美好存在于一个越来越功利的年代，也就更加弥足珍贵。有太多的人，在与人交往或为别人付出时，带着这样那样的目的性，算计着自己的得失和今后的回报。但还是有很多像 Hargett 教授这样的人，施不望报。在被他们感动的同时，我们也会被他们的行为所感染，希望成为像他们那样的人。

　　也许 Hargett 奖学金并不只是为我们的学业预备，它还给予我们更多更重要的东西，那就是教会我们如何做人、如何真诚地帮助别人。这种帮助没有什么功利的色彩，它是一种更个性化也更真实的感情流露。Hargett 奖学金帮助很多人更多地保存了心中的善良。而一个人心存善良和真诚，才有可能拥有真正丰厚的生命。

02　杰瑞家的火车

很多次，我试图回忆起我跟杰瑞和乔伊是如何认识的，却总是无法还原我们相识的第一幕。我能想到最远的，是我们一起坐在教堂的长椅上，乔伊拉着我的手，用温暖的目光看着我。那时候我的生活并不顺心，有些疲于奔命，我无心也无暇去期许明天，乔伊却很坚定地告诉我，生活是美好的，我们要乐观快乐地活着。

也许，那就是我跟乔伊和杰瑞的初次见面。

杰瑞和乔伊那时候已经七十多岁，他们的婚姻也已过了几十年。杰瑞曾经是那一带有名的牙医，看起来有些严肃，一旦笑起来，却马上展露出孩子气的俏皮欢快。他说起话来也很风趣，完全不同于他给人的第一印象。跟他年龄相当的乔伊却比他显得年轻许多。白皙的皮肤上没有任何老年斑，皱纹也不多，一口洁白的牙齿也完全是自己的。湛蓝的眼睛，竟然没有一丝浑浊，长长的岁月已走过，却依旧闪烁着童真的光芒。

杰瑞和乔伊都是唱诗班的成员，周日做礼拜时，常常可以看到他们在台上唱圣诗。杰瑞和乔伊都唱得很投入，乔伊的表情更丰富一些，声音也更敞亮。在那些声音中，总是可以很清晰地分辨出她的声音。至少我总是相信，那个最美妙的高音，一定是乔伊唱出来的。就是在台下，乔伊也时不时地哼唱几句，婉转啼鸣间，有如百灵鸟从我们身边飞过。

简单的快乐：情感篇

跟她在一起，总是明媚快乐的。

乔伊和杰瑞很快就把我带到他们家，是在星期日的主日敬拜之后，他们邀请我去他们家吃午餐，被邀请的有一二十人。后来我很快发现，这一次的邀请只是无数次中的一次。这是他们家的一个传统，至少从乔伊的父辈就开始了。乔伊的父亲是个牧师，他们家在周日做完礼拜后，多半会请一些人来家里吃饭。乔伊的母亲从小就告诉她，要为客人们准备最好的美食，让他们在这里感受到被重视的美意和家的温馨。乔伊从母亲那里继承了一手好厨艺，还有这个满怀仁爱的传统。

这是一个典型的基督徒家庭，在美国有很多这样的家庭，一代代人，都是在教堂长大的。喜欢跟他们在一起，他们中的大多数人，谦卑、纯净、善良、热情、简单，在他们的家里，可以感受到浓浓的喜乐，也很放松。第一次去杰瑞和乔伊那里，就可以把那里当成自己的家。大门一开，大家陆陆续续地到来，随意地走动、聊天，或者只是找个沙发坐下休息，翻翻杂志。电视一般都是开着的，可以挑选自己喜欢的节目。渴了，可以打开冰箱，给自己倒杯饮料。杰瑞和乔伊有四个孩子，三儿一女。当时两个儿子和女儿都住在纽约上州，他们跟父母去同一个教堂，做完礼拜后，也会带着家人来父母家吃饭。但大部分人跟杰瑞和乔伊非亲非故。这些人中的大部分人，来自别的国家，或者其他的城市，是这个地方的外来者，包括我自己，初来乍到，正是需要被接受的时候。我猜想他们中的很多人，跟我一样，都在杰瑞和乔伊这里找到了回家的感觉。

乔伊在去教堂做礼拜前就会把最主要的一道菜放进烤箱。常常是一块硕大的烤牛肉，回来后正好烤得差不多了，她再准备其他的几个菜，海鲜蔬菜沙拉之类的菜，不需要慢慢烹调，这样客人们不用等太长的时间。有时候有的客人或她的儿媳妇也会带菜来，但这都是锦上添花，乔伊一个人准备好的，足够喂饱所有的人。而且乔伊的厨艺极好，是我吃到过的最好的西餐。后来吃过很多餐馆，也在很多人家吃过大餐，那味道，总是比不过乔伊做的。乔伊的妈妈在天上也该是欣慰的，乔伊做给大家的，是最好的美食。

  杰瑞总是负责饭后的清扫，而乔伊做饭的时候，他会带新来的客人四处走走。很多客人喜欢杰瑞家的 Family Tree，那是杰瑞和乔伊庆祝金婚的时候，他们的孩子送给他们的。上面挂满了他们家几代人的照片。年轻时的杰瑞和乔伊，神采飞扬，英俊和美貌，不输于那些好莱坞的明星。只是这样的光彩已远去，如今的他们渐渐老去，特别是杰瑞，头发已经稀疏，背也驼了，跟照片里的他判若两人，让人不得不叹息岁月无情。杰瑞和乔伊似乎淡然于这样的变化，他们依旧幸福着他们的幸福。也许，他们比年轻时更加相爱，双眼相望时，里面是暖暖的爱意和欣赏，和年轻时难有的默契。杰瑞还可以用已经浑浊了的眼睛，爱慕地看着乔伊。我突然明了，少女的烂漫还未在乔伊的脸上褪去，是因为一直有爱情的滋润。已经老去了的他们，才能让人相信，爱情可以天长地久。

  杰瑞还会邀请客人们去看他的火车模型。隔壁的房子也是他们家的，火车就在那里。穿过一个简易的走廊，只消两分钟，就可以进入那个房子。我还记得第一次去看火车的情形。杰瑞带着我和其他的几个客人，进了隔壁的大房子。楼下有些空旷，没有什么特别的地方。杰瑞带着我们往楼上走，他越来越兴奋，有些手舞足蹈，像个按捺不住激动的小男孩，发现了惊人的秘密，现在要带大家去见证那个奇观。我们上到二楼，当那个奇观铺展在我们面前时，我才明白杰瑞为什么会这么兴奋。所有的人都眼前一亮，跟着杰瑞兴奋起来。这是一个有如酒店大堂般宽敞的房间，本来应该有好几个房间，但所有的墙壁遮拦都被打通，整合出足够的空间，用来摆放几十张拼在一起的桌子。一个恢宏庞大的火车王国就坐落在那些桌子上。除了延绵不断的火车轨道，还有山河、

简单的快乐： 情感篇

桥梁、隧道、绿树、草坪、城市、公园……大大小小的火车就穿行期间。杰瑞喜形于色地带着大家在他的火车王国中畅游，不亦乐乎地向我们讲述着那个从他的孩提时代开始的故事，里面充满了艰辛和执著，还有梦想实现后的欣慰和喜悦。

游完杰瑞的火车王国，吃完乔伊准备的丰盛的午餐，客人们还可以在那里继续享受午后的闲暇。这时候大家多半会分组行动。男人们喜欢聚在隔壁房子的楼下，围坐在一起玩纸牌。女人们更愿意坐在厨房边的大客厅里聊天。而大大小小的孩子们，包括杰瑞和乔伊的孙子，可以在两个连在一起的房子里跑上跑下。如果是下雪天，或者外面有积雪，孩子们会跑出去打雪仗，有些大人也会跟他们一起玩。天气转暖后，杰瑞有时候会跟他的两个儿子接上水管，自己洗车。客人的汽车若是也停在他们家门前，他们会捎带着洗了。乔伊忙了半天，这时候本该有些疲累了，但她的兴致依然很高，依然可以热情地招呼大家，不让任何人受到冷落。

乔伊是幸福的，在那祥和的背景下看她微笑着走过，你会认为，她的生活几乎是完美的。她有一个美满的婚姻，生活也相当的富足，衣食无忧。她好像拥有了太多的幸福，既然幸福已经因为太满而溢了出来，分些给别人好像成了理所当然的事情。可是跟乔伊再走得近一些，会看到她的生活中也有许多的缺憾。她和杰瑞的女儿阿曼达是弱智。他们三个人站在一起时，没人会相信阿曼达是乔伊和杰瑞的女儿，还是唯一的女儿。阿曼达只能简单地照顾自己，大部分女人都能做到的结婚生子，对她来说却是高不可及的生活。阿曼达应该是乔伊心中永远无法抹去的苦痛。乔伊的大儿子的婚姻出了问题，刚刚等来一份新的爱情，作为军医，又被派往伊拉克。有次乔伊带我和另外一个客人去厨房边的书房，说是可以一起给她的大儿子打个电话，一起问候他。我以为乔伊的大儿子还在华盛顿，电话通过之后，才知道这个电话是打往伊拉克的。美国那时候出兵伊拉克,乔伊知道,她的儿子是个军人,应该服从于这样的派遣。但作为母亲,她的内心是挣扎的。战争总是跟死亡连在一起,乔伊跟所有的母亲一样,担忧儿子是否能活着回来。放下电话后,她坐在那儿,沉默了片刻,脸上写满了忧虑牵挂。那是我第一次、也是唯一的一次,看到乔伊身上的软弱。可是当她站起来,走出书房,走进外面的人群时,笑意和坚定又回到了她的脸上。她的腰板还是挺得很直,保持着挺胸抬头的姿势,很难想象,她的身体并不是那么好,她常常受到背痛的侵扰。乔伊不仅仅是个幸福的女人,她还是善良和美好的。在自己幸福的时候,渴望每一个人都幸福。在自己遇到磨难的时候,依旧可以用快乐去感染身边的人。

从上一年的冬天到来年的春天,那段时间我常去乔伊家。纽约州的冬天很冷,乔伊家总是很温暖。每一次去,都会遇上新的客人。每一次,杰瑞都会带客人们去看他的火车。看得多了,惊艳便归于平淡。几次重复后,我对那些火车也就失去了兴趣。杰瑞的兴致却从未减退,每一次他都可以兴高采烈乐在其中。后来我去了另外的一家教会,周末不再去乔伊家。再后来我离开了纽约州,那些火车也就完全地驶离了我的视线。

因为忙碌和搬迁,我跟乔伊一家断了联系。等到我的生活安定下来,我想找到乔伊的电话或电邮时,却怎么也找不到了。我知道当年他们款待我时,并未期望某一天我能给他们什么回报。可是我的心里还是有些歉然。至少,我应该送去一声问候,或者说一声谢谢。我也想过,我就是能找到他们,他们大概也记不起我是谁了。他们请过太多的人,也帮过太多的人,很难记住每一个人。但我相信,每一个去过他们家的人,会永远记住他们,还有杰瑞的火车。

在我们完全失去了联系、今生可能再也没有重逢的机会时,杰瑞的火车又时不时地出现在我的眼前。每一次出现时,都是亲切无比的,可以牵动起我初次见到它们时的惊喜和热情。圣诞节前后，美国的很多地方会有火车模型的展览。每一年我们会带孩子去看火车，那些山川楼宇和穿梭其间的火车都似曾相识，看火车的人们发出的惊叹和欢乐也是熟悉的，我甚至可以看到，杰瑞就站在那里，正乐此不疲地向人们解说着什么。我也站在那里，在过去和现在的重叠中，在火车的轰鸣声中，怀念着杰瑞和乔伊，怀念着他们的纯真、善良和美好。

03 凯伦

凯伦是我在纽约州立大学读书时的同学。开学第一天，开过迎新会，大家就四处散开，去自己的教室上课。

纽约州立大学奥尔巴尼分校的教学楼都长得很像，走在里面就更分不出彼此了。我那时候谁也不认识，又不好意思开口打听，一个人去找要上课的教室，但很快就转晕了。我正着急，看到一个金发碧眼、高挑挺拔的女士从我面前走过。我赶紧叫住她，向她问路。她笑着回了句：我也要去那里上课，跟我来吧。接着她又告诉我，她叫凯伦。

我很高兴，碰巧遇到的是我的同学。刚才迎新会上好像没见到她，她的装扮也很职业化，不太像个学生。后来我才知道，凯伦在纽约州政府工作，现在决定用业余时间读个硕士学位。

凯伦和我一起进教室，就坐在了一起。我离开学校好多年了，已经不太习惯于做学生，又是在美国，英语关还没过，坐在那里更是有些胆战心惊。偏偏教授是个法国人，对英语不好的人来说，纯正的英语更容易听懂一些，而教授的英语带着浓重的法国口音，我更是听得不知所云。大概我常常一脸茫然，凯伦就时不时地小声跟我解释几句，把教授的法式英语转成美式英语。有时候她会把一些重要的东西写在纸上，我再抄到我的笔记本上。凯伦的发音很清晰，还是很有磁性的女中音，听起来很好听。她的笔迹也很容易辨认，清清楚楚。因为有凯伦的帮助，

简单的快乐：情感篇

我没在一开始就落下一大截，磕磕绊绊地勉强跟上了老师的脚步。

我们一起修了这门必修课。第一学期我们都是小试身手，只修了一门课。到了第二学期，我正式进入研究生的项目，选了三门课。凯伦还是只修一门课，工作是她的重点，她没有太多的时间用在读书上，也并不急于毕业。我们没修同样的课，但一直保持联络。我这时候的英语已经有了长进，但第一次要做 presentation（课堂报告）时，还是很紧张。美国人从小就很重视演讲能力的培养，到读研究生时已是身经百战了。而我在中国读书时没见识过这个，现在让我站在台上，用英语侃侃而谈，我在离上台还很远的时候就开始哆嗦了。可这是美国课堂的重要环节，躲是躲不掉的。我向凯伦求救，她满口答应过来帮我。我先把要说的东西写好，凯伦帮我修改润色，然后她来面对面地指导。那天她下班后没有回家，专门来学校帮我做准备。研究生的课程一般会安排在晚上，等我下课后，已经是晚上九十点钟，凯伦还在那里等我。其他的同学散去后，凯伦陪我在空旷的教室里一遍遍地练习。从发音、手势、眼神、姿态，到整体的把握，凯伦不放过任何一个细节。重要的地方，她会给我做示范。我看她不断大口喝着咖啡，知道她上了一天的班，又等了我一个晚上，肯定很累了，就想早点收场。但凯伦很认真，一定让我多练几遍，也不肯放过任何小小的纰漏。严格的同时，她不忘赞美我；挑毛病时，也是美国人的做法，先肯定再建议做些改进。在凯伦的训练、包装和鼓励之下，我从底气不足到自信满满。第二天趁着这个热乎劲儿，顺利地做完了我的第一个课堂报告。有了第一次，以后再做这样的报告时就轻松了许多。而我的第一步，是凯伦帮我迈出的。

再一个学期，我们又选了同一门课。此时的我已经可以从容自若地应付学业，但上课时，看到凯伦在那里，我的底气就更足了。课间休息时，凯伦喜欢叫上我，陪她出去抽根烟。她上完班后再赶来上三个小时的课，还是蛮辛苦的。课间的这根烟绝对不能少，可以帮她提提神。这

03 凯伦

个时候也是凯伦和我最放松的时候,瞎聊一通,无所顾忌。每次虽然只有一根烟的功夫,但积少成多,我和凯伦的关系越来越近,从同学变成了闺蜜。

凯伦人高马大,有时候风风火火,其实她有很细腻的一面,做事情很周到。她会送给我一些别出心裁的小礼物,如果我送给她什么东西,譬如一条丝巾,她下次见我时一定会戴上,美滋滋地向我显摆一下。我回中国前,她会专门送我,手上拎着一个漂亮的纸袋,里面有给我的父母家人的礼物,还有我在路上可以翻看的杂志。我过生日的时候,她会选中国餐馆请我,一定要让我吃上中国的面条。她说她知道中国人过生日时要吃面条,这样我可以长命百岁。我从来没跟她提过这个,不知道她是从哪里听来的。

凯伦还把我带进她的那个可爱的大家庭。每年春暖花开的四月,他们家都会搞一个盛大的Party,主要是一个家庭聚会,还有为数不多的最亲近的朋友。当凯伦郑重其事地邀请我时,我还是挺感动的。我为她所强调的最亲近的朋友。

我在Party上见到了凯伦的七大姑八大姨。她的近亲远亲,老老少少,加起来大概有几十人。凯伦热情地把我介绍给他们。我一下子记不住这么多的人,只记得他们都很友善朴实,跟他们在一起很快乐。我没想到凯伦会有这么多的亲戚,而这么多的亲戚还能有这么亲近的关系。我也没想到凯伦的哥哥、姐姐是邻居,他们把房子买到一起,可以互相照应。我们在凯伦的哥哥家吃晚饭,再去隔壁她姐姐家吃甜点,大家喜笑颜开,温暖的气息驱散了四月的最后一缕寒气。在这里最受尊重的是凯伦的奶奶。她慈眉善目,已经八十多岁,腿脚不灵便,只能坐在那里。不断有人去问候她,陪她说说话。她想动一动的时候,凯伦的哥哥、弟弟就连人带椅子把她抬到她想去的地方。凯伦和她的姐姐也会时不时地去照顾一下老太太,给她拿吃的,为她披上外套。

最受"冷落"的是凯伦的妈妈。她出现在那里，跟大家却若即若离，游走于快乐的人群之外。凯伦也没把我介绍给她，只是在一个没有旁人的空隙，她指了指那个女人，小声告诉我，那是她的妈妈。紧接着她又加了一句，我们是奶奶带大的。怪不得凯伦兄弟姐妹四人跟奶奶这么亲，悉心照顾她。凯伦家的亲情伦理关系和家庭气氛颠覆了我原来的看法。那时候我到美国的时间还不长，对美国的很多看法还只是来源于道听途说和主观的判断。从凯伦家那里，我开始明白美国人也很重视家庭和亲情。我们有着同样的渴盼和牵绊，收获多少也取决于付出了多少。七情六欲和喜怒哀乐原来是不分种族的，我们只是长得不同，内心深处的东西却很接近。

在 Party 上我第一次见到了凯伦的男朋友。凯伦已经无数次地提到过他，但我一直不知道他的名字，凯伦总是称他为甜心。她深爱着他，总是把他挂在嘴边。有次在课堂讨论时，凯伦也把他扯了进来，惹得其他同学私下里笑她，把毫不相干的人和事硬扯在一起。我能理解凯伦，闹出这样的笑话，只是因为她太爱他，好像她生活中的一切都该跟他有关。那天凯伦的甜心到得晚了些。他一出现，凯伦更加的欢天喜地。她本来就是一个简单开心的人，因为他在那里，凯伦的欢喜又丰满了许多。但在欢喜之间又时不时地露出些小女生的紧张、羞涩。凯伦和他在一起已经有了不短的时间，没有想到她还能有这种相爱之初的娇羞。

甜心到得晚走得早，几乎没吃什么东西。凯伦赶紧找出一个大大的饭盒，为他挑一些他爱吃的东西，让他带回去吃。

我看着凯伦垂下长长的眼睫毛，全副心思都在满桌的饭菜上，很用心地挑拣，又细细密密地码在饭盒里。那一刻我最大的愿望，就是那个被凯伦深爱着的男人能早一点向凯伦求婚。可是这个愿望迟迟没有实现。

私下里我从不打探凯伦跟她的甜心的关系和进一步发展的可能。我

03 凯伦

也不问她家里出过怎样的变故，我可以看出她跟她妈妈之间有明显的裂痕，被祖父母带大在美国也并不多见。我总觉得那都是她的隐私，问多了会不好。我认定我们还是有文化差异的，如果换作我的一个中国闺蜜，我会直截了当很多。我对凯伦有所保留本是出于我的好意或顾忌，可是这样的生分也是一种遗憾，让我跟凯伦之间一直留有一段距离。距离很小，却让我们很难做到亲密无间。

不过凯伦和我在向彼此暴露我们自己的软弱时常常无所顾忌。每个人的心里都会有些阴影和无奈。凯伦看着自己的祖母渐渐老去，怕有一天会失去她，也怕她忍受过多的孤独。凯伦也难以忘怀她的一个外甥女，她姐姐的一个孩子，在只有四五岁的时候得了重病，全家人尽了最大的努力，也没能留住那个小女孩的生命。凯伦的工作和生活中也有一些让她难以承受的压力。有一次她告诉我，有的时候她的胸口会有钝痛的感觉，压得她喘不过气来。她问我会不会也有类似的感觉，我马上给了她一个肯定的答复。更想安慰她，让她知道，我和她，每一个人都会遇到同样的情况。也许表现出来的症状不一样，但那种疼痛是相似的，每一个人的生活中都会有这样的无能为力。凯伦有些释然，阳光很快又回到她的脸上。她并不喜欢沉溺于哀怨中，几句简单的安慰，就可以扫去她心头的乌云。

那一学期我和凯伦还一起搭档做了个课堂项目。这种项目在课程中占的比重比较大，一般由两三个人合作完成。搭档们要一起定方向、做研究、提交论文，最后要一起做课堂报告。美国教授一般会让学生们自己找搭档，这样合作起来更默契一些。教授提完要求，我望向凯伦，凯伦也正望着我，我们会心地一笑，知道在彼此的心里都把对方看成是最合适的搭档。

因为要一起完成这个项目，凯伦和我见面的次数就更多了。有的周末我们会躲在我的办公室里，一起推进我们的项目。凯伦做事很认真，

简单的快乐：情感篇

我们读过的每一篇论文，她都要把要点总结出来，并且写在纸上。有了新的想法和新的进展，她也会这样一笔一画地写下来。她还喜欢分门别类，再用不同的记号标出。我比她更感性一些，想法也不少，其实很多想法我只是随口一说，但凯伦都会认真对待，像对待一个重要人物的发言那样把它们记下来。开始的时候我觉得这样做太麻烦，太浪费时间，后来累计的东西多了，才发现幸亏有凯伦的严谨，我们才能把那么多琐碎的方方面面的东西汇合到一起。无数的细流经过梳理后朝着一个方向奔涌时，就出现了一条脉络清晰的洪流。而我们最终要在论文中和在课堂上呈现出来的，就是这样的一条洪流。

越接近于我们的目标，我们越是急迫。有一次凯伦和我一口气在那里坐了三四个小时，都有些疲累了。凯伦跟我说，陪我出去抽根烟？我说，要不你去抽烟，我在这睡个小小的午觉，十分钟就行。凯伦出去后，我缩蜷在沙发上，很快就睡了过去。大概是太累了，睡得还挺沉。我睁开眼时，发现已过了半个多小时。正纳闷凯伦怎么还没有回来，看见她蹑手蹑脚地走了进来。我问她，怎么这根烟抽了这么长的时间？她笑笑说，我想让你多睡一会儿。

要做课堂报告时，凯伦比我还紧张。那天我停了车，朝教学楼走去时，看见有辆停着的汽车的车门开着。走近一看，竟然是凯伦坐在那里，正埋头准备我们的课堂报告。虽然已到了傍晚，太阳还明晃晃地散发着充足的热量。凯伦的脸涨得通红，好像还不只是天气热的缘故。我们一起往教室走时，凯伦跟我讲了她紧张的原因，她说我们会得同样的分数，她若是做不好，就会拉低我的分数。我告诉她，这也是让我紧张的原因，我们不如一起放下这个负担。

课堂报告做得不错，我们配合得很好，这是我们优于其他同学的地方。虽然这不能在分数的考量上起关键的作用，但凯伦和我都珍惜这样的配合。我们没有拿到我们想要的分数，是有些失落，但我们很快就放

03 凯伦

下了这个遗憾,快乐地庆祝我们合作成功。许多年后,我早已不在乎当年教授给我们的分数,却一直珍视我跟凯伦的那次合作。我们一起努力过,一起创造了一段美好的回忆。

我比凯伦提前进入了毕业的阶段。最后一个学期,我在当时的纽约州总检察长艾略特·斯皮策的新闻办公室实习。他当时已决定竞选下一届的纽约州州长,是美国政坛上炙手可热的明日之星。而我的那个实习的机会很可能为我创造一个在他那里工作的位置。吃上这块天上掉下来的馅饼让我很是得意了一番。我在那里的工作开展得也不错,这让我更是踌躇满志。但是喜悦和庆幸之后,一个接一个的问题也浮现出来。我开始不喜欢那里的工作氛围,也很快发现,光环背后有那么多的阴影,越往里面走,越能看到口是心非的虚伪。我从欢天喜地落到了进退两难的境地。我知道斯皮策很快就会成为纽约州州长,还很有可能在未来进军华盛顿,拥有更高的权力,而我的老板也在为我申请留下来的正式工作,这样的前景有着诱人的光彩。但我也明确地知道,我在这里并不快乐,很多次我想着离开那里,但那份虚荣又阻止了我的行动。

我把我的徘徊告诉了凯伦。凯伦的办公室离我的不远,有时候我会去凯伦那里串门,中午休息时我们还可以一起吃饭。这本来是我想得到这份工作的原因之一。凯伦知道了我的纠结,很严肃地对我说,你要做你喜欢做的事情,这是最重要的。而且,最好不要为某一个人工作,他在台上时,你可以跟着风光,若他哪天不做了,他手下的人也都丢了工作。凯伦的这个很务实的想法影响了我的决定。很难让她明确地表态,她已经用她的方式为我的离去投了一票。

最后一天去上班,结束了所有的实习工作后,凯伦专门来送我。请我吃了午饭,又选了不同的背景,给我拍了很多的照片。她说毕竟在这里停留过,要留下些纪念。那一天晴空万里,我的心情也渐渐明朗起来。我惊讶于那些建筑的宏伟壮观,它们就在我的身边,可我一直忽视

简单的快乐：情感篇

了它们的存在。那一段时间里，我的目光和心思都聚集在那些让我的心情越来越糟糕的事情上，而凯伦想让我看到的，是另一番天地。那天她特别的活跃，开了很多玩笑，逗得我哈哈大笑。她要我知道，我放弃的不是希望，我是在跟沮丧和无谓的失落告别。

　　我离开纽约州后，斯皮策不出所料地高票当选纽约州州长。我并未感到遗憾，对那时候的我来说，内心的喜乐安宁要比那些外在的东西重要很多。又过了两年，斯皮策因为召妓丑闻黯然下台。我不喜欢他做的很多事情，但一直以为他是一个不错的丈夫和父亲，没有想到他会栽在这样的事情上。不管是出于什么样的原因，他不得不结束了他旺盛的政治生命。正如凯伦所说的，他手下的大批人马，包括我实习的那个办公室的原同事都得重新找工作。而我那时在华盛顿特区有了工作和家庭，幸运地躲开了这个变故。我很感激凯伦当年的阻拦，让我没有在一个错误的地方停留太长的时间。

　　我参加毕业典礼的时候，凯伦自然是我的亲友团的成员。她早早地来到礼堂等我，一个大大的拥抱之后，她就忙着为我拍照，记录下这个欢欣雀跃的时刻。这时候的我们已经非常默契，亲如姐妹，凯伦更像是我的家人。上午参加完我的毕业典礼，下午朋友们为我搞了个毕业 Party，凯伦竟然带来了上午为我拍的那些照片，她已经加快把它们洗印了出来。她还买了个专门为毕业典礼定制的特别的相框盒，把那些照片一一放了进去，翻给我和其他的朋友看。那些没去现场的朋友，可以在看相片时分享我的喜悦。凯伦挑礼物时总是很用心，她送给我的东西总是这么的与众不同。

　　我离开纽约州之前，把我为准备学位大考所做的笔记都留给了凯伦，希望也能帮她顺利地通过考试。凯伦比我年长几岁，这一刻我俨然成了她的师姐，帮她出谋划策，跟她一起斟酌她剩下的学业，给她提些有用的建议。一直以来都是凯伦在帮我，我很高兴终于有了这样的机会，也可以帮上凯伦了。我还把我的毕业礼袍给了凯伦，祝愿她早日穿上这个礼袍。

两年以后，凯伦穿着这个袍子走进了毕业的殿堂。那时我女儿快要出生了，我在家待产，没能赶去参加凯伦的毕业典礼。她给我发来她在典礼上拍的照片，同一件礼袍，一样的欢喜，我的激动和喜悦融化在凯伦灿烂的笑容中。

我不断邀请凯伦来华盛顿小聚，她也总是问我什么时候能重回奥尔巴尼。有一次我都安排好了行程，因为我先生得了重感冒又临时取消了计划。我和凯伦也就一直没再见面。可是凯伦在我这里始终是鲜活的，她不是生活在我的回忆中，她始终就在我的眼前，伸手就可以触及。我可以看到她的一颦一笑，她那一丝不苟打理过的头发，我可以清晰地分辨出每一根发丝。我们也时不时地在脸书上互动一下，不断为我们的牵系添加些新的内容和佐料。看到凯伦我就会回到我们共同的学生时代，我们好像还在校园里驻足，时光可以在那一刻永远地停留。每年的四月，凯伦家还会举办盛大的 Party，凯伦说她的家人还记得我。时光终究无法停留，在每一年的轮回中流逝。凯伦亲爱的祖母已经过世，而那两年我在 Party 上见过的那帮小孩子，都已长大成人。

没有多少人记得我的生日，凯伦是那为数不多的人中的一个。每年过生日，都会收到她寄来的贺卡，上面也一定会落满温情的话语。遇到我的生活中有了新的收获，她都会寄给我一份礼物。她挑的东西还是那么的与众不同，放进去的心思，总是会出其不意地感动我。我在逛街的时候，看到让我眼前一亮的小东西，我会想到凯伦。我认定凯伦会喜欢的物件，我会买下来，在一个特殊的日子寄给她。这样的亲昵，是闺蜜间的情谊，买礼物和收礼物的人都能感受到其中的甜蜜。

今年我过生日时，凯伦的贺卡如期而至。我发现凯伦的地址有了变化。拆开信封，除了甜蜜的问候，她还告诉我，发生了很多的事情，她

简单的快乐：情感篇

卖掉了房子，她要让我知道她的新地址，她说她不想失去我。凯伦好像能猜出我看到这里时的反应，马上又写道：不要为我担心，我过得不错。可我还是担心她，也很难过，为凯伦，也为我什么也帮不上她。人们卖房子，多半是为迁居其他的地方，或者是想换个更好的房子，但凯伦显然是因为其他的原因，而且十有八九是个不好的原因。我还记得当年凯伦向我描述她是怎样找到那个房子的，她因为激动和欢喜红光满面。可是那个可爱的小房子已经不属于凯伦了。我猜测凯伦跟她的甜心之间出了问题，在凯伦的脸书上我已经有段时间没看到那个男人的踪影。这也是让我难过的地方。那个男人享受着跟凯伦在一起时的愉悦，却一直没给凯伦一个承诺和婚姻。凯伦还错过了生养孩子的机会。凯伦特别喜欢孩子和小动物，也很细心周全，我总认为，凯伦会是一个很好的母亲。她有时会寄给我她跟她哥哥、姐姐的孩子的合影，凯伦总是一脸的幸福和陶醉。我为凯伦高兴，因为她的身边有这些可以让她释放母爱的孩子。可是伴随而来的，是深深的遗憾和惋惜。如果凯伦能生一个属于自己的跟她一样漂亮可爱的孩子该有多好！

这一次，我还是重复了以前的做法，没去追问凯伦到底发生了什么，只在心里默默地祝福她。不好的事情，就让它永远地过去，每一次提及，或许又是一次新的伤害。我也越来越学会接受生活中的不圆满。不是所有的愿望都能实现，从好朋友那里听到的，并不都是好消息。可是，无论生活中发生了什么，无论我们遭遇怎样的变故，我们都还是好朋友。青春可以不再，友情却可以常青。

读书时，总是盼着早一点毕业，有时会觉得度日如年。毕业以后，又怀念做学生的单纯。那段时光中最让我怀念的，是凯伦，还有跟她在一起的青春飞扬的日子。那段从学生时代而来的友情，依然绵长深情地陪伴着我们。我从来没觉得跟凯伦已经分开了很久，好像昨天才刚刚见过面，或者我们正安排着明天的相聚。

04 两个生日一天过

遇到 Tom，是在 1997 年深秋的北京。我在办理去美国做文化交流的签证时认识了他。那时候他是美国驻华使馆新闻文化处的二等秘书，跟中国的媒体打交道。这是他的第一个外交任期。

去见他之前我们先通了个电话。他的声音很浑厚，我想他该是个中年人，也有些严肃。去使馆时我很紧张，不知会遇见个什么样的人。他的秘书把我带进会客室，让我在这里等他。我忐忑不安地坐在那里，身后很快响起了由远而近的脚步声。我转过身去，看见一个高大挺拔的小伙子朝我走来，年轻，帅气，跟我原来对他的想象有很大的出入。

他先做了自我介绍，告诉我他叫 Tom Cooney，因为我当时在央视电影频道工作，他会审理我的签证申请。

他拉出椅子坐了下来，很认真地翻看着我的材料。偶尔问我个问题。在看到我的生日时，他笑着告诉我，我们的生日很接近，你是 4 月 11 日，我是 4 月 12 日。

第一次的见面很愉快，Tom 的态度始终是随和善意的。

两个生日这么接近的人，大概在性格上会有些很相似的地方。我们还都喜欢文学，都在从事新闻文化方面的工作，又多了很多的共同语言。我本来只是来办签证的，没有想到会因为这件事交上一个朋友。而且我们一经成为朋友，就是那种很投缘很谈得来的朋友。

简单的快乐：情感篇

    Tom 在审核我的申请时对我已经有所了解，我也开始了解他是一个怎样的人。见了两、三次面后，我很快知道了他的很多"底细"。跟很多美国人一样，Tom 的身上也混合了不同族裔的血缘。他的父亲的祖辈是十九世纪从爱尔兰来的，母亲则是法国血统。Tom 出生在美国的底特律。他的爸爸妈妈哥哥姐姐都非常喜欢中国菜，家里最开心的事情之一就是一起去当地的中国餐馆吃饭。可他小的时候并不喜欢中国菜，无奈少数得服从多数，所以他跟"中国"最初的相遇并不愉快。Tom 给我讲过一个很好笑的故事。每次他们一家人去当地一家叫 Yee's Palace 的中国餐馆吃饭时，当 Tom 的家人兴致勃勃地品尝传统的美式中国菜时，Tom 总要为自己点个美国大汉堡。后来他从书籍中慢慢地发现了中国的神奇，开始向往这片古老的土地。当年并不喜欢中国菜的他学会了中国话，这是他的热爱中餐的家人做梦也没有想到的。他还来到了北京，而他的喜爱中国菜的家人们依然生活在美国。当然他从大学时代就开始喜欢吃中国菜了。他来到中国后，发现正宗的中国菜更合他的口味。跟很多外国人一样，他最喜爱中国的素馅水饺和宫爆鸡丁之类的川菜。Tom 跟中国的亲密接触远不止一饱口福。他的女朋友 Deborah 是个华裔美国人，在美国出生长大，父母的祖籍是上海和香港。他们相识于香港，两个人正在热恋中。

    我很快认识了 Tom 的女朋友和其他的一些朋友。他的女朋友 Deborah 很温柔娴静，脸上总是带着明媚的笑意。两个人的甜蜜常会感染到身边的朋友们。我也把 Tom 带进了我的朋友圈子。那是年轻人的生活，还没有家庭的牵累，闲暇的时光都是跟朋友们一起度过的，喜欢到处赶场。交往的方式也是年轻人特有的，随意随性，没有多少目的，也不期望这样的友情天长地久，只是尽情享受青春的飞扬恣意。不同的文化在这样的交往中很少有冲突，不同的气息在年轻人的世界里可以很容易地融合在一起。

04　两个生日一天过

Tom 还上过我们的电视节目，向中国观众介绍美国的电影和文化。他来过我工作的地方，还轻易地俘获了不少的粉丝。不是他刻意为之，是他外在的和内在的魅力铸就了一个很大的磁场。潇洒的风度和阳光的气质总是给人很好的第一印象。稍微多接触一下，又可以感觉到他身上有很多与众不同的东西。毕业于康奈尔大学的 Tom 从小就喜欢阅读，博览群书。而且二十多岁的他已经去过很多国家，亲眼看过世界，亲身感受过不同的文化。他也会说西班牙语，在哥斯达黎加和智利生活过。他在伦敦的酒吧里做过酒保，在纽约的摇滚乐队弹过吉他。从高中到大学，他还从事过一些蓝领工作。他在底特律的汽车厂和纽约的农场打过工，也打理过仓库，当过收银员。知识和阅历是一个人最丰富的底蕴。他喜欢音乐和体育，弹得一手好吉他，读书时是康乃尔大学橄榄球队的队员，还会自酿啤酒。在他的外交公寓里，当我们去采访他时，他还为我们表演了一段摇滚吉他，这段演奏被我们的编导放进了那期节目中。多才多艺和浓郁的生活气息让他的形象更加的健康完美。可是当他的粉丝忍不住赞美他时，他会因为不好意思羞红了脸。一个很优秀的人却没有趾高气扬的自得。他也没有咄咄逼人的锋芒，始终是谦逊平和的。跟他在一起时，总能体验到眼界大开又轻松愉快的美好。在认识 Tom 之前我跟几个美国人有过短暂的相遇，但没有深入的交往。Tom 是我的第一个美国朋友。他在不经意间消除了我对美国的很多误解，让我对这个即将去访问和学习的国家和那里的人民有了好感和期待。

我准备启程去美国前，Tom 给了我许多有益的建议。到了美国后，开始在异国的土地上生活，我真切地感受到 Tom 的那些提醒的细致周到。Tom 还把他在美国的朋友介绍给我，希望我在这里的生活更充实一些。我们互相通着电子邮件，我把在美国的见闻和感受告诉他。我所感受的美国，有时候对他这个美国人来说也是新鲜的。Tom 则告诉我他在北京的生活。他对这个古老又年轻的城市依旧满怀热情，认识了更多的

简单的快乐：**情感篇**

中国朋友，发现了更多可爱的去处。当然世界上没有十全十美的城市，北京也有不可爱的地方。譬如老外们去买东西时，有些人会有意抬高价钱。开始时他会上当，后来他找到了一个好的办法。如果他想买什么东西，他会等在一边，听别的中国人跟他们砍价，由此知道真正的价钱，然后他再去买。这一招儿还帮他练了中文听力，一举两得。北京的交通堵塞和环境污染也让他头疼，但这些不会影响他对北京的感情。

我在美国的时候正好赶上我过生日，而 Tom 是在北京过的生日。非常有趣的是，因为中美两地时差的缘故，原来相差一天的 Tom 和我赶在了同一天过生日。也就是说，在生日这一天，我这个中国人必须是在美国，Tom 这个美国人必须是在中国，我们的生日才能这样重叠在一起。Tom 和我都为这样的巧合而兴奋。这个奇妙的安排中，也有着很多美好的祝福。

我回到北京时没能很快见到 Tom，那时候克林顿总统首次访问中国，这也是时隔很多年后，美国总统再次访华。Tom 在这次访问中担任着很重要的角色。他要负责接待从美国来的大批的记者，保证他们在克林顿总统到访的几个城市的工作能够顺利地进行，在技术上和信息上的需求能够得到充分的满足。Tom 本来就是个很敬业的人。在新闻文化处，他常常是第一个来上班，又是最后一个离开办公室，中午也常常顾不上休息，有的时候坐在出租车里还在办公。在这个非常时刻他更是停下了日常生活中的所有事情，全力以赴，把全部的时间和精力都放在克林顿总统访华上，有时候因为工作整夜都不能睡觉。他认为这也是一个难得的让美国人了解当代中国的机会。因为克林顿总统带来了一个上千人的团队，包括几百名记者，还有商务人员，随从和国会代表团。Tom 有一个美好的愿望，哪怕一个记者只写一篇介绍中国的文章，那也可以覆盖全美，为大部分的美国人打开一个看中国的窗口，给他们更清晰的信息，让他们对中国的发展变化有一个更新的认识。Tom 尽可能带美国来的记者们多走走多看看，尽职尽责地解答他们的各种问题，帮助他们更好地了解中国，再通过他们的笔他们的口，让更多的美国人更好地了解中国。

忙完这一切后，Tom 邀约我见了面。半年多未见，叙旧时竟然多出了很多的话题。聊到克林顿总统访华和访华期间他所做的一切，Tom 的喜悦溢于言表。不是为他个人的成绩，是为他和他的同事们的努力，促进了中美关系的发展，而且是向一个好的方向迈进了一大步。从美国回来的我，对美国也有了很多切实的体验。美国有这样那样的反华势力，但绝大多数的美国人跟 Tom 一样，对中国抱着友好的态度。中美关系各项政策的制定者和执行者们，大多数也跟 Tom 一样，努力在中美之间架起一座友谊的桥梁，而不是扩大纷争，让纷争扰乱了共同前进的步伐。他们清醒地看到了这两个大国的强强合作，可以造福于两个国家和两国的人民。

虽然来自两个相互猜疑的国家的人们也可以成为朋友，但那是有遗憾和无奈的，我还是希望我们的国家也能友好地相处。所以当 Tom 讲到他所付出的努力有了收获时，我也是特别的高兴，为 Tom，也为我们分别属于的两个国家。

我在美国生活了几个月，而 Tom 对中国也有了更多的认识和感受。我们每次见面聊天时，多了一个新的内容，Tom 喜欢用我的眼看美国，我喜欢用他的眼看中国。Tom 总是惊讶于我对美国的发现，可以在几个月里看到想到这么多的东西，而且是非常准确的概括和点评。我想这是因为在自己的土地上自己的文化中生活得久了，有时候会有些迟钝。而外来的人会比较敏感，更容易看到这里的细枝末节和特别的地方。当 Tom 和我互换眼睛去看自己的祖国时，我们对自己的国家和文化有了更多更丰富的认识。而当我们发自内心地赞美彼此国家的美好时，来自两个不同国家的朋友间的友情也就更加的深厚。但朋友间的聊天毕竟不同

简单的快乐：情感篇

于官方的会谈。其实 Tom 很愿意听我说说美国有哪些我不喜欢的地方，他也会开诚布公，把他想到的美国的不足之处告诉我。譬如他不喜欢美国的枪支政策，是严格控制枪支的拥护者。而他在中国也遇到过一些不开心的事情，他不会在我这里刻意地隐瞒。但是在说到不好的地方时我们都会很顾及对方的感受，只是就事论事，不会一味地抱怨和指责。Tom 和我最初就有的相处之道，不仅影响着我们两个的友情，还一直影响到我后来跟很多不同文化背景的人们的交往。尊重对方的文化顾及对方的感受，可以打开这个世界上每一个人的心灵之窗。

Tom 在中国时还完成了他的终身大事。1998 年 6 月，他和 Deborah 去圆明园野餐时，他给了 Deborah 一个意外的惊喜，把订婚戒指戴在了她的手上。他们的恋爱开始于 1996 年的香港，第一次约会是在中国的春节。于是他们决定在 1999 年的春节举行婚礼。他们的结婚戒指上刻着中文的"春节"和 1999，还决定把每年的农历新年定为他们的结婚纪念日。在他的生活中，一些很重要的事情已经跟中国有了更密切的联系。

在 Tom 即将离开北京，去南美洲的智利开始他的下一轮任期前，他还跟我去了趟山东，到我的故乡曲阜感受中国最古老的文化。我们的山东之行是在我们生日之后的那个周末。我赶到北京火车站时，Tom 已经在那里等我，见到我时他开心不已地告诉我，他今年过生日时收到了很多陌生人的祝福。起因是我写了一篇介绍 Tom 以及我们的友谊的文章，叫《两个生日一天过》，给了《北京晚报》。编辑很有心，发在 1999 年 4 月 11 日的《北京晚报》上，那一天是我的生日。而那一天的头版是朱镕基总理访问美国的新闻，还配有朱镕基总理夫妇和克林顿总统夫妇在白宫的合影。第二天就是 Tom 的生日，一些读者用不同的方式为他送去了生日的祝福，也感谢他为中美友谊和交流所做的努力和贡献。中国读者的情谊让 Tom 很感动。

Tom 很喜欢火车上的硬卧车厢，在火车上睡了一大觉，天亮时到了曲阜。到了曲阜后，我的父母又为我们过了次生日。我们按照中国人的风俗吃了面条，又照着美国人的习惯吃了蛋糕。

我带 Tom 游览了曲阜的名胜古迹。浓密的树荫下，掩映着幽静的石子路和远古的流风余韵。空气中飘荡着淡淡的花香，古朴威严的亭台楼阁旁，正是满园春色。我们一起探奇访古，歇息的时候，却是在聊我们成长时的趣事。因为是在我的故乡，童年和少年时光总是若隐若现，一经聊起，便会清晰无比。串连起那些片段的，是 Tom 自己的故事。两个人的成长有着不同的背景，各自的故事对对方来说都有着奇异的色彩。可是探究其间纵横交错着的情感脉络，从青涩到成熟，又有很多相似的地方。那几天春光明媚风和日丽，一片蓝天辉映着 Tom 的那双蓝眼睛。不同颜色的眼睛看到的世界，却可以是同样的色彩。不同土地上的人们，原来有着同样的成长体验，一样的困惑和犹疑，一样的期许和欣喜。

游过曲阜后我们还一起去爬了泰山。这一路我做导游的时候并不多，Tom 倒是给我指点出不少的宝地宝物，还告诉我一些很有趣的典故和传说。他在来之前细细看过介绍曲阜和泰山的文章和书籍，知道了很多我不知道的东西。我很高兴能有这样的游伴，但也有些惭愧，毕竟这里是我从小长大的地方。Tom 对任何要去旅游或生活的地方都抱有很强的好奇心，渴望增添新的阅历。而我从不事先做功课，走哪算哪，看见多少算多少，要不就指望着一起去玩的人告诉我点什么。这是生日只差一天的我们有所不同的地方。

在北京分别后，跟 Tom 的重逢是在美国的马里兰。Tom 完成了在智利的任期后，回到华盛顿的国务院总部工作。我那时候已经移民美国，在纽约州读书和工作，刚刚从人生的一个低谷中走出来。

在低谷中沉浮时，Tom 总是给我很多的鼓励和安慰。他那时候还在智利，每次发邮件时，他总会告诉我我身上具备的那些优秀的品质，让我不要失去对自己的信心，不要放弃对未来的希望。他还跟他在纽约州的朋友们联系，介绍我们认识。他知道温暖的友情对我意味着什么。在这点上我们很相似，都渴望和看重友情，不能没有朋友。

在马里兰重逢时我的生活已重新步入正轨。虽然伤痛还未抚平，前面的道路也并不清晰，但是朋友相见时都是快乐的时光。Tom 和 Deborah 已经有了他们的第一个孩子 Brennan，是一个很漂亮可爱的混血男孩。他有个中文名字，叫"伟山"。这也是他的全名的中间部分。这代表着他跟中国的渊源，也纪念他的出生地智利的安第斯山脉。

他们带我去一个叫 Wheaton Regional Park 的公园游玩。很喜欢那里的敞篷小火车，载着我们在荫凉的树林中和小桥流水间穿行。火车穿过隧道时，车上的人们一起发出开心痛快的尖叫。那时候我只是喜欢这样的无忧无虑，没有想到几年后这里会是我带女儿常来的地方。

毕业以后我也来到了华盛顿特区。走出这一步，Tom 的支持起了很大的作用。每次遇上要做重要的决定，我需要朋友们的意见时，Tom 总是给我一个很明确的建议，而不是模棱两可的回复。这本是外交官最擅长的本事。他会很认真地帮朋友去确定一个目标，同时还会尽可能帮朋友去实现这个目标。没有 Tom 的帮助，我或许不会走出这一步。而这一步完全改变了我的生活，像是我生命中的一个很明显的分水岭。我在这里收获了一份美好的爱情，开始了我一直梦寐以求的生活。当然我来华盛顿之前并不知道会有这样的恩遇，庆幸的是我走对了这一步，对 Tom 我也永远心存感激。

那是 2005 年，新年到来之前发生的一件大事是东南亚的海啸。见到 Tom 时，我提到美国在这次海啸后全国降半旗，还是在新年的时候，很有人情味。Tom 说这最初是他的一个想法，他觉得美国应该这样做，向那些死难和失去家园的人们致哀。他的想法得到了其他一些人的赞同，又很快传递到白宫。而布什总统采纳了这个建议。我听到这个消息很惊讶，虽然这很符合 Tom 的心地和风格，但一个 Tom 这样的国务院的中层工作人员的提议就这么快这么容易地变成了国家的最高行为，还是让我感到有些惊讶。

离开华盛顿之前，Tom 和 Deborah 有了他们的第二个孩子 Alanna。依照他们的传统，Alanna 的中间名字是汉语拼音的"丽樱"，也是跟她的出生地有关，纪念华盛顿每年春天盛开的美丽的樱花。

我留在了华盛顿，Tom 则准备去美国驻上海领事馆任职。重回中国前，我帮他改了他的中文名字。他原来叫古天穆，这是他刚学中文时他的中文老师给起的。他姓 Cooney，中文老师在给美国学生起名字时，一般会找一个发音比较相似的姓氏，Tom 就姓了古。但那时他是一个单身的小伙子，现在他有一个华裔太太，Deborah 姓俞，Tom 就娶妻随妻，把他的中文姓氏改成了俞。在美国时 Deborah 跟着他姓 Cooney，在中国时他就跟着 Deborah 姓俞。我把他原来名字中的"穆"字改成了"和睦"的"睦"。作为一个外交官，最高的成就应该是促使不同的国家和睦相处，这也是 Tom 的愿望和一直为之努力的目标。而"天睦"寓意着上天赐予的和睦，那该是最高的境界和最美好的祝福了。

Tom 非常喜欢他的这个新名字，他说这个名字正好适合他，就该是他的名字。到了中国后，很多人夸他有个好名字。Tom 很得意，总是乐此不疲地告诉人家他是如何变成"俞天睦"的，自然也会提到我。我听说了这些，也跟着得意了一把。Tom 说他用了我给他起的名字，我们便从朋友变成了家人。

Tom 和 Deborah 在上海时有了他们的第三个孩子。他们的三个孩子分别出生在不同的大陆：南美洲、北美洲和亚洲。所以现在 Tom 常跟 Deborah 开玩笑说，他拒绝去任何新的洲工作，以免弄出第四个孩子。为了给他的小儿子起一个好的中文名字，Tom 向家人朋友们征求意见。

最后选中的是 Deborah 的父亲，孩子的外公想出的名字，伟洋。伟大的太平洋，联系着两个伟大的国家，中国和美国。而上海毗邻太平洋，这是他们家的传统，孩子的出生地要在名字里。碰巧的是 Deborah 的父亲的童年是在上海度过的。很多事情兜成了一个圆圈。Deborah 的父母在她出生前移民到美国，Deborah 又随着 Tom 和他们家的小上海人回到了原点。他们还惊喜地发现，他们的三个孩子：伟山、伟洋和丽樱，碰巧用他们的中文名字组成了一幅天堂美景，有山有水，还有美丽的花儿。

伟洋四个多月大的时候"接见"了 2009 年去上海访问的美国总统奥巴马。他们的合影上，奥巴马总统向伟洋俯下身去，伟洋却生气地瞪着总统。Tom 后来告诉我其中的原委。原来是见总统前，Deborah 和三个孩子都等了两个多小时，伟洋又饿又累，很不高兴。总统出现时，大家都笑脸相迎，唯有伟洋摆了张臭脸。这个与众不同的小男孩吸引了奥巴马总统的目光。他专门在伟洋的身边停下来，问他叫什么名字，花了至少二十秒，试图逗笑他。但伟洋"架子"很大，最后也没给总统这个面子。

之后美国当时的国务卿希拉里·克林顿 2010 年访问上海时，伟洋跟她也见了面，这次友好了许多。Tom 抱着伟洋跟希拉里有一张很可爱的合影。伟洋的小衣服上写着"未来的国务卿"，这张照片也就成了现任国务卿和未来的国务卿的合影。我倒希望这不仅仅是美国人的幽默，如果真能变成现实，美国就有了一个出生在中国上海的国务卿。

Tom 在上海任期内成就的最重要的事情，是参展上海世界博览会。作为美国驻上海领事馆的公共事务总监，他是促成美国参加上海世博会的功臣之一。美国已不热衷于参加世博会，而 Tom 认为世博会首次在中国举行，如果美国不参展的话，对美国和中国来说都是一个很大的遗憾，他要尽最大努力促成这件事情。当时这几乎是个不可能实现的愿望。因为美国早已修改了法律，禁止政府出资建展馆。他们只剩下十一个月的时间，没有一分钱的政府拨款，需要到处筹钱。Tom 和他的几十个同伴逆流而上，在艰难中起步。他们开始从一些对提升中美关系持积极态度的公司企业那里筹款。幸运的是，希拉里·克林顿成为美国国务卿后，马上意识到美国参加上海世博会的重要性。在她的强力支持下，美国馆的建造获得了新生。Tom 除了承担领事馆的工作外，还出任世博会美国馆的副总代表。他特别感到骄傲的是，他们这个团队始终坚守着"我们能够做到"的精神，坚持不懈地建成并开放了美国馆，获得了巨大的成功。美国没有缺席上海世博会，还吸引了七百多万的访客，远远高于他们所期望的一百万人次。格莱美获奖者和一些名流去助阵时，参观者更是挤爆了美国馆。

相比于 Tom 在上海的风生水起，我在华盛顿过着安宁平静的生活，嫁为人妻，生了孩子。我和 Tom 的生活中又有了更多的巧合。我的女儿跟 Tom 的女儿出生在华盛顿附近的同一家医院，我女儿的生日跟 Tom 的太太 Deborah 的生日又是只相差一天。而我们住的地方离 Tom 和 Deborah 曾带我去过的 Wheaton Regional Park 很近。这是我女儿最喜欢的一个公园，我们常带她去那里玩。一样的敞篷火车，一样的风景，穿过隧道时会有一样快乐的尖叫。

2011 年我去上海时又见到了 Tom。那时候他已经忙完了世博会，可以稍微放松一下。在他们的家中，Tom 向我展示了世博会的一些画册，每一张图片背后都有一个感人的故事，那里也凝聚着他的很多心血。说起当时的艰难和压力，Tom 只是轻描淡写地一笔带过。他念念不忘的是从美国来的一百六十多名学生大使，他们鼎力撑起了美国馆的开馆和展出。这些年轻人有着不同的肤色，身上流淌着世界不同民族的血液。Tom 很为这样的组合高兴和骄傲。他说这些不同种族有着不同文化背景的志愿者们，正好恰如其分地代表了美国。Tom 也很高兴他能有机会带领培训他们，在他的眼里，这些志愿者中的很多人，将成为新一代

简单的快乐：**情感篇**

中美关系中的领导者。

我去上海时，Deborah 在外旅行。她跟她的几个闺蜜有一个特殊的活动，没带家属。Tom 就一个人在家带孩子。三个孩子的生活起居，他也可以料理得井井有条。我在那里看到的，是一个典型的美国奶爸的形象。我猜想面对很多大事可以游刃有余的 Tom 也有很威武严肃的一面，隆重庄严的场面里，也会威风凛凛。作为朋友我看到的更多的是他的另一面，就像眼前这个背景下的 Tom，他是一个温柔的慈父，和一个知心的朋友。一直很喜欢 Tom 身上的那种责任心。对他的国家，对他所做的工作，对家庭对朋友，他都尽心尽力地去担当。

再次的重逢是在美国的华盛顿，2013 年的夏天。Tom 即将去美国驻香港领事馆任副总领事，在华盛顿有两个多星期的停留。我们刚搬了新家。Tom 在繁忙中挤出一个周六，带着家人来我们的新居跟我们团聚。

孩子们在一起玩耍，大人们就在旁边闲聊。还是有很多要说的话，因为我们总是天各一方，能相聚的机会并不多。让人欣慰的是，这份友情却可以这样细水长流，没有因为时间和距离的阻隔而搁浅。无拘无束畅谈时，彼此的表情和举止还是这么的熟悉。能有这样的亲切，不该是离得太远，好像我们还生活在同一座城市。可是我们说起话来少有间歇，生怕有些话来不及说。这样的急切又让我们知道我们已经分开了很久，也很少会有这样坐下来一起聊天的时候。Tom 提及我们已经有了十六年的友情，我这才回头掐算，满打满算的十六年。年轻的时候并不期望能跟身边的朋友保持天长地久的友情，可是当我们不再年轻，知道我们的友情已经天长地久的时候，我们感慨于流年似水，更感动于似水流年没有带走我们的友情。天长地久以后，才能真正感受到这份友情的弥足珍贵。

我准备了一顿丰盛的午餐，在 Tom 的祖国，我在尽地主之谊。

04 两个生日一天过

吃过午饭,我们一起出去散步。七月底的华盛顿,并没受到酷暑的侵袭。那一天凉爽温和,蓝天白云下吹拂着清澈的微风。一对年轻的夫妇推着一个婴儿车从我们的面前走过,微笑着打了招呼,平和中是简单的幸福。一只小鸟飞过,在我先生的头上栖落了片刻,引得我们一阵欢笑。柔软宽阔的绿草坪上,孩子们开始嬉笑追逐,后来我们这些大人们也按捺不住,跟着孩子们奔跑起来。而跟着我们奔跑的,是开心的呼吸和欢笑。幸福和快乐原本就是这样的简单。回想我和 Tom 十几年里的交往,也是这么的简单平和。我们能保持这么久的友情,大概也是因为两个人的简单直率。一直有这样的愿望,希望中国和美国也能有这么简单和睦的友谊。当然两个人成为朋友要比两个国家成为朋友容易了许多,可是有这样的愿望,成为朋友就有了很大的可能。在我们的身边欢笑的孩子们,都是中国和美国的融合。Tom 的太太是个华裔,我嫁了个美国人,我们两家的孩子的身上,中国和美国的血脉早已难舍难分。

2014 年的春天,Tom 在中国的香港,我在美国的华盛顿,我们的生日又重叠在同一天。这一天,我们在同一个时间庆祝我们的生日。我们一起庆祝的,还有我们已经跨过十七个年头的友谊。

十七年前,第一次见到 Tom,他告诉我,我们的生日只差一天。后来我们知道,我们可以在同一天过生日。而且,在我们的生命中,这不是唯一的巧合,也不仅仅是个巧合。这样的巧合里还有深深的祝福,为一个中国人和一个美国人的友情,为中国和美国,两个美好的国家。

05　美国奶爸

看到过一项调查，百分之七十一的美国人认为，对一个男人来说，最重要的角色是父亲的角色。

想到自己的先生和我认识的一些美国男人的表现，觉得这个调查结果还是蛮准确的。见到过一些不想结婚不想要孩子的男人，但大多数男人都在努力扮演好父亲的角色。

其实，父亲的角色最能体现一个男人的综合能力和魅力。做父亲，是一种担当，是对家庭和社会的责任。在这方面，男人的责任又重于女人的责任。一个男人愿意或渴望做父亲，表明他勇于承担这种责任。很多父亲又是孩子成长时的精神支柱。哪个孩子从小到大是一帆风顺的？遇到问题或不幸时，一个家庭最强大的支撑，就是父亲的勇气和坚持。父亲在逆境时的表现，也会影响到孩子性格的塑造。而男人在面对自己的孩子时，也最有可能展露他身上温柔的一面。孩子的天真无邪和百分之百的信赖，可以触动一个男人心底最柔软的地方。那种时候，顶天立地的男人可以柔情似水。孩子让一个男人更有血有肉，更通情达理。

那些渴望达到权力顶峰的美国男人们在竞选时，几乎都是拖家带口举家出动。很多美国人认同这个观点：一个男人能做好父亲，才有可能做好其他的事情。当然做秀是一个方面，就是那些政治人物，绝大多数都是富有责任心和爱心的父亲。而千千万万做着普通工作的男人们，更无需向别人证明什么。也许是男人们尽心尽力地担当起了父亲的角色，而且父亲是大多数家庭中的主要角色，这个国家才从没缺少过阳刚之气。

不同的只是，每个父亲有自己的故事，有不同的欢喜和眼泪。

1

我算是高龄孕妇，第一次去看医生时，我的产科医生郑医生就提到羊水穿刺。因为我这个年龄生的孩子中，孩子患唐氏综合征，也就是痴呆症的可能性会很高。在怀孕三个月时做羊水穿刺这种检查，可以发现问题。一旦查出孩子有问题，有的夫妇会选择流掉孩子。这种检查的准确率很高，但有一定的比率导致孕妇流产，我认识的人中就有人因为羊水穿刺失去了孩子。

医生第一次提及羊水穿刺时，先生就否决了这个建议。他的手上捧着那两张医生刚给我们的超声波的照片，欣喜万分，爱不释手。那个小人儿已经完全有了人的形体。大大的脑袋，瘦小的身子，四肢已经在那里，但更确切地说那应该是四个小爪子。他/她像浮在水上的一叶小舟，四个小爪子在滑动，像是小舟的四个划桨。

看，他的脑袋好大，这是个天才，爱因斯坦第二。先生开玩笑说，然后又严肃地强调，孩子已经是一个生命了，我们不能舍弃他，哪怕他有什么问题。

既然这样，做羊水穿刺也就没有了任何必要。

可是郑医生不敢省略任何一个环节。我怀孕三个月的时候，我们必须去一个专门的地方做检查。

先生没有改变主意，还是决定不做羊水穿刺。但我们决定做B超结合孕妇血液的检查，准确率相对低了许多，不过对分析婴儿的状况还是很有帮助的。有了这样的决定，无论这个孩子以什么样的状态来到这个世界，我们都会全心地接受和爱他/她，但是担心不可能没有。

做 B 超时，先生就守在我的身边。我们很快在 B 超的显示屏上看到了我们的孩子。虽然不是十分清晰，胎儿毕竟只有三个月大，但我们已经可以分辨出他/她的眼睛、鼻子、嘴巴和四肢。在医生的提示下，我们还看到了他/她的肠胃和其他器官。先生还通过仪器听到了婴儿有力的心跳，这让他欢欣雀跃、喜不自胜。小家伙看起来非常兴奋和活跃，他/她似乎知道我们都在看着他/她，不仅不断地朝我们蹬着两个小脚丫，甚至还朝我们挥了挥小手。其实这都是我们的想象，但准奶爸已经完全当真了。

医生测量了胎儿的身高体重，她通过一台电脑向我们展示了胎儿的各项数据跟标准指标的比较。电脑屏幕上有两条醒目的红线，如果超过了上面的红线，胎儿就偏大了；如果低于下面的红线，胎儿就偏小了。我们的小宝宝正好介于两条红线的中间，几乎跟那个表示完美的小十字完全吻合。医生对这个结果非常满意，我们两个，特别是先生都松了口气。

一个星期后，我们收到医院打来的电话，告诉我们血液检查的结果。孩子的一切指标都很正常。本来在我这个年龄怀孕，孩子患痴呆症的可能性是八十五分之一，现在根据我和孩子的状况，这种风险已降为六百分之一。患有另外一些疾病的可能性也从七十分之一降为三千分之一。这只是比我年轻十岁的孕妇要承担的风险。这么好的结果让先生和我都放下心来，之前的有些担心看来是多余的了。

我们刚高兴了十天，郑医生的一个电话把我们打进了冷宫。我几天前在他那里又抽了血，是为了检查我的血糖含量是否正常。

郑医生开门见山地说血液检查结果不太好，我以为我得了妊娠糖尿病，他说我的血糖还正常，但胎儿可能有问题，患痴呆症的危险提高了，从第一次检查时的六百分之一提到了一百四十分之一。他建议我还是做一下羊水穿刺检查。我问他我还没感觉到胎动，会不会跟这有关。他说有可能。放下电话后，我在那呆坐着，心情很灰暗，跟外面碧蓝透亮的晴空很不相称。我想我还是应该做些什么，转移一下情绪。我到楼下去洗衣服，正好这时候先生下班回家了。我没有上楼去迎接他，等他下楼来找我时，我把这个坏消息告诉了他。医生怀疑宝宝有痴呆症，你说怎么办呢？我刚看了一篇文章，说在胎儿二十四周前堕胎是合法的，现在我们的宝宝十九周，你说……

先生马上打断了我：不要考虑堕胎的事。

即使他/她有问题，你也要他/她吗？我的内心深处还是渴望一个积极的回应。

先生果然很肯定地说：是的。

我们的大狗斯黛拉这时候凑了过来，先生拍了拍她的脑袋。我又问：即使他/她跟斯黛拉一样又丑又傻，你也一样爱他/她吗？

先生动情地说：是的，我一样爱他/她。

先生说着把我揽在怀里，安慰我说：不要担心，宝宝会好的。无论发生什么事情，我们都可以面对。我能看出先生的心情也很沉重，他只是掩饰着自己的心情，怕加重我的负担。我知道就是孩子真的有问题，先生也会对他/她很好，他会是个很好的父亲，可是谁不想要个健康的孩子呢？

不管怎么说，孩子还活着。我说。

是呀，这就是一个很好的消息。

书上说，如果孩子有问题，可能会胎死腹中，可是我们的孩子还活着。你说患唐氏综合征的可能性怎么会发生变化呢？开始时是六百分之一，怎么会变成一百四十分之一？

也可能检查结果有误差。先生猜测道。

简单的快乐：情感篇

不知道是一百四十分之一，还是四十分之一，我当时太着急了，听得不太清楚。

先生紧张起来：你要不要给医生打个电话，再确定一下？

我赶紧拨了电话，郑医生又看了遍检查结果，确定是一百四十分之一。虽然也不好，但总比四十分之一好不少。这次郑医生还告诉我，针对胎儿的蛋白质的检查结果是正常的，两种结果有些冲突，只能看进一步的检查结果。

我打电话的时候，先生忐忑不安地看着我。我把医生说的话告诉了他，他多少轻松了一些，说：下个星期我们已经定好去做彩超检查，我想做特殊检查的医生会给我们一些好的建议。

你是不是不担心了？我问先生。

说不担心是假的，不过我们有勇气去面对任何可能发生的事情。

我的内心倒是安静下来。当身边有一个真正的男人可以让我去依靠的时候，我会变得勇敢坚强很多。

这是胎儿在二十周时要做的一个很重要的检查，主要是用彩超查看下胎儿外形上有没有问题，身长体重是否正常，各个器官的运行情况等。

因为郑医生的那个电话，我们已经习惯于考虑各种不好的结果。今天应该知道宝宝是不是兔唇。在去医院的路上，我对先生说。

兔唇不要紧，医生能给治好。先生说。

长个尾巴大概也不要紧，医生可以给切掉。

心脏长外面都有办法。有个小孩的心脏长在体外，医生给开了个口，把心脏埋进去，他照样可以活得好好的。

照你这么说，多长个手指根本不是什么问题了。

当然不是问题了。只要脑子没问题就行，脑子有问题就没办法了。

想想先生的要求真不算高，只要孩子的脑子没问题他就知足了。如果孩子的各个部分都没问题，他该喜出望外了。

很快来到了医院。没等多长时间，就轮到我进去做检查。我在检查椅上躺好，先生还是坐在我旁边。过了几分钟，护士进来了。

护士问好之后，就打开B超机开始做检查。她从头到脚，把宝宝身体的各个部分查了个遍。先测了心跳，然后是大脑。每到一个器官，她就报下名字。好多地方她如果不说，我们都不知道到了哪里。我最害怕她在某个地方多做停留，多停留就意味着那里可能有问题。好在一路走得很顺畅。到了宝宝的腹部，护士报出了性别。是个女孩，她又看了一遍，确定道，是个女孩。我扭头向先生重复了一遍，是个女孩。先生点点头，他对这个结果很平静，但他看起来还是有些不安。护士继续检查胳膊腿儿之类的地方。先生开始开开玩笑。就两条腿，很好，肯定没第三条腿吗？宝宝的脑袋怎么这么小，怎么可能让她学东西呢？他想调节下气氛，也让自己放松一下。

全部检查完之后，护士说：是个健康的宝宝，看起来一切都好，不过还得让医生来确定一下。

护士出去以后，我问先生：是个女孩，你会不会觉得失望？先生原来是想要个男孩的。倒不是重男轻女，更不是为了传宗接代，他只是觉得他更知道怎么带一个男孩玩。自己是从男孩过来的，知道男孩子喜欢玩些什么。

没有，我觉得女孩也很好，只要宝宝健康就好。先生很肯定地说，脸上确实没有一丝沮丧，但还是有些紧张。

护士不是说了吗，宝宝一切都好。我说。

还是看医生怎么说吧。

医生说着也就到了。他也是从头查到尾。我对他说：希望宝宝一切都好。

刚才护士跟我说，宝宝的状况很好，不过我还得再查一遍。医生边说边认真地查看着。他倒不吝惜赞美的词汇，边看边不断地说着：好极了，太棒了……我心里更踏实了，先生的脸上也是云开日出。

从医院出来，先生和我都是喜悦的。当孩子的健康问题困扰着我们的时候，我们才真正感觉到生命的宝贵。那些平安地来到这个世界和那些健康地生活在这个世界上的孩子是多么的幸运和可爱，而他们的父母又是多么的幸运和幸福。其实很多人在拥有了这一切的时候并不是特别地珍惜，他们觉得生命本该如此，他们可以在一个健康的孩子身上挑出种种的不足，希望自己的孩子更聪明更漂亮一些。可是，每一个孩子都是美丽无比的，最美丽的光彩就闪耀在那些看似平凡的生命中。

先生对女儿的期许里，好像只有健康和快乐。女儿出生以后，在她的成长中，我们听到过很多对她的夸奖，可是先生对漂亮、聪明之类的溢美之词一直有些无动于衷。在他的眼里，所有的孩子都是一样的，一样的美丽、美好。

2

怀孕后期，我们开始为孩子的来临做各种准备。

先生有个很好的老师，就是他的亲弟弟。为了照顾好他们的两个女儿，先生的弟弟辞了工作，在家全职带孩子。他的太太有份很好的工作，薪水很高，她自己也喜欢出去工作，先生的弟弟就留在家里照顾一切。开始时我对他们的分工还有些不理解。先生的弟弟相貌堂堂，受过很好的教育，人也很聪明，为人处世都很得体，还很幽默，在任何工作环境中都应该很吃得开，他怎么会愿意在家做个家庭妇男呢？不过看到他们各负其责，其乐融融，想想这样分工也没什么不好的。为什么男人就不可以在家照顾孩子呢？先生的弟弟在家待了五年，小女儿也进了幼儿园后，他重返职场，在一家很著名的公司找到一份不错的工作。因为照顾孩子停了几年工作，不论男女，在重新找工作时都不会被打折扣，照顾孩子是天经地义的事情。就是那些有工作的父母，如果出于跟孩子有关的原因，很多公司有很通融的安排，如果有些工作可以在家里做，譬如电脑方面的工作，孩子生病或有事待在家里，父母临时也可以在家工作。工作时间的安排也是弹性的。孩子上幼儿园或上学后，父母双方都有工作的家庭，一般一个人会晚上班晚下班，这样可以在早上有足够的时间送孩子去幼儿园或学校，而另外一个人会申请早上班早下班，下班后可以去接孩子。

先生跟他弟弟本来不常通电话，我怀孕以后，两个男人也开始喜欢煲电话粥了。先生不耻下问，他弟弟总是耐心解答。先生的弟弟时不时地给我们发个邮件，都是在教我们如何带孩子。有这么一个正在做家庭妇男的弟弟做指导，准奶爸学到了不少带孩子的经验。

准奶爸跟他的朋友的聊天内容也发生了很大的变化，说着说着就说到孩子身上，而且一说到孩子，先生都是眉飞色舞，兴趣盎然。先生有一个很要好的发小大卫，两家是隔壁邻居，两个人一起长大，现在我们也住得不远，熟到不能再熟。以前他们两个人一碰到一起就是玩笑不断，互相拿对方取乐。这会儿在一起时，基本上聊的都是跟孩子有关的话题。好多问题先生已经问过他弟弟了，他会拿到大卫这里再问一遍，大概是觉得不同的人会有不同的经验。大卫有个两岁多的女儿，我们也将有个女儿，女孩子总是让父母更加操心。有次我们一起吃饭时，大卫的太太提及现在的女孩子都早熟，含了激素的鸡肉等都可以让女孩子早熟。两个大男人立马开始为他们的女儿担心起来，就怕她们在十三、四岁的时候就惹出事来。估计等她们真到了那个年龄，她们的爸爸们更要紧张死了。

精神上的准备是一个方面，物质上的准备也很重要。准奶爸早早地就给女儿准备好了婴儿床。他先在商家的网上订好了这张床，然后去店

简单的快乐：情感篇

里取货。我看着他一个人从车上把一个硕大的纸箱子取下来，又一个人扛到楼上，除了心疼，也帮不上什么忙。看他累得呼哧乱喘，我让他歇一歇。他说他等不及了，他要赶紧把床搭起来。可那个时候离我的预产期还有两个多月呢。一会儿工夫，那张漂亮可爱的婴儿床就出落在我们的卧室里。先生说，开始的几个月里，女儿会跟我们睡在同一间卧室里。等她不需要半夜喂奶的时候，我们就把这张小床挪到她自己的房间里，她可以自己睡觉，我们得从小培养她的独立性。

这张婴儿床是用橡木做的，四周像木栅栏那样被围了起来。等女儿几个月后，她该可以自己抓着旁边细细的木栏站起来。她的个头长到一定高度，我们可以把床板往下降，四周的木栏始终高过她的头，她不至于从床上翻下来。有两边的木栏可以升降活动。我们要抱她出来时，先把一边的木栏放下来，这样方便抱起她来。她自己呆在里面的时候，千万不要忘了把木栏升上去，免得她给我们来个惊险动作。先生边解释边向我演示了一番。他说他查了网上的各类信息，也咨询了他弟弟，这是最好的婴儿床。我也非常满意。

小床有了，还需要床上用品。我们去婴幼儿商店给宝宝买床垫。先生事先已对各类的床垫做了番研究。他说太软的床垫不合适，宝宝睡在上面并不舒服。我也认为软的不行，宝宝在上面睡长了，没准儿会造成驼背。先生认为太硬的也不行，但一定要有硬度，特别是等宝宝可以坐起来、站起来，甚至可以在上面蹦蹦跳跳的时候，没有一定的硬度肯定支撑不了。最后我们看中了一种带气孔的床垫，软硬合适。

先生又挑了包在床垫上的塑料床罩。这样即使发生了渗漏"事件"，宝宝的大小便不慎钻出纸尿裤溜到了床上，有这层塑料床罩做保护，也就不会影响到床垫了。说是塑料床罩，其实要比我们平时见到的塑料布柔软厚实温暖许多。不过我们还是又买了全棉的床套，准备套在塑料床罩上，让宝宝睡得绝对舒服。

05 美国奶爸

回到家后先生就把床罩床套套在小床上，宝宝的小床已经完全就位了。准奶爸说真希望宝宝现在就能从我的肚子里跳出来，美美地睡在她的小床上。

这边的婴儿用品极大地丰富，也许是东西太丰富让我看花了眼，我干脆不去做比较了。在我看来，宝宝只要有床睡觉，有衣服保暖，有奶可吃，有尿片可换，出门有小推车，再加上爸妈的爱就行了。准奶爸可比我认真得多。他一一列出我们都需要为宝宝准备哪些东西，大到游乐车，小到奶嘴，他都能说出个所以然来。而且在各类产品中为什么要选这个牌子的，在各种款式中为什么要选这一款，他都做了认真的研究。譬如什么样的洗澡液更适合宝宝，给宝宝换尿片时要在她的小屁股上涂什么样的润肤膏等等。至于宝宝穿的衣服，不能像我要的那样光图好看，安全舒服是最重要的。宝宝睡觉时最好穿连体衣服，小脚丫也包在了里面，只有脑袋和小手露在外面。领口要扣紧的，以防止宝宝把脑袋缩进衣服中，影响了她的呼吸。先不能给宝宝用枕头，身上也不能盖可以掀动的毯子被子之类的东西，都是怕宝宝把这些物件拉到了自己的小脸上，堵住了自己的鼻子和嘴巴。奶爸说得头头是道，但我也没把他的话奉若神明。挑奶瓶时，奶爸选的是 Dr. Brown's 这个牌子的奶瓶，没什么色彩，直直地立在那里，没啥腰身。先生说这种奶瓶最好用，我心想你又没用过，就又挑了俩颜色鲜艳形状精巧的。女儿出生以后，用到奶瓶时，我发现还是奶爸正确。我选的奶瓶中看不中用，喂奶时奶水会时不时地从接口处流出来，而且宝宝在吸奶时会吸进更多的空气。奶爸选的奶瓶就没这些问题，密封度极高，即使完全横躺下来或倒立过来，液体都不会流出来。女儿用这种奶瓶时，可以看出她很舒服，从没呛着过。

为迎接女儿的到来，还有一样东西是必不可少的。美国的法律规定，婴幼儿是不能直接坐在汽车里的，也不能被大人抱在怀里。小孩如

简单的快乐：情感篇

果坐汽车，一定要坐在专门的座椅上，这样安全系数会更高。而且刚出生的婴儿和儿童坐的座椅是不同的，婴儿实际上是躺在小坐椅里。除了底座，上面那部分可以拿下来拎着走。婴儿就舒舒服服地躺在里面，像个小摇篮。这种婴儿座椅大约能用十个月，等到宝宝的腰杆硬了，可以坐起来了，就得给她换幼儿座椅，然后是儿童座椅。在这里，接新生婴儿出院时，医院的工作人员都得去检查汽车里有没有安装好婴儿座椅。如果没有，他们不允许你把宝宝接走。先生订这个座椅前，自然也是做了番专门的研究。他说这种座椅的安全系数最高，宝宝用着也舒服。我也很喜欢，样式很可爱，颜色也不错。男人和女人关心的东西总是不同。

美国这里有专门免费指导父母安装婴儿座椅的地方。先生已经把座椅装进汽车了，为了万无一失，他还是又跑去听了课。我没跟着去。先生回来后兴高采烈。他说大部分准妈妈们都到场了，先生装座椅时，她们就站在旁边监督，有不少的抱怨。只有他老婆信得过他，没去监工，一点不挑剔。我笑说你娶了个懒老婆，还以为捡了个宝贝。

在美国，很多夫妻在生孩子之前，特别是生第一个孩子前会参加专门的生育培训班。先生也为我们报了名。一共六周，每周一次。这种班一般不会太大，便于老师指导。我们这个班一共九对夫妻十八个人。这里要教的课程不光是为准妈妈预备的，也是为准爸爸设计的。生孩子不光是女人的事情，夫妻俩人要齐心协力，特别是在生产的那一刻。所以这里的产房都允许丈夫守在孕妇的身边，而且他们呆在里面不是干坐着看热闹，他们真的可以在关键时刻起上不小的作用。那么他们究竟能起上哪些作用，究竟能对太太有怎样的帮助，这也是这类培训班要教的。对丈夫们来说，这些训练课最大的帮助是使他们知道并掌握在阵痛和分娩时如何引导、肯定、支持、帮助自己的妻子。

有生就有养，除了要在妻子生产时发挥作用，这些男人们还要跟太太们一起学习如何照顾孩子。这也是这类培训课的内容之一。老师带了不少的图片和道具。那个橡皮娃娃有7英镑重,这是新生儿的平均体重,大小长短也跟新生儿差不多。大家轮流抱了抱这个娃娃,具体感受一下,同时学会如何抱孩子。老师还教我们如何喂奶、换尿片、给婴儿洗澡等等,大家都学得很认真,不论男女。刚出生的孩子都被裹在一个小毯子里,既保暖又舒服,如何包好毯子需要些技巧,老师做示范,我们一遍遍练习。我们还有一个换尿片和裹毯子的比赛,一对夫妻一组,先生跃跃欲试,动作也还灵巧,可惜我的动作慢了些,被我拖了后腿,我们没争上第一。

先生还陪我去我即将生产的医院参观考察了一番。美国带有妇产科的医院都会为孕产妇及家人组织免费的参观团。因为孕妇平时做检查都是在医生专门的诊所,并不需要去医院,除非发生了紧急情况。这样很多孕妇对即将要去生孩子的医院并不熟悉,事先能来参观一下,可以做到心中有数。

我还真是第一次来这家医院。第一感觉是这里不像是医院,倒像是几星级的宾馆。医院门前被五彩缤纷的鲜花装点得很明媚。大堂整洁舒适,宽敞明亮。一架电子钢琴连续不断地自动弹奏着一首首优美的乐曲。大堂旁边有礼品店、咖啡馆、餐厅,很像是酒店里的布局。再往里面走,还能看到图书馆之类的设施。连接着一个个房间的走廊都被装饰画装点着,怎么看怎么不像是一家医院。当然急诊室里可能是另外的一番景象,但我们所经过的地方都是静谧安宁的,这肯定可以减少病患者和待产孕妇的紧张心理。

医院为生孩子参观团安排的活动很周到。有录像和文字材料,也有专门的人员进行讲解和回答问题。他们还带我们详细考察了产房和产后居住的病房。一般产妇产后会在医院住两天,剖腹产的待三四天,这也要看产妇的具体情况和保险公司的安排。很多医院可以保证一人一个房间，或者说一家一个房间，这样先生或家人可以陪床，孩子也可以跟父母二十四小时待在一起，但医院的护士会提供专门的护理和指导。房间不大，但都配有冰箱、电视、卫生间等基本设施。

万事俱备，只等着孩子的到来了。准奶爸在最后阶段不放过任何的细节。他知道我担心家里的两条大狗伤到女儿，他自己嘴上说没问题，心里大概也有些顾虑，所以专门咨询了医院的人员。他们建议奶爸先把女儿戴的小帽子拿回家，让狗狗们适应熟悉婴儿的气息，这样孩子回家时就可以跟大狗们和平相处了。

女儿还在母腹中时，先生就开始扮演父亲的角色。他为女儿预备好了一切，一个温暖的家，家中应该有和能够拥有的所有的爱。我相信女儿是带着欢喜来到这个世界的，她从母亲平静的呼吸和愉悦的心情中，也应该感觉到父亲的舐犊深情。

3

女儿出生，奶爸正式上任。

我们没有请保姆，决定亲力亲为。有我这么个中国老婆，先生自然少不了接触中国人的机会。两种文化，我觉得在百分之八十的事情上我们是彼此认同的。但有一件事先生非常不理解，也很抗拒，那就是很多中国父母喜欢让家里的老人或保姆来带孩子。他不明白做父母的不能亲手带大自己的孩子，为什么要生孩子。在这点上我倒赞同他的观点。但照顾孩子，特别是一个初生婴儿，并不是一件容易的事情。孩子这个时候大概也是最需要父母的关爱的时候。很多美国夫妻在孩子出生以后，会有一方停下工作，在家专职带孩子。留在家里的可以是妈妈，也可以是爸爸。

我那时候还惦记着生完孩子后尽快回去工作。先生的态度很明确，

05　美国奶爸

他不反对我出去工作，如果我做了这个选择，他就辞掉工作，在家带孩子。我权衡了一下，还是决定自己留在家里。

虽然有了这样的分工，先生在孩子身上投入的时间和精力并不少。他事先攒下了二十多天的假期，孩子出生后的将近一个月里，他一直在家照顾大人孩子。他对坐月子的说法也不理解，但在行动上倒还配合，让我按照中国人的习惯坐了个月子。第一个月里，除了母乳喂养这一部分他无法替代，其他大部分跟孩子有关的事情都由他顶了下来。

奶爸完全是自学成才，上岗以后表现得却很不错，算是一个称职的奶爸。

我们在开始时就混搭了奶粉。奶爸为女儿提供了一条龙的服务，买奶粉、冲奶粉，然后是抱在怀里喂奶粉。女儿吃饱以后，奶爸就把她扶起来，一手托着她，一手轻轻地拍她的后背，直到拍出奶嗝。女儿好像很享受这套服务，每次奶爸喂她，她一边吸奶嘴，一边笑意盈盈地望着奶爸，奶爸也是一脸幸福地望着怀中的女儿。温馨的哺乳画面里，原来并不只有母亲和孩子。

有吃就有拉。从医院开始，奶爸就管着给女儿换纸尿裤。婴儿刚开始拉出来的东西五颜六色，跟开画展似的，我以为出了什么问题。奶爸没像我这么大惊小怪，他告诉我这是胎便，就该是这个样子的。而新生婴儿每天要拉许多次，开几次画展，奶爸也就一次次地为女儿换上干净的纸尿裤。奶爸在这方面好像也很有经验。纸尿裤要包严实，防止侧漏，但包好后还要往外拉一拉，留下空隙，要不孩子会被捂得很难受，松紧要合适。看他的熟练和驾定，像是以前养过不少孩子。看不出他跟我一样，是初次上岗。

给新生婴儿洗澡也是个瓷器活。婴儿皮薄肉嫩，肉褶子倒不少，既不能弄疼了孩子，又得清洗干净，不藏污纳垢。女儿出生后护士就抱去给她洗澡，奶爸也跟了去，现场观摩，细细揣摩，很快掌握了给孩子洗澡的本领。开始时孩子的脐带还没掉，不能下水，奶爸就用湿毛巾为她擦洗。肚脐眼愈合后，女儿就可以用小澡盆洗澡了。但婴孩的身体是软的，脑袋挺不起来，奶爸总是一手扶着她的脖子，一手为她清洗。洗过之后先用毛巾擦干，再用电吹风吹一遍，鼻孔和耳朵这些地方则用棉花棒吸干。奶爸的细致周到，让女儿的皮肤一直在干燥清爽的状态中，她从未得过很多孩子都会碰上的湿疹。

还有一件考验奶爸的细心和耐心的事情就是给女儿剪指甲。女儿人小个小，指甲倒长得几乎跟大人一样快。如果不修剪，她抓挠的时候，就会在脸上身上划出些血道道。婴孩的指甲太难剪，很多父母会让孩子戴上专门为婴儿预备的小手套。手套起了保护作用，但两只小嫩手一天到晚包在手套里肯定不舒服。女儿戴了半个月的手套后，奶爸就开始为她剪指甲。每次把女儿平放在床上，奶爸就跪在她的身边，耐心地为她一个个地修理。婴孩的手指甲极小，稍不小心就剪到肉上了。我从没敢给女儿剪指甲，就是在旁边看着都要心跳加速头皮发麻。奶爸还有本事边剪指甲边逗女儿，讲些笑话和开心的事儿。奶爸给她洗澡时也喜欢这样做。女儿肯定不懂奶爸在叨叨些什么，但她或许能感受到奶爸传递给她的轻松和欢快。奶爸给她剪指甲和洗澡时她从不哭闹，而且那份快乐也影响了她以后的成长。

我没有带孩子的经验，又不像奶爸那样好学上进，自己摸出了规律，女儿刚出生时我几乎是个白丁，幸亏有奶爸在旁边言传身教，让我在短时间里也上了道。奶爸刚上岗就带了徒弟。他回去上班后，我一个人也能带了孩子，当然洗澡剪指甲之类的事情还是会留给劳模奶爸。

看奶爸带孩子，我相信了那句话，男人细心起来比女人还细心。不过奶爸也有不少粗粗拉拉的地方。开始时我没注意奶爸是怎么冲奶粉的，过了十几天了，我突然看到他直接把自来水灌进了奶瓶。虽然在美国拧开水龙头就可以饮用自来水，自来水已经过特殊的处理，但这毕竟是生水呀,怎么着也该煮开了再给孩子喝。奶爸认为这样做是多此一举。我想想女儿已经这样喝了十几天了,好像也没什么问题,就睁一只眼闭一只眼了。但轮到我时,我还是会用温开水。

新生婴儿每两个小时就得吃一次,晚上的时候很是辛苦。奶爸和我轮流值班,保证不让女儿落下一顿。女儿有时还会给我们加些劳累,没有原因地哭闹一番。这项额外的工作奶爸总是努力去承担。女儿哭的时候就把她抱起来,抱着她来回走动,哄她入睡。有一天女儿一直哭个不停,奶爸不知怎么想出一招,把女儿放进他胸前的袋鼠袋里,牵上两条大狗就出门了。这深更半夜的出去遛孩子,先不说是否安全,那时候已是初秋季节,半夜时分有了凉意,一个出生才十几天的孩子很容易着凉。奶爸却没有这些顾虑,回来后还很得意地告诉我,女儿一出去就不哭了。外面星光灿烂,女儿很好奇很惬意。再走上一段,她就舒舒服服地睡着了。不知女儿对外面这个世界的兴趣和热爱是不是从这个时候开始的。我那段时间疲惫不堪,又在家坐月子,顾不上跟着出去看个究竟,但我坚持让奶爸再做这种事时要把女儿包严实了。奶爸常常阳奉阴违,他认为感冒都是由病毒引起的,而我认为着凉着风喝生水都能导致生病,这是我从小受的谆谆教导。我跟先生在这些方面一直没有达成共识。我不知道这是文化差异,还是男女有别。但在这场"争斗"中奶爸还是占了上风,在女儿能自己做选择的时候,她的决定总是跟她老爸如出一辙。女儿不是娇生惯养出来的,但很少生病。一个粗糙的奶爸,倒是带出了一个皮实的孩子。

4

先生是搞电脑的,如果能考下微软的一些证书,薪水会上涨,竞争实力也更强。

简单的快乐：情感篇

　　我怀孕以后，先生就琢磨着多挣些钱。他说，以前单身的时候，很少想到责任心。反正有一份工作，有房子有车，如果有多余的时间，他多半是在享受生活，哪怕无所事事。因为不用考虑别人，他对自己的要求也不太严格，不会去想多学点什么，多些进步，让生活变得更好一些。可现在不同了，他有家，有老婆，马上要有孩子，还有两条狗，他有责任照顾好这一切。他开始积极寻找一些提高自己的机会，因为他只有不断提高自己，才有可能更好地照顾好自己的家庭，为他所爱的人创造更好的生活。

　　可是现在一切都已经很好了，我说，我不要你搞得太累。

　　先生却说，我在做一些我想做的事情，一点不觉得累，我是在更好地享受生活。

　　先生挑战自己的是一种难度很大的证书，要通过五门考试才能拿下这种证书。一般人会去上辅导班，有的人先停下工作，心无旁骛地做准备。先生没有额外的时间去上辅导班，也不可能放弃工作，他买来了书，挤出时间自己学习。这样边上班边照顾家庭边自学，在不到一年的时间里连下五城，而且每一门考试都是一次通过，有的还考到接近满分。他是全世界自这种证书设立以来第2501个拿到证书的人，后两门考试还是在女儿出生以后最忙乱的时候通过的。奶爸说他是为女儿考下这个证书的。他能有这样的干劲，确实是女儿给他的动力。

　　奶爸的薪水上涨不少，他跟我商量拿出一些钱为女儿设一个教育账户，每年往里面放些钱，等她上大学的时候，她可以有足够的钱上世界上最好的大学。我说女儿上大学是十八年之后的事情，我们是不是行动得太早了。奶爸说早行动总比晚行动好。我本来以为就我们中国人把教育这么当回事儿，没想到美国人也有这个意识，对他的这个想法我当然是举双手双脚赞成。

　　先生接着说，等她要上大学时，我们把这笔钱给她。如果她不想上大学，她可以拿这笔钱去做她想做的事情。

我一听这话又觉得不对劲儿了。我对上不上名校无所谓，但大学教育咱还是不能落下的。

奶爸对此不置可否。他说那是女儿的事情，要让她自己拿主意。我想这也无可厚非。不过我还是设想女儿选择接受大学教育，于是跟奶爸商量，要是女儿读大学的话，我们是不是能替她出学费。

那时候我们已经决定只要一个孩子，我想负担一个孩子的学费不该有什么问题。而且那些边上学边打工的大学生们还是蛮辛苦的，我心疼女儿，不想让她吃这个苦。

奶爸马上投了反对票。他说，我们给她出一部分，她自己出一部分，这样对她才好。她要学会自食其力，早点独立。她自己打工挣钱，知道挣钱不容易，才会珍惜每一分钱。

奶爸的大道理我不是不明白，但心里还是有些犯嘀咕。不过我没去跟奶爸讨价还价。揣测和决定很久以后才会发生的事情为时过早，眼前的事情才是当务之急。奶爸倒是说到做到，从我做起从现在做起。他不想只为女儿设一个空头账户，除了不断学习新的知识技能加强自己的实力，还更努力地做好他正在做的工作。他本来就是个很敬业的人，现在更是兢兢业业不遗余力。回家以后还会加班加点，解决工作中的问题。他本不需要接手这些额外的工作，是为了女儿，他挑了最难做的项目，并且在攻克一个个的难关后让自己有了很大的提升。

每天结束辛苦的工作，奶爸最大的愿望就是快点见到他的宝贝女儿。每次一进家门，奶爸都有些过分激动，像是久别重逢，抱起女儿亲了又亲，眼睛里满是怜爱与喜悦。先生算是个浪漫的人，但在我们最热恋的时候，他的眼神里好像都没有这般的挚爱深情和似水柔情。

女儿在奶爸的怜爱中一天天长大，她也从被动的接受变为积极的回应和给予。奶爸回家时，会有热烈的拥抱和亲吻等待着他。父女俩还会嬉闹一番，欢声笑语此起彼伏。

不变的是奶爸对女儿精心的呵护和未曾中断过的父爱。就是在工作最忙的时候，奶爸也不会克扣照顾和陪伴女儿的时间。奶爸还有个本事，一心可以二用。不得不在家加班时，奶爸可以边哄女儿边工作。他也一直不觉得照顾孩子是个负担，这份天伦之乐中，有数不尽的乐趣和幸福。

女儿半岁多时，奶爸有个提升的机会。职务是高了，但会因为公务经常出差。奶爸没有多想就拒绝了。这也是很多美国人所做的选择。家庭第一，不会为工作牺牲家庭。这不是说他们不好好工作，在家庭和工作有冲突时，他们会量力而行，分清轻重缓急，尽量找到工作和家庭的平衡点。其实有孩子的人，工作时会更有责任心，也会更努力地工作。

奶爸守护着女儿，女儿已经开始上小学了，奶爸还未离开过女儿一天。我倒是离开过几次，有两次是我一个人回中国探望父母。第一次这样离开时我也担心过，回来后见女儿完好无损。没有了我的清规戒律，父女俩没准儿过得还更逍遥。

父亲带孩子在这里是件很普遍的事情。派对上，端着盘子在后面追孩子的常常是些男人。很多妈妈倒挺放得下，边享受美食边跟闺蜜聊天。公园、游乐场等公众场合，全家出动时，照顾孩子的也多半是男人。有次我们去看圣诞彩灯，停车时，看到对面走过一家四口。爸爸肩上扛了一个，婴儿车里还推着一个，妈妈跟在后面，低头玩着手机。这样的画面并不扎眼。所以先生在家里和外面悉心照顾女儿，他从未抱怨过什么。他是奶爸风景线中一道和谐的风景。

5

女儿说话晚，两岁多时，还只会蹦些单词和最简单的句子。因为很多话无法表达，她要拿什么东西时，就只能来拉我们的手。我们常得猜她的意思猜她想要什么。语言发展滞后，也影响了她的交际能力。

做父母的这种时候可不会拿贵人语迟来安慰自己，我们赶紧求救于县政府的语言机构。在美国州以下的行政区是县，县下面管辖着大大小小的城市，跟中国相反，这里县比市大。我们当时所在的马里兰的蒙哥马利县的综合实力，排在全美三千多个县的前十名，加上马里兰州非常重视语言教育，有很多双语学校，也有专门的机构为语言发展滞后的孩子提供免费的专业服务。我们打了电话报告了情况以后，这个机构先派人上门为我女儿做了测试，发现她的语言表达等能力比她的实际年龄滞后了八、九个月。这对一个才两岁多的孩子来说，已经是不小的差距了。

县政府的人先让我们停下一种语言。女儿开始学说话时，奶爸和我决定对她进行双语教育。奶爸跟她说英文，我跟她说中文。原来指望她从一开始就能同时掌握两种语言，没想到她哪种语言都不行。县政府的专家说，双语教育很可能是造成她说话晚的原因。我们不得不先停了中文。只攻一种语言的同时，县政府每周还派人上门服务，为女儿做语言辅导，用不同方式开发她的语言能力。这样过了几个月，女儿的表达能力有了不少的提高，但还是明显滞后于她的实际年龄。

女儿的说话问题成了我们的一大心病，县政府派来的人也帮着我们探究原因。他们怀疑过女儿的听力，我们带她去看了医生，排除了这种疑虑。有个语言老师有次提到了自闭症，自闭症孩子的一大症状就是不会说话。说者不是特别有心，奶爸和我却完全当真了。

我们为女儿约了自闭症方面的医生。在美国看医生有时候要急死人。电话打过去，如果不是急诊，一个月内能看上医生就很不错了。本来这倒不是急病，但对我们来说这比急病还急。自闭症几乎没有治愈的办法，如果女儿真是得了自闭症，她很可能永远都不能跟人正常地交

简单的快乐：情感篇

流，她的语言能力也有可能永远停留在最初级的水平上，同时还有恶化的可能。在那一个月的等待中，我们每天都是度日如年，时而满怀希望，时而如临深渊。我们每天都挂在互联网上，通过分析互联网上的各类跟自闭症有关的信息，以及女儿的表现，希望能知道个大概。有的时候觉得看出了些眉目，但更多的时候是云里雾里，只能心急火燎地等待着医生的"召见"。不过越是快要见到医生了，我们越是紧张。奶爸本是性格开朗的人，很幽默，笑口常开，但那段时间很少能听到他的笑声和玩笑。

去见医生的前一个晚上，我们两个都是辗转反侧。女儿倒是一觉睡到天亮，一无挂虑。早晨起来后我还是吃了点东西，奶爸什么也没吃，水也没喝。没有睡好觉，他的眼睛是混沌和疲惫的，还有忐忑和焦虑。我们驱车上路，来到这家在世界上也是数一数二的医院。医院太大，不像一般的医院只是集中在一、两幢楼里，在这里不同的科室分布在不同的地方。我们去的这个地方环境优雅气氛悠闲，这是美国大部分医院的共同特点，医院不像医院。特别是这种没有外科又兼顾医学研究的地方，几乎完全没有任何跟医院有关的迹象。这里有一个很漂亮的儿童游乐室，里面的玩具琳琅满目。奶爸去填表办手续的时候，女儿就在里面很开心地玩着。

很快见到了医生，是个很和蔼的中年女性。自闭症的诊断不同于大部分疾病，主要靠医生的观察分析。医生问了我们几十个跟女儿的表现有关的问题，同时她的眼睛一直追随着我女儿，跟她说话，陪她玩，看她的反应。这个医生是我表哥帮忙找到的。我表哥在同一家医院当医生，他排查了所有自闭症方面的专家，帮我们找到了这位医生。虽然原来并不认识，但表哥的联系还是起了作用。在美国看病或做其他的事情一般不会想到托关系，但我发现有个介绍人还是会起好作用。按正常的程序，约上一个自闭症等儿童发展方面的医生的门诊，特别是在这种顶

05 美国奶爸

尖的医院,要等上至少一、两个月的时间。这位医生在不到一个月时就见了我们,而且在整个过程中她非常的耐心细致。当然我在美国还没碰到过态度不好的医生。

医生花了两个多小时问问题和做观察,然后得出了结论。她认为我女儿只是说话晚、语言发展滞后。虽然这是自闭症的表现之一,但她没在我女儿身上发现自闭症的其他症状,她不认为我女儿患上了自闭症。不过自闭症相对难以诊断,特别是对一个还不到三岁的孩子,更难做出准确的判断。既然我们有这方面的疑虑,她建议我们再看一个医生。就在同一医院里还有一个专门诊断和治疗自闭症等儿童发展障碍的中心,这位医生主动帮我们联系了那边的医生。她希望那边的医生除了能做些诊断,最重要的是为我女儿的语言发展提出些建设性的建议。

二十多天后,我们带女儿去看另外一个医生。

因为有前面那个医生给出的一个很明确的诊断,奶爸和我这次放松了许多。这个地方要来两次。第一天我们见到的是医生的助手,一个很年轻的女孩。她给我女儿做了些基本的测试,譬如叫她的名字,或在她身后搞出些动静,看她有没有反应;跟她做游戏,观察她的配合。前面做得还算顺利,女儿该回应的时候都有回应,该配合的时候也算配合。这时候已经是中午快一点钟了,女儿又累又饿又渴,越来越多地表现出了不耐烦。我问那位年轻的助手,能不能让我女儿先喝点果汁。她马上拒绝了我,同时有意抢走了我女儿玩得正高兴的一个玩具。女儿追着她想要回来,她就把玩具放到一个很高的地方,对个头很小的女儿来说,这玩具能看得见,却够不着。于是女儿大哭不止,哭得惊天动地,从没见她这么伤心过。医生的助手站在那里观察了一会儿,然后离开了那个房间,过了一、二十分钟才回来。

女儿已经不哭了,蔫蔫地坐在那里。那个助手没再做其他的测试,坐下来跟我们聊她的观察结果。她说我女儿刚才有这么激烈的反应,这

61

是自闭症的一种表现。我没说什么，心里在想，一个两岁多的孩子遇到这种情况，不大哭大闹反倒不正常了。奶爸倒很认真地听着。他小心翼翼地问，如果我女儿是自闭症，她永远都说不好话吗？

是的，你永远不能指望她有漂亮的语言表达能力，那个助手说，但我们有专门的辅导班，有辅导家长的，也有辅导孩子的，可以帮助他们提高这些能力。你们可以报名参加。

奶爸没有同意。他已经是有病乱投医了，好在还没有彻底晕了头。

回家的路上，奶爸和我的心情都很不好。我主要是在生气。那个年轻的助手没做几个测试就匆匆得出了结论。这结论还模棱两可着，她就推销起生意，动员我们上他们的辅导班。我唠叨着我的不满，牢骚倒出来了，心情好了一些。奶爸却一路沉默不语。我知道，那个助手的一些话，已经在奶爸心里砸下了一个大坑。

回到家后，我和女儿先吃了饭，填饱了肚子。奶爸早上起床后就滴水未尽，累了大半天了，我劝他先吃点东西。他说他不饿，什么都不想吃。

两个人都心烦意乱。不知怎么又绕到了自闭症上。当然也不能说那个助手说得不对。很多患上自闭症的孩子的父母在听到这个消息时，都怪罪上了医生，认为是医生有误。而且，早上见医生时，我自己也说我们担心孩子患上了自闭症，现在医生的助手只是在验证我的设想。但我对那个助手的表现和医术还是不敢恭维。我也查了其他人在网上对这个助手的评论，有不少是负面的，这也减弱了我对她的信服。再加上这段时间我天天在网上做自闭症方面的研究，不能有一个肯定的结果，但基本上否定了女儿患上自闭症的可能性。还有，我们前面见过的那个自闭症方面的专家，已经给出了一个明确的诊断。我把我的这些理由说给奶爸听。他觉得我说的有道理，也故作轻松地附和着。可是一直到晚上，他还是没吃什么。我知道他还是没走出那个心结。而我自己倒真被我找出的一堆理由说服了，突然间豁然开朗，也有可能是自欺欺人。但我能把这个重担放下，还是影响了奶爸。他多少把我当成了救助女儿的希望。我走到哪里，他就跟到哪里。有时候我去了楼上或楼下，只要片刻工夫，他肯定会追随而来。自从我认识他以后，他一直是我的依靠，一个坚强的依靠。第一次，见到他身上脆弱的一面，无助得像个孩子。晚上我要睡觉时，他也跟着我进了卧室。我躺下，他赶紧躺下，拉住我的手，不敢松开。

第二天还要去见医生，但我已经不在乎医生会说什么了，所以那天晚上睡得很好。

一觉睡到天亮。醒来时，发现奶爸不在身边。我起来找他，在女儿的房间看到了他。他跪在女儿的小床边，我只能看到他的背影。只是一个背影，已经让我感受到那份压抑着的苦痛。我不知道他从什么时候开始跪在这里的。

我走过去，搂住了他。他还是没有回头，只是说，想到她不能像正常的孩子那样长大，不能有一个美好的未来，我真的很难过。

女儿没心没肺地酣睡着，还不识人世的愁苦，也不会为自己的未来担忧，她的少不更事懵懂无知让我们更加感觉到心痛。

奶爸的肩膀抽搐起来，眼泪落在我的手上。

也许是我们做好了最坏的打算，那天去见医生，结果倒比我们想到的好很多。这个医生也是一个中年女性，跟上次见的那位医生的年龄差不多，也都温文尔雅。助手的报告让医生多少有些先入为主，但她又在我女儿身上看到很多非自闭症的表现，这大概让她难以得出结论，措辞上非常谨慎，始终没敢说我女儿患上了自闭症。她说一个月内我们可以收到一个正式的诊断报告。我们当天没拿到这个报告，但心情上好了不少。

那一天，奶爸吃了点东西，虽然很少。他大概明白，他不能就此消

简单的快乐：情感篇

沉下去。女儿的一生才刚刚开始，还需要一副有力的臂膀，为她扛起一片蓝天。

碰巧的是我女儿去的那个托儿所的老师告诉我们，他们的女儿小的时候出现过同样的情况。那是一个单一的美国家庭，没有双语的问题，但小孩子迟迟不说话。父母很着急，带她去看了很多医生，也没有一个明确的结果。后来她开始说话了，并且一步步地赶上了正常孩子的水平。回过头去想，他们觉得县政府的语言辅导起了很好的作用，更重要的就是父母的耐心和额外的心血了。而看过的一些医生，基本上没有太多的帮助。我们也有同感。特别是第二个医生，加上她的助手，让我们很是折腾了一番，但却没有结果。一个月后我们也没收到正式的诊断报告。其间倒是来了好几张账单，钱没少要。当然我也理解他们，女儿的情况比较特殊，医生也难以下结论，诊断错了又要负其他的责任，所以他们一直没给诊断报告，我们也就不了了之了。也许这对我们来说是个好消息，至少说明女儿没有患上自闭症的可能性更大一些。

根据我自己和一些朋友的经历，我觉得在美国看个病也不是那么容易。医院的硬件设施和设备让人无可挑剔，医生的态度也都不错，如果不是什么疑难病症，应该可以得到很好的治疗。如果遇到模棱两可的情况，需要医生凭经验来做决断和治疗的时候，那病人得到的结果就有好有坏了。我在美国看过的几个中国医生，甭管是大陆来的还是台湾来的，在经验和医术上都有很不错的表现。但在儿科方面，中国出来的医生不多。特别是针对儿童发展的不同方面所出现的问题，就更鲜有中国医生涉足其中了。也许我们中国人本来就没把那看成是问题。而美国人会比较重视儿童成长时的平衡问题，尽早发现孩子的弱势之处。不是扬长避短，而是尽早干预，尽可能不让这些弱点拖了后腿，在孩子的弱点上多下功夫。就是不能变弱点为长处，也会因为额外的帮助在孩子的不足之处上事半功倍，提高孩子的综合能力和整体上的自信。

05 美国奶爸

　　这些外界的干预和帮助来自学校、专门的医生和机构等,对于一个年幼的孩子来说,最有力的帮助应该还是来自自己的父母。奶爸自然明白这些。他说不管怎么说,女儿说不好话总是一个问题,我们必须想办法为她解决这个问题。除了全力配合县政府的语言开发和辅导外,奶爸还花大量的时间陪女儿练习发声和说话。从一个个音节,到简单的句子,再到长长的复合句。女儿从小喜欢阅读,她最喜欢做的事情之一,就是坐在奶爸的怀里,听奶爸给她读书。开始时是她听奶爸读,慢慢地变成奶爸听她读。从一页只有一句话的小人书,到每页都有长长的段落。奶爸总是耐心地纠正女儿的发音,遇到新词,他除了教发音,还会详细地讲解意思,举一反三。奶爸还喜欢挑起话端,时不时地问女儿个问题。出门的时候,就是开着车,也可以做这种练习。一路上他边开车边问女儿看到了什么。女儿的回答里先是只有名词,后来就有了动词和形容词,内容也越来越丰富。奶爸还有意引导女儿问问题。从"什么"开始,到"谁"和"哪里",然后是"为什么"。女儿在很长时间里都不会问"为什么"。奶爸没有放弃努力,循序渐进地引导。女儿在四岁的时候,终于开始问"为什么"了。

　　在提高女儿的语言能力的同时,奶爸几乎每天都带女儿出去转转。周末的时候可以参加各种活动或找个地方尽情玩耍。平常奶爸要上班,女儿要上托儿所或上学,但傍晚时奶爸还是要带女儿去个离家不远的地方,哪怕就在我们的小区里散散步。这些室外活动不仅开阔了女儿的眼界,而且给女儿提供了很多跟别人交流的机会。随着表达能力的提高,女儿越来越喜欢跟人交流,朋友越来越多,跟人打交道的本事也越来越强。语言能力和交际能力齐头并进。除了口语和阅读外,奶爸还陪女儿做算术题、玩拼字游戏、做作文,教她很多自然、天文、地理、历史等方面的知识,同时还培养她各方面的生活能力。拉动提升她的弱点,还要顾及她综合能力的提高。女儿像个大大的海绵,开心地吸收着各种

简单的快乐：**情感篇**

养分。

偶然看到过一篇文章，谈到父母在孩子那里该扮演的角色。说是对孩子来说，最好的搭配就是父亲抓教育，母亲管吃穿。我不知道这是不是最佳的方式，但奶爸和我碰巧搭配出了这样的组合。在这样的搭配中，做爸爸的实际上要付出更多的精力和心血，教一个什么都不会的孩子掌握各类的本领需要很多的耐心。奶爸毫无怨言地包揽了这一切，只有一次他求助于我。奶爸是个左撇子，而女儿跟我一样用右手。女儿需要学如何系鞋带时，奶爸让我教她，因为我们都以右手为主。我示范了很多遍，女儿跟着比划，总是不得要领。我的耐心越来越少，就说我们明天再练吧。女儿不想放弃，我却急着喊停了。那一刻突然掂量出奶爸的伟大和不容易。就这么一件事我都教得心急火燎，奶爸教会女儿那么多的东西，这得需要多少耐心和爱心呀。

其实每个孩子都有成长之痛，只是痛在不同的地方，痛得有轻有重。做父母的，可以完全忽视，也可以倾尽全心全力。如果能做后者，收获的，不仅是孩子更顺遂的人生，还有尽职尽责的父母才能感受到的苦尽甘来的甜美。

女儿会说话后，很快变成了一个话匣子。特别是在家里，有时候可以从早说到晚。孩子话多的时候，有些父母会觉得心烦，而我们曾经历过女儿不会说话的苦痛，现在能听到她小鸟般唧唧喳喳说个不停，感觉到的是深深的祝福。喜欢这样的画面，女儿仰着小脸小大人似地向奶爸描述着什么，奶爸笑盈盈地看着女儿，跟她你一句我一句地聊着。我看着他们，心里满是感激和幸福。

女儿五岁多在上学前班的时候，转学来到弗吉尼亚北部。因为有前面的"案底"，新学校很负责任，组织各方面的专家和她的任课老师为她做测试，看看她哪些方面还有欠缺，可以帮助她提高。正好也到了期末，学校对每个学生都有各种评估，评定他们的学习水平。

一番测试下来，他们给出了一个非常详尽的报告，还专门跟奶爸和我开了两次会。他们发现我女儿有了长足的进步。最差的还是口语表达，但已经达到她这个年龄的平均水平。她的人际交往能力也完全达到正常水平。而她在阅读、写作、绘画、算术等方面都有优秀的表现，有些方面还达到了小学一年级的水平，等于超前了一年。相对于女儿在三岁时全面落后的情况，这些老师和儿童发展方面的专家都觉得很是惊喜。我提到我们在女儿三岁左右时担心过的自闭症，他们都没觉出有这方面的问题。一个曾深深困扰过我们的问题，也彻底走出了我们的担忧。

对于这样的结果和女儿的进步，付出了更多心血的奶爸跟我一样欣喜，但比我淡定，也没有高枕无忧。他说在未来的日子里，女儿还会有其他的成长之痛。每个孩子都会遇到这样那样的问题，不可能什么麻烦都没有。而我们能做的，应该做的，就是跟孩子一起坦然面对，一起去解决那些问题。

6

奶爸是个慈父，也是个严父。女儿还没出生，奶爸就跟我说，小孩子需要有规矩，不能娇生惯养。

自己睡觉，是奶爸给女儿设的第一个规矩。我说我的一些朋友的孩子，十多岁了还跟父母睡在一起。奶爸问我：你觉得这样好吗？

我也知道这样不好，但我觉得孩子跟父母睡到五、六岁还无妨。美国的父母很少这样做的。孩子从小就是自己睡觉，独立性是从小培养的。如果住房条件不允许，几个孩子可以睡在一个房间，但跟大人是分开的。

我们早早给女儿买好了小床，她刚出生时也是自己睡的。但我很快

简单的快乐：情感篇

破了这个规矩，抱着女儿睡到了另外一个房间，跟她睡在了同一张床上。我发现小孩子要跟大人睡在一起，基本上是大人，主要是妈妈造成的。如果当爸爸的不管不问，这一睡就有可能很多年，甚至十多年。而且一旦形成了这个习惯，要改起来就难了，大人孩子都痛苦。

女儿四个月的时候，奶爸觉得该让她独自睡觉了。我求了情，奶爸答应宽限半个月。

还没到奶爸要采取行动的期限，有一天晚饭前后女儿莫名地哭闹起来。奶爸觉得既然她先挑起了"战争"，干脆今天就让她独自睡觉。他把女儿放在一个小摇床里。女儿已经习惯于依偎在我的怀里睡觉，自然不能接受奶爸的安排，躺在里面又哭又闹。我们在她的哭声里吃完了晚饭。奶爸指望她能在哭累之后睡去。女儿哭哭停停，一直坚持了两个多小时，还全无睡意。其实她也不是真哭，脸上光溜溜的没有眼泪，两只眼睛骨碌碌地转着，观察着我们的举动。虽然她不是真哭，但听她干嚎了两个多小时，我还是越来越心疼，几次跟奶爸说到此为止算了。

但奶爸坚持让女儿自己睡觉，至少也得停止哭闹五分钟，才可以抱起她来。女儿不知道奶爸的心思，她以为坚持哭下去，我们一定会心软的。"战争"进入了僵持阶段。

到了遛狗的时间，奶爸不得不带狗狗们出去方便方便。临走时他嘱咐我一定要坚守阵地，不能向小闹鬼投降。

奶爸一出门，女儿觉得时机到了。她先可怜巴巴地看着我，哭声好像变成了哀求声。我没扛住，凑到她的小床前。她赶紧朝我讨好地笑了笑。我把重要的军事机密透露给了她，你只要坚持五分钟不哭，我们就可以抱你起来。小家伙对五分钟没有任何的概念，只坚持了五秒钟，又开始哭诉起来。边哭边讨好地看着我，好像是在诉说奶爸的不是，我这个妈咪不该也这样对待她。

奶爸出去了几分钟，回来时看见女儿已经躺在我的怀里了。女儿还很得意地朝奶爸笑了笑。

奶爸很是沮丧,他说我帮着女儿打败了他。我说女儿哭得让我心疼。奶爸说他不光心疼,耳朵也疼。但是下一次,他一定要赢。

我哄他道,下次我帮着你打赢就是了。

奶爸很快为女儿设立了一个作息时间,他认为让女儿适应了在固定的时间睡觉或起床,她才有可能独自睡觉。奶爸对第二场战役是志在必得。

早晨8:15起床。那天是周末,奶爸没睡懒觉,8:15把女儿从床上抱了起来。女儿正躲在我的怀里吃奶,冷不丁被奶爸拎了起来,搞得她一头雾水。不过她倒没哭闹,表现得还不错,有一个不错的开始。

下午3:15,是奶爸定的午休结束的时间。他再次闯入女儿和我的小窝。女儿正睡得迷迷糊糊,被奶爸从妈妈怀里抱走的时候,她睁开了眼睛,但一脸茫然,好像很想琢磨出个所以然来。不过她再次表现出了高度的配合精神,没有抗议奶爸的举动。倒是我心怀不满,认为奶爸克扣了女儿的睡觉时间。我重新审核了奶爸定的作息时间表,跟奶爸讨价还价后,给女儿多争取来了一、两个小时的睡眠时间。

这个作息时间刚实施了两、三天,正好赶上新年。我们去亲戚家吃晚饭迎新年,回家晚了,女儿晚上近12点才得以上床睡觉。我跟奶爸说应该让女儿晚点起床,奶爸坚持让她按时起来。我软磨硬施,奶爸做了小小的让步,答应让女儿多睡半个小时。

第二天奶爸宽限了半个小时。即使这样,女儿昨晚还是没睡够觉。起床以后我一直拉着个长脸,奶爸不断想着法子哄我高兴,我的怒气却怎么也消不下去。我开始抱怨奶爸太死板,不会灵活掌握,害得女儿昨晚最多睡了八个小时。书上可是说这个月龄的孩子一天得睡十四、五个小时。因为奶爸的"法西斯管制",害得我也心烦气躁。

在我的火力围攻下,奶爸缴械投降。他宣布停止"军事管制",不

简单的快乐：情感篇

再要求女儿实行他定的作息时间。

奶爸投降了，我没再得寸进尺，而且我打心眼里认为奶爸为女儿设立作息时间是对的。我只是希望我们有的时候能灵活运用。我宣布实行人性化的"军事管制"。

"战争"的硝烟消散了，家里洋溢起快乐喜庆的气氛。毕竟这是新的一年的第一天。中午女儿和我一起睡了个长长的午觉，家里的气氛更加轻松愉快。

人性化的"军事管制"实施了二十多天后，奶爸说可以进行第二步了，让女儿在自己的房间里独自睡觉。

在这之前，奶爸利用周末，把女儿的房间刷成了粉色。颜色是我挑的。我在一、二十种粉色中，挑中了这种颜色。深浅比较合适，我也很喜欢这种粉色的名字——hopeful，怀有希望的，正好是女儿的中文名字"涵希"的意思。

房间准备好了，好像也到了让女儿独自睡觉的时候。

那天晚上9点左右，喂过奶后，奶爸和我把女儿放进了她的小床。我们都亲了亲她，跟她道了晚安。女儿开始时还不明所以，不知道我们要干什么，等发现就她自己被留在了房间里，顿时哇哇大哭起来。奶爸事先给我打过预防针，把他从书本上看来的经验传授给我。我们按照书上建议的，过了五分钟后，进去亲亲她，对她说"我爱你"，让她知道我们没有抛弃她，只是想让她开始自己睡觉。女儿依旧哭得伤心欲绝，伸着两只小手，楚楚可怜地望着我们，想让我们抱起她。我的心揪得紧紧的，真恨不能马上抱起她来。奶爸嘱咐我一定要坚持住。十分钟后，我们又回来一趟，做了同样的事情。然后是间隔十五分钟、二十分钟。到了间隔二十五分钟的时候，可怜的小人儿终于哭累了，又过了她每天入睡的时间，她哼哼唧唧地睡了过去。这期间我的心一直七上八下，满是不安和不舍。我的眼前总是晃动着女儿的那张小脸，看见她偎依在我的怀中吃奶，吃几口，她会停一下，抬起头来，朝我幸福满足地笑一笑。实际上是我更想跟女儿睡在一起，跟她紧紧地偎依在一起。一个朋友说过，搂着孩子睡觉是会上瘾的。照奶爸说的，能不能让女儿独自睡觉，要看我有没有准备好，而不是看女儿是否准备好。我知道我不可能陪她一辈子，总要有一个让她学着独立的开始。而今天，她开始独自睡觉了。

等女儿睡着以后，奶爸和我悄悄溜进她的房间，看看她是否一切都好。那张睡梦中的小脸安详而美丽。我真想把她抱起来，不过总算克制住了自己。

这样过了两个星期。女儿一觉睡的时间越来越长，睡眠质量也很好。放进小床时也不再哭闹。女儿在还不到半岁的时候，就可以独自睡上七、八个小时了。女儿可以自己睡觉，我也轻松了不少。而且我们互相不干扰，两个人的睡眠时间和质量都得到提高。

女儿三岁左右，奶爸开始让她做些简单的家务。

一般孩子的第一项家务劳动是收拾东西，特别是收拾整理好自己的东西。有时候女儿能把玩具铺得到处都是。甭管有多乱，她吃过晚饭后必须把这些东西收拾好。这是奶爸给女儿立的另一个规矩：自己搞乱的地方要自己收拾好，自己弄出来的垃圾要自己去扔，自己的事情要自己去做。女儿也有耍赖的时候，奶爸决不让步。有时我也忍不住想帮帮她，都被奶爸给制止了。女儿人小鬼精，很快摸透了爸妈有不同的做法。奶爸的命令她基本上服从，我说的话她基本上不听。好在有奶爸在家唱黑脸，有他的规矩压着，女儿从不敢瞎造次。我遇到的很多美国父母跟奶爸的做法相似，早早地设立些规矩，训练好孩子服从规矩，孩子会好带很多。有的家里有好几个孩子，靠这些规矩可以管得井井有条。

奶爸在某些方面对女儿要求严格，在另外一些方面却放任自由。他从不强迫女儿去上她不喜欢的兴趣班，在这方面女儿有绝对的自由。奶

简单的快乐：情感篇

爸希望女儿能有些兴趣爱好，但这完全取决于她自己的喜好。女儿三岁多的时候，在大街上看到芭蕾舞演出的广告，告诉我们她想去看演出，还要学芭蕾。这倒很符合我对一个女孩子的设计，女儿有这个愿望，我当然很高兴。带她去看演出，看了半场她就不想看了，还说芭蕾也没什么意思，她再也不想学了。可我这个当妈的一直贼心不死，奶爸却反对，他说女儿想学就学，不想学就不要逼她，我只好死了心。女儿五岁多的时候又去看了场芭蕾舞演出，舞台上美轮美奂的场面这次吸引了她。她再次提出她要去学跳舞，还渴望着能登台表演。对于女儿的这个决定，奶爸很配合，马上带她去报了芭蕾舞班。

奶爸和我都希望女儿能学一、两种乐器。我想到的是钢琴或小提琴。我想让女儿走淑女的路子。按照我的想象，这淑女总该会弹钢琴或拉小提琴什么的。奶爸说那是我的主意，但这件事要让女儿自己拿主意。我们带她去乐器行，她一眼就看上了架子鼓，玩得不亦乐乎。后来又喜欢上了吉他。这让奶爸派上了用场。奶爸的吉他弹得不错，可以手把手地教女儿。这架子鼓和吉他跟我原来对女儿的期望相去甚远，可是看到奶爸和女儿一人抱一个吉他，边弹边唱，神飞色舞喜气洋洋，我好像也就没有了阻止女儿享受这种乐趣的理由。

问过女儿的几个小朋友的父母，他们会为孩子选什么样的兴趣班。没有谁说过"我们觉得他/她应该学什么"，所有的回答是一致的，都是说孩子想学什么，那就让他/她去学吧。而我认识的从中国来的父母，要比这些美国父母积极主动许多，不辞辛苦地送孩子去各种兴趣班。很多决定由不得孩子去做。有位妈妈说过，不逼孩子去做，他怎么知道这是对他好啊。我个人认为这两种做法都有可取之处，有利也会有弊，很难完全倾向于哪种办法。只是本该积极主动的我却有些懒，我不是个推妈，对女儿胸无计划。正好奶爸也喜欢这样，女儿也乐在其中，我也就顺其自然了。

另外，奶爸是个不喜欢半途而废的人，但对待女儿的兴趣爱好，奶爸总是很通融。大部分女儿试过的才艺和体育项目，她多是浅尝辄止。有些课外活动她之所以去参加，只是因为她的好朋友在那里。没有一样才艺她是要当本事去学的，自然也就少了恒心。奶爸没觉得这有什么不好，他认为对孩子来说，各类的才艺体育项目就是去玩去交朋友的，能玩得开心就好。而且不同的东西都去试试，不喜欢了就到此为止，喜欢的话就继续往前走。总有一天，女儿会发现她最喜欢做的事情。

7

奶爸为女儿付出了很多，也收获了很多。我觉得奶爸对女儿最重要的馈赠，是他影响和塑造了女儿的性格。美国人在孩子的教育上，最重视的也恰恰是品格素质的培养。

女儿有强烈的好奇心和求知欲望。女儿四岁才会问"为什么"，一旦开始，就来势凶猛，每天会有无数个"为什么"跟在我们后面。开始时间的问题还不难回答，譬如汽车为什么有四个轮子，太阳晚上去了哪里……很快她就开始问一些我回答不出来的问题，像屋顶的构造，电的输送，抽水马桶的运作原理等。我常常招架不住，最好的应付就是让她问奶爸去。幸好奶爸的知识面很广，也负责任，对女儿提出的问题他都认真回答。要知道操作原理，奶爸还会"开膛破肚"，用工具打开女儿想了解的某个器件，具体演示给她看。女儿的问题千奇百怪，奶爸也常有被问住的时候。遇到这种情况，奶爸不会像我那样说句"不知道"打发女儿，他会带女儿上网查找答案。女儿很喜欢这种找答案的方式，再遇上我说不知道的时候，女儿就问"你能不能去搜狗搜一搜（google it）"？我也试着去搜过几次，常常搜出来一些长篇大论，看得我头晕眼花。女儿还满怀期待地看着我，我只能拼凑出几句搪塞她，常常不着边

简单的快乐：**情感篇**

际。女儿也不傻，很快发现奶爸的搜狗结果更可靠。奶爸不像我这么不思进取，他也是个求知欲很强的人，他是带着满腔热情上网找答案的。父女俩为此都学到了新的知识，两个人都欢天喜地。

因为奶爸从不随便应付女儿问的问题，女儿的好奇心得到了很好的保护和引导，这大大增强了她学习的兴趣，把上学和做功课当成了一种挑战和享受。奶爸还得时不时地给她"加餐"，让她多做几道算术题或其他的题目。这些很多孩子不想做的事情，对女儿来说倒成了一种奖赏。

我还不知道女儿的好奇心和求知欲对她今后的发展会有怎样的影响，但对这个世界多一份好奇，对生活也就多了一份热爱，这肯定不会是件坏事。

奶爸也很重视培养女儿适应环境和输得起放得下的能力。女儿在幼儿园和学校里，有时会遇上她不喜欢的小朋友。遇到这种情况，我马上想到去找她的老师，给她换个班，起码换个小组。奶爸觉得这不是解决问题的办法。他的处事原则是：在这个世界上，不会是所有的人都让你喜欢，或者都喜欢你。遇上你不喜欢的人，或是不喜欢你的人，你也要学会跟他们相处。交朋友时，你要先对别人好，才有可能跟他做了朋友。我觉得让一个才几岁的孩子去贯彻执行这样的原则有些难了，但女儿抱怨了几天后，也就慢慢接受了这样的安排。当然我还是更希望看到这样的结果。奶爸说的对，你不可能喜欢所有的人，也不能指望所有的人都喜欢你。如果女儿在很小的时候就能坦然接受和适应这样的现实，那她长大以后，在生活处事和人际交往上会轻松许多。

在对待输赢的态度上，奶爸向女儿灌输的是同样的道理。女儿四岁多的时候奶爸跟她玩跳棋，奶爸连赢了几场，女儿很沮丧。我跟奶爸说，你就让她一回吧。我记得我小时候跟大人比赛时，大人们常常故意输给小孩子。奶爸马上说那可不行，赢就是赢，输就是输，她要知道生活中不光有赢，也不能指望别人让她。她得学会做一个输得起放得下的人，这样才能有好的心态。女儿一天天长大，跟奶爸比赛的项目越来越多，在外面也会遇上一些比赛。每次奶爸跟女儿比赛，从不故意输给她。女儿赢了的时候，总是兴高采烈，她可是实打实地赢了奶爸的。输了的时候，女儿稍稍有些不爽，但很快就释然了。因为她很小的时候就已经知道了，生活就是这样，有赢也有输。

每个父母对自己的孩子都是有期许的，我问奶爸，他最希望女儿成为什么样的人？奶爸不假思索地说，他希望女儿做一个快乐的孩子，成为一个快乐的人，具有快乐的能力，懂得享受生活中的快乐。在对女儿的教育上，我跟奶爸有些相左的地方，但在这一点上完全一致。女儿还未出生时，我们就为她天天祷告，最大的愿望就是她能成为一个健康快乐的人。健康包括身体上的健康和心智上的健康。一个在身体上和心理上都健康的人，也更能感受到快乐。

奶爸对女儿最大的影响，就是把快乐给了她。女儿完全继承了奶爸的快乐基因，从小就是一个爱笑的孩子。一丁点的笑料，也能让她笑得前仰后合，上气不接下气。奶爸是个笑料一箩筐的人，好事坏事都能被他幽默一下，以欢喜收场。他把这种本事传授给了女儿。女儿去过的几个幼儿园和学校，每次老师跟家长开会时，讲到女儿的各种表现，每个老师都提到女儿是个快乐的孩子，微笑天天挂在脸上，笑口常开。她的幽默还能逗笑了她的老师们，有些竟然成了经典让她们念念不忘。再拿到我们这里复述一遍，我们也被女儿的嬉笑俏语逗得忍俊不禁。而我情绪低落不高兴时，奶爸和女儿会一起上阵。女儿一边说妈咪高兴一些，要快乐，一边采取搞笑行动，直到把我逗笑为止。

奶爸在女儿那里所做的所有的努力，其实只有一个简单的目的，就是让女儿更快乐一些。呵护和引导女儿的好奇心，那是让她更有快乐的愿望；不要回报地爱她，传授给她丰富的知识，带她走出家门，发现这

简单的快乐： 情感篇

个世界的美好，这些都是快乐的源泉；教她说话，帮她掌握更丰富的表达，那是为了让她更好地说出自己的快乐，并且把这份快乐传递给其他的人，快乐的人一定也是一个能让别人感受到快乐的人。

奶爸希望女儿每天早上睁开眼时，最先感受到的就是快乐。如果让做父母的列出小孩子最让自己头疼的事情，我猜想很多人会提到早晨叫孩子起床。对付这件也让我们头疼的事情，奶爸的招数就是用笑逗醒女儿。每天早上叫女儿起床上学时，奶爸会使出各种搞笑本事，玩笑话加夸张的动作，逗得女儿大笑不已，彻底赶走了睡神和懒虫。女儿的每一天都是在笑声中开始的，无论那天阳光灿烂，还是阴雨绵绵，奶爸会用快乐点亮她的新的一天。希望这也是女儿人生的开场序曲，并且可以让这快乐和欢笑延续一生。

06　美国婆婆中国媳妇

在中国文化中，婆媳之道是门不小的学问，也为很多影视文学作品提供了取之不尽的素材。而在美国，婆媳之间一般不会有那么大的纠葛，婆婆和媳妇之间的互动也不会那么频繁，少了一份密切，也就多了一些融洽。

第一次见到婆婆，是在跟先生认识不久之后的那个圣诞节。先生，那时候还是男朋友，想带我去他姐姐瑞贝卡家过圣诞，他说他妈妈也会来。

男女恋爱时，如果一方带着另一方去见自己的家人，那说明这一方对待这份感情的态度已很认真。而另一方若是接受了这个邀请，也表明了同样的态度。这跟中国的上门大同小异。因为有这层寓意，我在上门前多少有些紧张。

不知道婆婆在见我之前有过怎样的心思。我们先到的，婆婆紧随其后。她进了门后，很快又出去了。先生和我坐在里面的厅里，还没跟她打个照面。我正纳闷，她又回来了，手上拎着花花绿绿的礼品袋。原来是给儿孙们准备了不少的圣诞礼物，要两三趟才能运完。

先生为我们做了简单的介绍，我们随意地打了招呼。因为简单和随意，我们不像是第一次见面。婆婆坐下后跟我们边吃边聊。没有刻意问我什么，就随着我们在她来之前聊的话题继续聊下去。瑞贝卡家的大狗

简单的快乐：**情感篇**

  瑞秋坐到了婆婆的椅子边，很期待地望着正在吃东西的婆婆。婆婆的女婿金笑道，瑞秋知道你吃东西时掉下来的最多。这句话的意思该是上了年纪的人手脚嘴巴不太灵便，但金显然不是恶意的，婆婆马上就笑纳了，得意地说，所以瑞秋最喜欢我。后来发现先生的家人朋友都很幽默，聚在一起时，喜欢开各种玩笑。婆婆常常是儿孙们开涮的首要目标，她总是兵来将挡，或者照单全收。

  过了不久，是婆婆的生日。先生请他妈妈吃饭，也带上了我。这次就我们三个人，我以为婆婆会多问我些问题，对我多些了解和把握。但她还是蜻蜓点水点到为止，只问到我家里还有什么人，更像是礼节性的开场，并不在乎结果。她也问到我生日是哪一天，不是想知道我的年龄，只是那个具体的某月某日的日子。后来我过生日时收到了婆婆给我的生日礼物，才知道她想知道我的生日，只是要在我过生日时表示下她的心意。婆婆从最开始的时候就是这样，不多问我什么，不说不该说的话。我是否是个合适的儿媳，不是她要去想的事情。儿子喜欢就好，她并不想左右儿子的想法和决定。

  那时候婆婆已过了七十岁，还没退休。她在州政府做着一份普通的工作，每天自己开车去上班，朝九晚五，乐此不疲。我那时候正好赋闲在家，工作的事还没着落。为这事我当时有些心虚，怕婆婆认为我懒惰，或者能力不够。不过婆婆没抱怨什么，也没给我提什么建议，更没有表现出任何的不悦。

  那天她唯一的一次抱怨，是针对自己的儿子的。我们各自坐下后，婆婆跟我先生说，你怎么没给珺拉下椅子，就自己先坐下了？先生赶紧当着他妈妈的面向我赔了不是。虽说这是一个小小的礼节，但婆婆不说，我都没注意到。婆婆抱怨的是儿子没给我这个准儿媳拉椅子，而不是没给她这个做母亲的拉椅子。她已经为我们三个人的关系做了定位，在她儿子那里，我排在第一位，我该是她儿子首先要照顾和关心的人。

06 美国婆婆中国媳妇

很多年来，婆婆一直保守着当初的态度。特别是先生和我结婚以后，她很自然地接受了这样的排序，尊重儿子对儿媳的尊重。哪怕是很小的事情，她也会坚守这个原则。

有一次她来我们家做客。我事先为她准备好了一双拖鞋，虽然是木板地，我想七十多岁的婆婆不穿鞋走在上面，还是凉了些，也有些滑。婆婆来了以后，换上这副拖鞋。穿了一会儿，大概觉得不自在，就问我能不能不穿了？我当然说没问题。我先生进来后看见他妈妈没穿那双拖鞋，就说了句，珺为你准备了拖鞋，你怎么没穿？婆婆马上理直气壮地说，珺说我可以不穿，我问过珺了，你们家她说了算，她说没问题就没问题。婆婆把媳妇在家里的权威看作是理所当然的，做儿子的也就幸运地避免了会让他难以应付的婆媳之战。

先生每次接到他妈妈的邀请，或者婆婆需要我们帮个忙，他总是会说，我得先问问珺的意见。既然婆婆心里早就有了那个定力，先生这样的态度，也就不会让他妈妈感到不舒服了。

每次先生来征求我的意见时，我都是满口答应。一是婆婆从未提过无理的请求；二是婆婆的大度让我做不出小肚鸡肠的事情；另外，我对婆婆心存感激，毕竟是她生养了我的先生，并不是有很多的机会可以回报于她，可以满足她的愿望。

这么多年里，婆婆唯一的一次正式的请求，是在总统大选前。婆婆是个坚定的共和党支持者，先生和我则比较随意。先生总认为共和党、民主党大同小异，两个党的候选人他都投过，因人而定，而婆婆从来只做不二的选择。最近的一次大选前，奥巴马和罗姆尼的支持率不相上下，两党的铁杆支持者也就多了份"决一死战"的热忱。大选前一天，婆婆给先生打来电话，要求他和我第二天一定要去投票。除了把票投给共和党的总统候选人，还有州长等位置，也要选共和党人。她还嘱咐先生一定要告诉我，要记清这些人的名字，不要投错了。我本来还没决定

79

简单的快乐：情感篇

是否去投票，加上我们所处的马里兰州是民主党的天下，我们就是投给共和党人，也都打水漂了。但这是婆婆第一次这么郑重其事地请求我，第二天我和先生挤出时间去了投票点，把所有的选票都投给了共和党人。不过民主党在马里兰州不出所料地大获全胜。先生和我在婆婆的率领下铁杆支持了一把共和党人，面对这么一个完败的结局，心里多少有些不舒服。再给婆婆打电话时，本以为会一起发发牢骚，没想到婆婆倒是很看得开，心情并没像我想象的那样沮丧。也许这是很多美国人的作派，选举前可以极力反对，既然人家被选上了，那只有接受和服从。

有一件事倒是让婆婆有些放不下，就是我女儿学中文的事情。女儿开始学话时，我们进行的是双语教育，先生跟她讲英文，我跟她讲中文。偏偏我女儿没有语言天赋，我们两种语言轮番上阵，她招架不住，干脆什么语都不说。无奈之下，我们停了汉语，只跟她说英文，起码总得会说话吧。我想等一定时候再教她中文。不过我是个懒妈，她爸自己还不行，也指望不上，女儿学汉语的事儿也就一拖再拖，几年过去了还没进展。婆婆每次见到我，总要问上一句，你什么时候教她学中文呢？你们得让她学中文。婆婆的口气是委婉的，但她很少这样一次次地提及一件事情，这便算是有些急切的催促了。

我从未问过婆婆为什么这么在乎我女儿的中文学习。是一份心意，还是一份期许？不管出于什么原因，我都是喜悦的。一个美国婆婆，追着自己的中国儿媳教女儿——她的孙女学中文，从哪个角度去想，都是件美好的事情。我也真的希望女儿有一天能说一口漂亮的中文，婆婆可能一句也听不懂，但她会欢喜的。

婆婆是德国血统。虽然祖先是几百年前来的美国，但基本上没跟其他的族裔混合过。所以婆婆的脸上还带着明显的日耳曼人的特征，性格中也带着德国人的认真和严谨。她的随和开朗，还有积极的生活态度，则是很多美国人身上共有的特征。

婆婆一共生养了七个孩子，我先生排行老六。能把这么多孩子拉扯大已经够辛苦的了，婆婆竟然一直没停下工作，直到七十五岁时才退休。退休后她也没闲着，重回学校，学的还是政治学。我跟她开玩笑说，您还有机会当美国总统呢。美国的社区大学里不乏白发苍颜的老者，他们读书是免费的，但他们来此并不为午餐是免费的，而是为自己的兴趣爱好。婆婆跟年轻的大学生们一样，风雨无阻地去上课，认真地做好课前准备，上课时一丝不苟地做笔记。为了写好她的作业，她常去图书馆查资料，还时不时地跟我们讨论下相关的话题。婆婆充分享受着读书的乐趣，这是她晚年生活中的一抹亮丽的彩霞。

婆婆二十出头时结的婚。我相信她有过一段不错的婚姻，从她年轻时的照片上，可以看到她当年的幸福。后来她的婚姻出了问题，没有外遇也没有很大的变故，只是两个人无法再一起走下去。但他们还是坚持又走了一段，直到最小的两个孩子十五六岁时，他们离了婚。很多美国的父母同样顾及孩子的感受，也是尽可能给孩子一个完整的家，减轻父母离婚对他们的伤害。

先生的姐姐们跟她们的父亲还有来往，有时她们会说到自己的父亲。如果婆婆也在场，她不做任何的评论，只是静静地听着，不说好也不说不好。只有一次，婆婆跟我的先生提及他的父亲。那天先生跟我注册结婚，婆婆听到这个喜讯时，说完祝福的话，就说到了自己曾经的丈夫。作为妻子，那个男人身上有些她不喜欢的表现。不是不能原谅他，也早已没有了抱怨的意义。她只是希望自己的儿子，不要有这些缺点，尽可能做一个好的丈夫，有一个美满的婚姻。

我和婆婆的相处一直是愉悦的，但我们之间从未有过无所顾忌的亲近。我们不会去说悄悄话，辈分不同，文化也有差异。每次我们去婆婆那里，她不会去做额外的准备，不会像很多中国婆婆那样辛苦操劳，张罗一桌的饭菜。婆婆本来就不擅烹调，她不会让自己勉为其难。在她那里，如果渴了饿了，千万不能客气，最好自己打开冰箱找些吃的喝的。并不是婆婆把我当外人，她对自己的儿孙也是同样的态度。唯一的例外，是每年她会召集住得不很远的儿孙们一起吃次螃蟹。马里兰的蓝螃蟹很有名，每年夏天婆婆会去店里买一大桶做好的螃蟹，还有其他的美食招待我们。这是婆婆每年都要搞的一次家庭团聚。

中国文化里的隔代亲在婆婆这里也是看不到的。她会为我女儿买各类礼物，但很少会花时间跟孩子一起玩耍。每次见面时，她会陪她的孙女玩上一会儿，但很快就会转去跟大人们聊天了。跟我的父母对我女儿的心肝宝贝爱不释手的疼爱相比，婆婆的表现好像有些冷淡了。美国的父母也几乎没有帮儿女们带孩子的。如果住得近，儿女们有事，可以暂时把孙儿、孙女放在他们那里。也有父母会上门来帮个忙，照顾下孩子。但这种情况多半会出现在移民来的其他族裔的家庭中。为孙儿辈大包大揽、掏心掏肺的中国式的祖父母是很少见的。我的婆婆也不例外。她有自己独立的生活方式，不会为她的儿孙做任何的改变，她更愿意做好力所能及的事情。

婆婆有这些做法，并不是说她不爱她的孩子，她只是喜欢用她的方式表达她的感情。

逢年过节，大小孩子的生日，婆婆都会精心准备礼物。譬如过圣诞节，先生和我各自会收到从婆婆那里来的起码十多件的礼物，我女儿收到的礼物会更多。礼物不分大小，婆婆都会精心包装，包装纸外还会贴上装饰性的绢花。包得太漂亮，我有时候都不忍拆开。挑选这么多的礼物，再加上包礼物，婆婆要花不少的时间和心思，而我们还只是她七个儿女中的一家。

婆婆挑礼物时，也会猜想下接受礼物的人喜欢什么样的东西。开始时她问我几次，你喜欢什么颜色，喜欢什么样的东西？我总是说什么都好，这大概给婆婆出了难题。后来我发现，我这次送了婆婆什么东西，她下次送我的礼物中会有同类的东西，只是颜色款式会有变化。我送给她一条丝巾，她便有可能送给我一条围巾。我给她买条项链，她便有可能送给我一套首饰。她大概是认为我既然挑选了这一类的礼物，我应该对这一类的东西有特别的兴趣。

生养过七个孩子的婆婆在给我女儿挑礼物时则很有经验。她知道我女儿喜欢读书，每次都少不了她那个年龄段要读的书籍。她买的一些玩具对我很有引导作用，如拼版、彩泥之类的东西，我都是收到婆婆的礼物后，才发现女儿到了玩这些东西的年龄。

婆婆家的大门也总是为她的儿女们敞开着。哪家房子交接时没有住处，婆婆会让他们搬去她那里。有次先生最小的姐姐、姐夫在婆婆那里住了将近一年。先生当年找工作时，也一直住在婆婆那里。若是哪个儿孙身体有恙，或者工作和婚姻上出了问题，婆婆也会牵情挂肚。但她很少唠叨，也不会给她的儿女们施加压力。她大概心里明白，唠叨和压力都是于事无补的。按照中国人的理解，做长辈的不去唠叨晚辈，不给他们压力，好像对他们的关心和爱护也打了折扣。

婆婆跟我们是亲近的，但不是密不可分的。我倒是喜欢跟婆婆之间的那一小段若即若离恰到好处的距离。当一个人有所保留的时候，就不期望对方无保留地付出。婆婆总是自己照顾好自己，很少占用我们的时间和精力。我们对婆婆的关心，更多的是因为爱与敬重，而不是出于一种迫不得已必须偿还的压力。

在美国文化里，父母有养育子女的义务，儿女却没有赡养父母的责任。养老保险和各类的服务及设施，让老人们不会老无所依。但绝大多数的美国人不会对自己的父母不管不顾。我这个中国媳妇，更是会认为爱与情感是一个老人最渴望得到的。我喜欢选择中国人的方式对婆婆尽些孝道。我很快就摸清了她的喜好，给她买礼物时尽量合她的心意，同时又能变出些花样，给她意外的惊喜。她的生日和母亲节，尽可能陪她度过。我会时不时地提醒先生给她妈妈打个电话，也会邀请婆婆跟我们一起出去游玩。婆婆来我们家时，我会准备丰盛的饭菜。忙完吃的，我会看好孩子，让先生和婆婆，有时还有先生其他的家人，可以尽兴地聊天。其实这都是些不足为道的小事，婆婆每次却都是感激不尽。也许这些平常的心思和美意，这些中国式的细心周到，并不是她的每个儿女都会为她想到做到。

有婆婆的包容和我的孝道，我们婆媳之间可以很融洽地相处。而孝和包容，恰是中美两种文化中源远流长、经年不衰的精华。

07 萍水相逢

喜欢走在路上或行走在旅途中时,那些萍水相逢的感动。

如果不是在熙熙攘攘络绎不绝的地方,走在路上,迎面而来的陌生人会亲热地打声招呼,或者送来一个微笑。我在同时同地,也会有同样的绽露。平淡而温暖。

太多这样的相遇,忘记了那一张张的面孔,只记住他们友好的笑意。我让他们记住的,大概也是一缕同样的阳光。不同的种族,男女老幼,当笑意浮现在嘴角脸颊时,是一样的灿烂。

也遇到过更热情的表示。去南方的一个小城探访朋友,那天的天气很好,我想出去走走。没带运动鞋,就穿着皮鞋在马路边行走。或许那里不是散步的地方,没遇上任何的行人,只有一辆辆的汽车从我身边驶过。突然有辆车在我身旁停了下来。里面是两个年轻的女孩,关心地看着我。车窗摇下后,一个女孩问我:是不是迷路了?我们可以送你回去。大概我的穿着不像在外遛弯的,她们以为我走丢了。

我告诉她们我在散步,谢了她们的好意。女孩留下一个微笑,和一句祝福的话,开车离去。

每次再想起那座城市,那个城市的轮廓和街景已经越来越模糊,可是那两个萍水相逢的女孩的关切的眼神和温润的笑颜,在很多年之后,还是会清晰无比地浮现在我的眼前。

简单的快乐：**情感篇**

  在飞机上、火车上或长途汽车上，更容易发生萍水相逢的故事。如果是两个都没有旅伴的人坐在了一起，会很自然地有所互动。尽管多数时候我会保持着东方人的矜持，但坐在我身边的人多半会主动跟我聊天，气氛也会越来越轻松。美国人没有多少防范之心，喜欢坦诚的交流。当我们聊到畅所欲言无拘无束时，我们更像是结伴出游的同伴或相识已久的朋友。到达目的地后，我们会道声珍重，会说声很高兴认识你，然后各奔东西。这是真正的萍水相逢，在未来的生活里，可能再也不会有重逢的机会。当然有时候也会留下彼此的联系电话。有一次我乘飞机碰上一个老太太，听说我来此地做访问学者，执意让我通知她我做学术报告的时间地点，她要赶来捧场。作为女性，单独旅行时也会碰上另有想法的男士，希望能有进一步的交往。但我一直没敢尝试萍水相逢的爱情。结婚以后，手指上有了婚戒，再没遇到过这样的情况。多数美国人并不热衷于婚外的恋情。

  记忆中最温馨的一次萍水相逢，发生在佛罗里达的奥兰多。先生和我带着女儿去游迪斯尼。那天是去 Magic Kingdom，为了看晚上十点钟开始的焰火表演，离开时已经有些晚了。不过大巴上还是坐满了人。星罗棋布的酒店和几个主题公园间从早到晚往返着免费的大巴，方便了游客。开始时大家还安静。我坐在那里，回味着刚才看到的焰火的璀璨，还有女儿当时的兴奋。大人们可以悄悄地回味，小孩子却忍不住了。有个四岁左右的小女孩，仰起小脸，兴致勃勃地向她爸妈描述着她在迪斯尼的经历。那个年龄的孩子，还不能大段地表述，七零八碎的片断，却是迪斯尼的精华。从一个孩子的嘴里一惊一乍地出来，带着童真的快乐和明媚。她的父母被她逗得笑逐颜开。开始时是自家大人孩子的交流，很快旁边的人就加入进来。你一言我一语，尽情勾勒着那些公园里最给人惊喜最让人流连的地方。光说还不够劲，大家纷纷掏出自己的手机或相机，向其他的人展示彼时彼景中录下或拍下的精彩画面。说的人和听的人都兴高采烈。我女儿早已按捺不住，跑到对面，跟那排椅子上坐着的一家人，特别是那两个小孩一起看录像，欢天喜地。因为是在行驶中的大巴上，站在椅子边的女儿时不时地摇晃一下。她身旁的一位慈眉善目的老先生注意到了这一点。一有颠簸，或者遇到拐弯的地方，他就伸手拦在我女儿的身旁，以防她要跌倒时，可以马上扶住她。他的手臂又始终跟我女儿的身体保持着小小的距离，既能保护了她，又尽可能不碰到她。我这个做妈妈的，对他的细心周到，心里满是感激。喜气洋洋的气氛中增添了一股脉脉温情的暖流。

迪斯尼世界这样的地方，本来以为是为孩子们预备的。去过以后才发现，那里对成年人来说也可以惊喜连连。未泯的童心和热情，可以在那里重新绽放。或许是心情很好，人们的脸上洋溢着风和日丽的友好和轻松。精彩之外的温馨，该是这个萍水相逢的城市馈赠给游客的额外的喜悦。而这种可以让人回味的温馨和喜悦，又是那些萍水相逢的人们共同谱就的。

还有一次让我难忘的萍水相逢，是在普林斯顿。那是我第一次去普林斯顿。我的两个朋友从北京来美国访问，很想去趟普林斯顿大学。我开车带她们去了那里。因为没有普林斯顿大学的停车证，我们只能在校园外找停车位，可是该有的位置都被别的汽车占上了。转悠了半个多小时，我总算在离学校已经不近的地方把车停了下来。还是有些不放心，把车停稳后，我便下车打探这里是否能停车。

我们就是这个时候遇见盖伊的。他是一个五十多岁的美国人，高高的个子，穿得整齐又休闲。我把我的顾虑告诉了他，他说我的车能在这里停两个小时，之后就要移开。我说我要带朋友去参观普林斯顿大学，我也不确定两个小时够不够用。盖伊热情地建议我把车停到校园旁边的停车场，他说他正好要去那一带吃午饭，可以先把我们带去那个停车场。

简单的快乐：情感篇

  于是盖伊上了我的汽车。在他的指点下，我们很快找到那个有不少车位而且毗邻校园的停车场。为了万无一失，盖伊让我们先在车里等着，他要去旁边的商店里问问在这里能停多长时间。我的两个朋友很感动，让我邀请盖伊跟我们一起吃午饭。盖伊回来后，把确定的停车时间告诉了我们，也爽快地接受了我们共进午餐的邀请。

  盖伊带我们去了一家环境幽雅又价廉物美的美国餐馆。在去餐馆的路上，盖伊就开始向我们介绍普林斯顿的历史和典故。遇到过马路时，他一直小心呵护着我们。在美国餐馆一般是自己点自己吃的东西，盖伊细心地告诉我们这家餐馆的特色，但是付钱的时候，盖伊要自己付自己的那份钱。在我们的一再坚持下，他才接受了我们的好意。

  我们边吃边聊，气氛轻松随意，笑声不断。盖伊真诚地表达着他对中国的喜爱，同时他非常认真地回答我的朋友们提出的问题，尽可能多地介绍美国的风土人情。共同的话题，共同的情感，让我们很快熟悉亲近起来。我们还得知盖伊是个画家，居住在芝加哥，这次是来普林斯顿探访妹妹的。

  吃过饭后，盖伊主动提出给我们当导游，这真是帮了我的大忙，从未来过普林斯顿的我正愁找不着北呢。热心的盖伊细致地讲解着，周围的景物豁然明晰了，我们对每个建筑物都有了具体真切的了解。浏览之余，盖伊还不忘充当摄影师的角色，帮我们拍下了一张张值得我们永远留存的照片。因为有了盖伊的帮助，我们有了许多意想不到的收获，那些古老的景观中又有了一份新意，一份在寻常心境下无法勘破的机缘。

  到了该说再见的时候，我们依依惜别。几个小时前，我们还素不相识，此时却有些难舍难分。细心的盖伊还问了我们下一站要去什么地方，并且详细地告诉我行车路线。我的车子启动的时候，盖伊站在马路中间，挡住别的汽车，让我的汽车先开过去。车子开走了，我从后视镜中看到高高的盖伊正朝我们挥手道别。

07　萍水相逢

　　知道此生再也不会遇到盖伊，在后视镜中看到的，是最后的一面。可是那一次的萍水相逢，让我和我的朋友们终生难忘。

　　如果是在同一座城市，萍水相逢的人倒真有可能成为很好的朋友。美国人习惯于搬来搬去，当命运的抛物线把人们抛到了同一个地方，先来此处或久居此地的人会热情地帮助那些后来者。不管他们来自于美国的哪一个州，或是世界的哪一个角落。我就是在很偶然的情况下认识了一些萍水相逢的美国人，后来我们建立了深厚的友谊。但随着我们其中的一方再次迁移，我跟其中的一些人又失去了联系，同时又在新的地方认识了新的朋友。这些萍水相逢的朋友们，让我更多更快地了解了美国，适应了在美国的生活。

　　不论是那些后来跟我成了朋友的人，还是那些只有一面之交的匆匆过客，都让我心存感激。因为他们在那里，那些非亲非故的地方，便有了家的气息。特别是初来乍到时，在那一个微笑一声问候中，会有被接纳的温暖。还有那些不设防的交谈，认真的倾听，热情的回应，真诚的帮助，让人相信人与人之间的交往，可以是这么的简单愉悦。

08 天使离去后

我从未见过卡罗尔太太,还是决定跟先生一起去参加她的葬礼。她患上了癌症,七十出头便离开了人世。

卡罗尔是先生年少时的街坊。她的一儿一女跟先生的年龄差不多,一帮孩子是一起长大的。先生成年后离开了家,我的婆婆、卡罗尔和她的丈夫还住在那条街上。

她是个很善良的人,脸上总是带着微笑,先生回忆道,她会做很好吃的巧克力松脆饼,做好后,她就叫我们这些在外面玩耍的孩子去吃。

先生给卡罗尔的儿子打了个电话,问候和安慰。陆陆续续又打了别的电话,也有一些电话进来,都跟卡罗尔有关。这些年少时的伙伴已各奔东西,因为卡罗尔的去世他们很迅速地又连结在一起,诉说哀悼和怀念,并且相约去参加卡罗尔的葬礼。

卡罗尔一定是个美好的人,我猜想,要不她走了以后,不会有这么多的怀念。

葬礼是从教堂开始的。卡罗尔是个虔诚的基督徒,几十年都来这家教堂做礼拜。先生和我到得晚了些,追思仪式已经开始。牧师正在回忆卡罗尔的一生,台下的二百多人在静静地聆听。所有的人都着正装,以黑色为主,也夹杂着其他的颜色。整场的色彩和气氛是静穆的,却并不压抑。

08　天使离去后

牧师讲完以后，陆陆续续上来一些人，有卡罗尔的家人、朋友、同事，和她照顾过的病人。卡罗尔生前是个护士，这是她一生所从事过的唯一的职业。她在这个世界留下的，都是些平凡普通的足印。那些站在台上的人们诉说着的，也是一些平凡普通的点滴琐事，就如先生提及的巧克力松脆饼。卡罗尔倾其一生想做的，也只是踏踏实实地做好那些琐事。她应该是做好了这一切。在人们饱含深情地回忆中，她是一个好妻子，好母亲，尽职尽责的护士，还有一些相伴一生的朋友。她也总是把她的快乐带给她的街坊邻居和身边跟她相处的人。能做好这一切，已经是一个丰盈的人生。满是爱心和祝福，别人给她的祝福，她带给别人的祝福。人们感动于卡罗尔做过的那些不足为道的琐事，是因为那些琐事因爱而起。我在一个从未见过的人的葬礼上，突然间感悟，人的一生可以就这样走过，她离去时，得到的是人们发自内心的敬重和怀念。来到这里为她送行的二百多人，不为她的权力和财富，只为她的美好。人们在回忆她的时候，感受到的是生活和生命的愉悦美好。她默默无闻人微权轻，可是她爱着的人和爱着她的人都记住了她，并且会在以后的日子里继续怀念她。

教堂里的追思活动结束后，大家要开车去往墓地。离开教堂时，我们碰上我的婆婆。寒暄了几句，就各自上了自己的汽车。我们的车上都被贴上了专门的标识，注明我们是来送葬的。

开始时我还不明白为什么要在车上贴这条标识，上路以后才发现，这条长长的送葬的车队在马路上可以畅通无阻。最前面是警车开道，遇到红灯不用停。车队经过时，两旁的汽车就是在绿灯时也要停下来，让我们先行。这样的规格，我原来以为只为举足轻重的高官权贵。先生说，在美国，所有的送葬的车队都可以受到这样的礼遇，这是对死者的尊重。这里没有贵贱高下，所有的生命都是平等的，他们逝去时，会得到同样的尊重。

简单的快乐：**情感篇**

墓地已准备好。卡罗尔的灵柩在中央，送葬的人们一层层地围在四周。站在我们前面的人扭头看见我们，惊喜地微笑了一下。先生赶紧介绍说，这是他的弟弟马修。马修几年前从马里兰州搬到了新墨西哥州，这两、三年没回来过，而我跟先生从相识到结婚刚过一年，还从未跟他见过面。这次他专门从外州赶来参加卡罗尔的葬礼。在这一片人群中，很多人跟他一样，远道而来。

牧师开始做最后的告别。他说，我们该为卡罗尔高兴，她已化作天使，马上就要去天父那里。我们一起为卡罗尔祷告，我虔诚地相信，就在那一刻，卡罗尔去了天堂。

卡罗尔的灵柩被轻轻地放进挖好的墓穴中。新鲜的泥土一层层地扬起，慢慢覆盖了灵柩。泥土之上，又很快落满了美丽的鲜花。

因为相信，卡罗尔去了天堂，离开墓地时，人们并没有太多的忧伤，只有一个人的脸上带着明显的伤痛。他是卡罗尔的儿子，一个四十岁左右的中年人，有些疲惫和憔悴。他手上拿了本翻旧了的《圣经》，他告诉我们，这是他妈妈一直在用的《圣经》。他低下头，温柔地抚摸着那本《圣经》。那个刚刚离去的人，她的手指也曾无数次地触摸过这本《圣经》。

毕竟是来送葬的，每个人的心里都有沉重的东西。接下来的冥宴上，人们心照不宣地不去谈卡罗尔，简单的食物和随意的交谈，更像是一场跟告别生命无关的聚会。很多人已是多年未见，见面时有很多要说的话。先生不断地跟他的亲朋故友打着招呼，同时把我介绍给那些我还未见过的人。冥宴是在教堂的侧厅举行的，先生还带着我四处看了看。他小的时候，父母会在星期天带上他和他的姐弟来这里。卡罗尔一家也来这里做礼拜。

那时候卡罗尔太太还年轻。先生不经意的一句话，还是带出了一份怀念。可以尽可能地不提及她的名字，可是所有的人今天来到这里，跟

08　天使离去后

卡罗尔有关。

两个月后，先生和我回去看我婆婆。我们带她去饭馆吃饭。车子经过卡罗尔生前居住的房子时，婆婆说，鲍勃已经搬走了，搬去跟他女儿同住。他说他不能再在这儿住下去，他太想卡罗尔了。

鲍勃叔叔是卡罗尔的丈夫。几十年的夫妻，鲍勃一直陪伴卡罗尔走完最后的一段路程。卡罗尔离世前住在专门为即将去世的人们设置的疗养院中。鲍勃一直在这里做义工，只是这一次在这里送走的，是他最心爱的人。葬礼上我见过鲍勃，他平静地招呼着大家，没有眼泪和啜泣。现在去想，那一天他一定在隐忍着他的感情和悲伤。

曲终人散后，他独自回到他们曾经的居所。这栋房子里的每一样物品每一缕气息，大概都会勾起他对亡妻的回忆。他终于不能承受这样的思念之痛，选择离开。

卡罗尔是个幸福的女人，她最爱的那个人，还在深深地爱着她；她爱过的人们，还在怀念着她。

09 老式爱情

1

Michael 是朋友民介绍给我的。我刚从纽约州搬到了华盛顿特区，正借住在民的家里。

那时候我正在找工作，也期盼着一份爱情，但在我的未来模糊不定的时候，爱情也是飘忽的。我知道，工作是可以找到的，爱情是可遇不可求的。

热情的民说要把他的一个美国同事介绍给我，叫 Michael。民把他所了解的 Michael 勾勒了一番，最打动我的，民说 Michael 是个简单快乐的人。

其实民和我都没对这事儿抱太多的希望，有一搭没一搭的，顺其自然。民说，至少你可以跟他练练英文。我想这样的期盼是适中的，不抱希望，也就没有失望。我依旧相信爱情，而且是一生一世的爱情。但也相信，很多人可能一生都没有这样的恩遇。我不知道的，只是我会有怎样的运气。

一切确实是轻松随意的。民都没有跟我商量，就约了 Michael 在随后的一个星期六来我们这儿。而我已经跟朋友们约好在那个星期六去城外看红叶，民只好让 Michael 星期天过来。秋天漫山遍野的红叶美轮美免,我在星期六玩得太尽兴,晚上开始感冒发烧。星期天早上好了一些,但状态肯定不佳。没再跟 Michael 改时间,一是不想改来改去,二是觉得这样倒也真实,人总有憔悴的时候。

Michael 如约而来。他穿了件白色的 T 恤,配一条休闲裤。褐色的头发,蓝灰色的眼睛,棱角分明的脸上却回转着温润平和的光泽。他应该是有备而来,收拾得很干净清爽,手里还捧了束盛开着的鲜花。

民打趣道,你这花是给我的,还是给珺的?

Michael 本来就紧张,遇到这样的问题,脸马上红了,把花递到民的手上,什么也没说。

民和太太媛都是踏踏实实过日子却不太讲究浪漫的人,家里什么都有,就是没有花瓶之类的东西。他找了个大大的水杯,把花塞了进去。

民说要带我们去个披萨饼店吃午饭,可以边吃边聊。本来一辆车也够了,民刻意要开两辆。他和太太女儿在一辆车上,打发我上了 Michael 的车。

Michael 开了辆蓝色流线型的跑车,跟他刚才表现出的拘谨并不吻合。

车子开起来后,他渐渐放松下来,话也多了起来。他原来很是幽默风趣,而我也是个容易被逗笑的人,欢声笑语拉近了我们的距离,两个人很快就熟络起来。

十一月初的日子。高而透蓝的天空下,是大把的温暖明媚的阳光。没有了春夏的燥热,冬日的凛冽也还在远处驻足。树叶都变了颜色,玫瑰色、橙色、卵黄、墨绿……簇拥在依旧茂盛的树枝上。那辆蓝色的跑车满心欢喜地穿过热闹而平和的城市,无意间迎合了深秋的艳阳和姹紫嫣红的树叶正在吟咏的歌调。

车里的两个人,也是满心欢喜的。

这样的喜悦也弥漫在之后的那顿轻松随意的午餐中。

简单的快乐：情感篇

午餐后我们回到民和媛的家里。Michael 没有告退的意思，几个人坐在餐厅里继续天南海北地聊着。我洗了些新鲜的水果，泡了壶清茶。餐厅是朝西的，太阳西落，餐厅里的光线越来越足，每个人的脸上也就有了越来越浓厚的光彩。我的心思如那壶明前绿茶，是清淡的。时而划过一些惊喜。Michael 是聪明的，每次扯出新的话题，他都可以有独特的见解和根据。闲淡的基调，丰富的内容，我未曾想过一个搞电脑的人能有这样宽阔的知识面，而我对博览群书的人总是有些特殊的好感。

这样的见面也是我原来未曾期望的。轻松随意让我忘了相亲的目的，朋友式的交流又在无意间促成了彼此的心意。我的感冒也因为快乐好了许多。

民说的是对的，Michael 确实是一个简单快乐的人。他的快乐感染了我。那快乐是波澜不惊的，没有过多的期许，没有刻意的掩饰。我们享受的，就是此时此刻的快乐。也许这是今生今世唯一的一次见面，我们还是快乐的。

2

Michael 很快发来一个电子邮件，邀请我出去吃晚餐。我答应了他。他马上来问我想吃什么菜，我说由他定吧。他选了家中式餐馆，在 Tysons Corner，离我住的地方不远。

时间定在之后的周六的晚上。Michael 开车来接我。他手里还是捧了束鲜花，这次他明确地说，这花是送给珺的。我把花插进了另外的一个大水杯，民在旁边坏笑着。

Michael 跟上次一样，收拾得干净整洁，散发着清爽的气息。

我们一起去了那家饭馆。Michael 按照中国人的习惯请我点菜，而不是各点各的。我没有推辞，点了京都排骨和芥兰牛，还点了春卷和虾多士做开胃菜。每选一样菜我都会征求下他的意见，他总是很积极地表示赞成。我很希望这些菜确实合他的口味，这是我的一些美国朋友喜欢的中餐。

等菜的间隙，Michael 问起我什么时候来的美国，为什么决定来美国。

我的思维停顿了片刻。之所以来美国，是因为我的第一次婚姻，而那是一场很失败的婚姻。今天算是我和 Michael 的第一次正式的约会，现在就提及过去的情感经历，好像早了些。我的闺蜜也总是嘱咐我，对男人一定要有所保留，特别是感情生活中的故事。可是我该如何回答他的这个问题呢？Michael 正微笑而真诚地望着我，我知道，他并不是刻意为之，只是很随意地扯出的话题。即使我什么不说，他也不会介意。但我还是想告诉他那一切，就在此时此刻。如果那是一个绕不过去的坎儿，为什么不在最早的时候在正中央迈过去呢？

我把自己经历过的那个故事复述了一遍。这个跟情感有关的故事，在结束了几年之后，当故事的当事人讲述它的时候，已经没有任何感情的色彩，我只是很真实地把它讲述了一遍。

故事并不长，当我们的菜陆陆续续地上来的时候，我的故事也到了尾声。可是那过去了的一切，不是可以这么轻松地一笔带过。毕竟那是我一生中的一个重要的脚印，那是我来到这个国家的原因，也是投射到我对美好爱情的诠释和期盼上的一个阴影。有些东西是很难放下的，放不下的不是过去了的那段情感，放不下的是因为伤害而留下的胆怯和犹疑。

那都是过去了的事情。Michael 温和地看着我，声音很轻，却有足够的分量。

我没有说什么。

那一切都过去了。他再次强调了一遍，接着招呼道：看，菜都上来了，好诱人，我们开始吃吧。

Michael 的眼睛里跳动着明媚的笑意，那一刻我是心存感激的。一个可以让我这么轻松地告别一段最不愉快的记忆的人，在未来的日子里也该是个温和宽容的人。

我设想的一道很高的门槛，就在他善解人意的一笑中夷为平地。

3

之后的那个周末，Michael 带我去跳美国传统的 Swing 舞。

跳舞的地方在马里兰，离 Michael 住的地方不远。他没有让我自己开车过去，在那里跟他碰面。他先绕到我这里，接上我，再一起过去。

坐在车里的时候，我想起他上次问过我，喜不喜欢开车？我说学车的时候天天想开，学会了反倒不喜欢开了。我想他大概是记住了这句话。

来跳舞的人都聚集在一间宽敞的大厅里。女士们站成一圈，男士们在女士们的内侧站成另一圈。来的人很多，至少一二百人，可以拉出两个大大的圆圈。两个舞蹈教练站在圆圈的中央，他们每演示一个动作，男士们就移动到下一位女士的面前，跟这位女士共同完成这个动作。几十个动作下来，我遇上了几十个舞伴。整套舞学完了，Michael 还没转到我的面前。可是他已经近在眼前了，就在近在咫尺的地方朝我微笑。恰巧到了随意配对的时候，Michael 快步走到我的跟前。

可以请你跳支舞吗？Michael 向我伸出手来。

当然。我把自己的手放在他的手心里。

Michael 带着我滑进舞池。他是个很好的舞伴，节奏感很强，可以轻松自如地带动起我的舞步。一起一落中，可以感觉到他的投入和一份呵护。舞池中的人很多，难免会跟其他的人碰撞在一起，他总是能把我

09　老式爱情

带进一个相对自由的空间，可以在那里尽情地旋转。我已经有好多年没跳这类传统的舞蹈了，在那个晚上我又找回了当年跳交谊舞的感觉，那是一种轻盈得要飞起来的感觉，也是一种很年轻很浪漫的感觉。那天我穿了条大摆裙，当我们旋转的时候，我可以听到裙摆飞扬时带出的欢快的歌唱。刹那间，想起情窦初开时很喜欢的一支歌：《交换舞伴》。一次次的共舞，也是一次次的告别。舞伴换过了许多，直到那个人的出现。不想再去交换舞伴，只想跟这个人一直跳下去，一直像现在这样尽情地跳下去。

不断有刚才一起跳过舞的男士来邀请我共舞。我礼貌地回绝了他们。刚才跟他们跳过的，都是一支舞中的一个小小的片断，匆匆而过，没有留下什么痕迹。想有一个固定的舞伴，完整而流畅地串联起所有的舞步，从陌生到熟悉。可以一遍遍地重复着同样的旋律，心无旁骛，倾心而舞，直到有了那份心有灵犀的默契。

那晚把我送回到家门口时，Michael问我：从今天开始我们就是朋友了，对吗？

我笑着点了点头，心里在想，其实在这之前我已经把你看成是朋友了。

他又问我：我可以吻你吗？

我还是点了点头。

他在我的脸颊上留下轻柔的一吻。喜欢这样的亲近，也喜欢这样的分寸感。往前走了一步，又给我留下了余地。

第二天我决定去买个花瓶。以前有过几个漂亮的花瓶，搬家时都送了别人。Michael每次来都会带一束鲜花，该为它们预备一个花瓶了。

在店里挑花瓶的时候稍稍有些犹疑，不知道有没有备一个花瓶的必要。

这个犹疑是一闪而过的。我挑了个紫棕色流线型的，颈部高上去又收进来，带了些亭亭玉立的雅气。但绝不张扬，花瓶是做陪衬的，不该喧宾夺主。

4

开始的阶段我一直是在被动的位置上。不是想拿捏一番，是真的把他看成是一个朋友。确切地说，是介于朋友和恋人之间的一个人。喜欢跟他在一起，又不是朝思暮想地想在一起。

收到一个邀请，去参加一个展览，可以带一个朋友。想到了Michael，第一次主动给他发了个邮件，问他想不想一起去。他很快给我回了邮件，兴奋地接受了我的邀请。

地点是在华盛顿市内，可以坐地铁去那里。我们约好在举办活动的酒店见面。

出了地铁，看见外面开始下雨，下得还不小。幸好我事先看过天气预报，带了雨伞。酒店的具体位置我事先也已经查好，很顺利地找到了那个地方。

我到得早了些，就在酒店大堂等Michael。已是初冬季节，又在下雨，还不到五点钟，天色已完全暗了下来。我看着酒店的大门一次次地开启，进来的都不是他，心里渐渐对他有了些埋怨。中间他打过两次手机，说他在路上，很快就到了。活动该是开始了，门口还是没有他的踪影，我更加地不耐烦。

酒店前台的一位女士走过来，主动跟我搭讪。我告诉她我在等一个朋友，然后一起去参加在这里的一个活动。

他会来的。外面在下雨，可能不太好找。她安慰我说。

我朝她感激地点点头。她陪我站在那里，我们很随意地聊着。我的情绪渐渐平复下来。

Michael 终于出现在我的面前，湿漉漉的，像是刚从水里钻出来。他没带雨伞，看样子是直接从办公室赶过来的。今天早上的天气还很好，看不出会下雨。

他见到我，一再地向我道歉。他说出了地铁，走错了地方。从地铁走到这个酒店大概要七八分钟，看他被淋得这么湿，估计在外面走了几十分钟。

你还好吧？我关切地问道，刚才的怨气已经烟消云散。

我没事，就是让你久等了。他满脸的歉意，说着把一束鲜花递给了我。跟他的狼狈比起来，这束花被保护得很好。也落上了一些雨水，倒是显得更娇艳了。我不知道他是不是因为去买花走错了路，心里还是很感激他的周到。

征得了他的同意，我们在见到了我的朋友时，把那束花送给了她。她从纽约赶来华盛顿主办这次活动，是为英国的一个画家举办的一次画展。朋友帮着找来了毛巾，Michael 去洗手间擦干了头发，又脱下他的皮夹克，挂在通风处，希望能在走之前晾干一些。

这个画展也像是一个沙龙，规模并不大，有些私密性。欣赏那些绘画作品只是其中的一部分，很多来宾是互相认识的，更多的时候是在闲聊。我除了那个朋友，并不认识其他的人。可以主动地去跟别人搭讪，或者热情地回应来搭讪的人，这种场合是可以认识一些人的，但还是让我觉得有些生硬。

幸亏有 Michael，一直陪伴在我的身边，一起赏画，再天南地北地聊些有趣的话题。不断有侍应生用托盘托着各种饮料和小吃穿梭其间，遇到喜欢的，我们会停下聊天，叫住侍应生，取下一份美味，惬意地品尝一番。

那一刻，觉得有一个伴儿真好。

我们离开的时候，外面还在下雨。雨小了许多，淅淅沥沥地下着。

简单的快乐：情感篇

我们只有一把伞。Michael 和我撑着那一把伞，一起去坐地铁。开始的时候我们还保持着小小的间隔，慢慢地就完全靠到了一起。

路上很安静，我们也是安静的，可以清晰地听到雨滴落在雨伞上发出的清脆的声响。

回到住处不久，我收到 Michael 发来的手机短信。他说他还在回味今晚的一切。我们合撑着同一把伞，相依偎着从雨中走过，很浪漫，也很温暖。

第二天告诉民和媛昨晚的经历。民意味深长地说，你现在越来越多地提到 Michael 了。

我自己并没意识到这个变化。民这样说，我才发现，我对 Michael 的感觉，确实有了变化。

5

感恩节的时候，Michael 说要在家里为我烤一只火鸡。这是我第一次去他的住处。

之前我刚参加过一个特会，专门去听了一场有关爱情婚姻的讲座。去听讲座的人都是单身。我想每一个人都跟我一样，都在渴望爱情，都想拥有一个上帝祝福的婚姻。

主讲人提到，很多美满顺遂的婚姻，一般都会得到父母的祝福和周围的人们的赞成。另外，在从恋爱到婚姻的过程中，应该会看到一些明显的迹象，像是一种私语和应许。

我马上对号入座。

自己以前失败的恋爱，包括那段失败的婚姻，父母确实是反对的。之前也考虑过其他的美国人，父母总是心存犹疑。这次跟 Michael 交往，父母倒是投了赞成票，我不知道确切的原因，但他们确实是祝福的。我的一些见过 Michael 的朋友，对他也是认可的。至于一些迹象，好像还没有多少明确的迹象。但有一点是明确的，跟 Michael 在一起时，我是快乐的。

从特会回到住处，我简单地收拾了一下，准备去 Michael 那里。

临走前我打开电脑，想打印出 Michael 的地址和开车路线。

进入我的信箱，怎么也找不到那封邮件，难道这就是一个暗语？

我停下在电脑里的找寻，又在桌面和柜子的台面上搜索了一番，还有屋角的那个小垃圾桶，都没有收获。去开特会前我打扫过房间，这时候屋子里显得有些过于干净了。

我终于放弃了徒劳无获的努力，静静地在转椅上坐了片刻，心情有些黯淡和失落。我不知道我是否应该给 Michael 打个电话。如果打这个电话，我是应该重新问他要地址，还是暂不去他那里？

心绪烦乱的我开始无意识地转动起转椅。椅子移动的时候，带出了一张小纸条。我捡起纸条，上面正是 Michael 的地址。

我记得我是用吸尘器吸过地毯的。我为什么会把他的地址记到一张纸条上？这张纸条又是如何在我吸地时幸运地留存下来？

难道这才是那个真正的暗语？

我带着那张纸条上路。从弗吉尼亚到马里兰，也就是从华盛顿特区的南边到北边。先开 495，转 270，下了高速，是乔治亚大道。一路上的心情都不错，只是在乔治亚路上开了很长的一段，还没看到我要转的 Layhill 路。我怕已经开过了，心想再过两个路口我就掉头回来找。这时候发现汽车快没油了，正好前边是个加油站，我就先去了加油站。加满了油，既然已经停了车，不如顺便去问问路。我找到加油站的人，问他 Layhill 在哪儿？他笑着指了指前面的一个路牌：你看，那就是 Layhill 路，就在你的眼前。

怎么会有这样的巧合？我不敢相信地望着前面的那个路牌。

简单的快乐：情感篇

　　到了 Michael 的家。迎接我的，是 Michael 和他的两只大狗 Stella 和 Genghis。两只狗都有七八十磅重，站起来的时候跟我差不多高。它们看起来很凶悍，但我很快发现它们都是温顺的，而且很懂规矩。Michael 递给我两块喂狗的饼干，让我亲自喂下它们。我小心翼翼地伸出手去，两只大狗很灵巧地用舌尖从我手上卷走了那两块饼干，心满意足地吞下去后，对我更是亲热了。Stella 对我更是"一见钟情"，我走到哪它就跟到哪。我站下或坐下的时候，它就会坐在我的旁边，眼神一直追随着我。

　　Michael 说，Stella 原来是他姐姐的邻居家的狗。五年前邻居一家要搬往外州，不方便带走它，Michael 就收养了它。

　　为什么想养狗呢？我问。

　　想有更多的责任心吧。Michael 回答道。

　　认养了 Stella 一段时间后，他又收养了 Genghis。他说他每天去上班，总觉得 Stella 自己在家会孤单，就去弃狗收养所认养了 Genghis。Stella 和 Genghis 是同一种类的德国狗。Genghis 是被人遗弃的，大概是长得太丑，一直没人愿意带走它。Genghis 是丑丑的，长着一个大豁嘴，还是龅牙。Stella 也并不漂亮，不过现在的它们一看就是被主人精心豢养的幸运犬，棕色的毛泽很光亮，身膘体壮。

　　说话间，火鸡也差不多烤好了。我本来以为 Michael 只是去外面买个现成的火鸡，没想到他真的是自己动手。那只二十磅的火鸡已是金黄色，Michael 说上面都涂了奶油，才能烤出这样的颜色。中间还要不断地端出烤箱，用吸管把烤出的汁水收回来，再均匀地洒在火鸡上，这样不断地反复，才能烤出味道。金灿灿的火鸡两脚朝天，肚子里塞满了我爱吃的 stuffing，散发着诱人的香气。

　　我看着 Michael 熟练地操持着这一切，心里想，他应该是个热爱家庭的好男人。他就是那个我一直在寻找或者说一直在等待的男人吗？还有，刚才来之前的那几段巧合，小小的片断，每一段都似乎是无足轻重的，组合起来，却又像是一个奇妙的暗示。

Michael 自然不知道我的这些心思，他快活地准备好了感恩节的晚餐，有些紧张地看着我把火鸡肉吃进了嘴里。得到我的赞许后，他开心地笑了。我的赞许是发自内心的。中国人一般对火鸡的味道比较挑剔，总觉得有些腥涩。不知道 Michael 做了怎样的处理，或许是因为我的心情很好，或许是火鸡是刚刚烤好的，非常的新鲜，反正我没有吃出任何的腥涩味，这是我吃到的最鲜美的火鸡。

饱餐一顿后，两个人坐在壁炉边的长沙发上聊天。壁炉里的炉火正旺，空气中混合着火鸡的香味和木柴燃烧时发出的暖暖的味道，还夹杂着一缕淡淡的蜡烛的香味。Michael 打开了音响，音量很低，美妙的音乐在屋子里低低地回旋，却不会影响到两个人的谈话。Michael 还端来他自己烘烤的南瓜派，就放在我身边的小茶几上，我想吃的时候就可以吃上几口。Stella 和 Genghis 慵懒地趴在我的脚下，我的两只脚完全埋进了它们的怀抱中。两只大狗温暖的身体传递给我一种说不出的感动，我感觉到了那种久违了的家的气息，可是这么美妙的时刻又好像是我从未经历过的，眼前的一切不正是我能勾画出的最完美的家的景象吗？

空气中依然弥漫着那种特殊的香味，天籁般的音乐依然在流淌，Michael 充满磁性的声音依然在回荡，Stella 和 Genghis 温暖的身体依然倦卧在我的脚上……我的眼睛里浮现出一层薄薄的泪水，我眨了眨眼睛，在那层泪水褪去之后，我看见那支正在燃烧的蜡烛开始流泪，我知道那是喜悦快乐的泪水。

6

欢喜明媚的日子里不可能没有音乐。Michael 带我去听过几场音乐

简单的快乐：**情感篇**

会，有时也会随性地为我弹几支吉他曲，郎朗要在肯尼迪中心举办钢琴演奏会的消息也是 Michael 告诉我的。

那个周末我们本来打算一起去看场电影。Michael 临时听说了郎朗的演奏会，就问我想去哪一个。我知道 Michael 对钢琴演奏并没有多大的兴趣，我自己喜欢听的是小提琴和小号。可是郎朗的表演也是不该错过的。年轻的郎朗已在国际乐坛上声名显赫，作为他的同胞，我还没听过他的演奏，这次又是在肯尼迪中心表演。当然票价也会不菲，我又不想让他太破费。每次一起出去看演出，或是去饭馆吃饭，他总是抢着付钱，或者事先已经付好了钱。

我有些犹豫，就让 Michael 来做决定。他马上说，还是去看郎朗的表演吧。

星期六，Michael 先开车来到我的住处。我已经准备好了晚饭。我们吃了东西，打算坐地铁去肯尼迪中心。

进了地铁站，Michael 让我先等一下，他去买地铁票。我想他是去给自己买票，我已经告诉他我有地铁票了。等他的时候，我看了眼自己的那张票，这才发现这张票的钱数已经不够了，需要另买一张票。我还停留在在纽约坐地铁的习惯上。在那里坐地铁，不管走多远，也不管转几次车，只要没出地铁站，都是两块钱。华盛顿的地铁是按路程计费的。我跑的次数没那么多，但钱数已经上去了。我正准备去给自己买票，Michael 正好买了票回来。他把他买的那张票递到我的手上，说，这是你的票。

原来他是去给我买票。上次我们两个一起坐地铁，我也说我有票，进站的时候没问题，出站的时候钱数不够了，只得临时去补票。他大概是记住了我当时的尴尬。

我轻轻地说了声谢谢，心里很是感激他的细心周到。这个细节很小，却很温暖。有几个男人能为我记住这样的琐事呢？

106

09　老式爱情

我们赶到肯尼迪中心的主音乐厅时，郎朗的钢琴演奏会正好正式开始。年轻的郎朗充满了激情和朝气，当精妙绝伦又热情澎湃的音符从他的指尖流出时，为他伴奏的交响乐团的演奏家们立刻被调动起了所有的激情，现场的上千观众的情绪也很快被撩拨起来，迅速地陶醉其中。从每个琴键上传递出的激情不是一闪而过的，那股澎湃的热流自始至终，没有停留。低旋回转处，也是在酝酿着更多更强的迸发。整场的气氛都是热烈奔放的。

当郎朗充满魔力的指尖奏响了最后一个音符，全场的观众起立。长久热烈的掌声中，郎朗一次次地谢幕，并且加演了一支曲子。他加演的是中国的《彩云追月》。

那熟悉的旋律一经响起，我的呼吸就急促起来，眼睛也跟着湿润了。之前整场的演出我也是欣喜雀跃的，被郎朗表现出的爆发力和凝聚力感染着，但那更多的是因为音乐本身。这一刻是不由自主情不自禁地感动。在异国他乡，为那支来自故土的曲子，为这支曲子和这支曲子的演奏者带给所有人的感动而感动。我的心里不断涌动着那股热流，让我有些不能自持。

这时候 Michael 轻轻地握了下我的手，还朝我心领神会地点了下头。我也深情地望了眼他，突然间明白了他的心意。他带我来听这场钢琴演奏会，让我没有错过这激动人心又百感交集的一刻。

我们带着惊喜和感动走出肯尼迪中心，没有想到还有另外一份惊喜在等待着我们。我们一出肯尼迪中心的正门，一片片晶莹剔透的雪花迎面向我们飘来。那是那一年冬天的第一场雪。雪并不大，只是零零散散的雪花，它们温柔地飘在半空中，在落到地上之前，已经融化于人们的惊喜中了。我们原打算坐肯尼迪中心的班车去地铁站，然后搭地铁回家。因为这场雪，我们决定走去地铁站，这样可以更多地感受初雪带来的意外的惊喜。

简单的快乐： 情感篇

　　这轻灵地飘着的小雪花并没有遮住淡淡的云层中的月亮，月亮依旧若隐若现，溶溶的月光在雪花的衬托下反而更加的皎洁。Michael 和我就在温柔祥和的月光和雪花中，走过静卧在波托马克河上的拱桥，河水已经在雪花的亲吻中沉入了安静而甜美的梦乡。我们又走过水门饭店，这个曾经因为浓厚的政治色彩而闻名于世的建筑物，在这个静谧的飘着雪花的夜晚，却显得无比的怡然恬淡。走过水门饭店后，两个人一起轻轻地唱起了一支歌谣。这是我小的时候妈妈常常给我唱的一首歌，我不知道这首歌的名字，但是我永远记住了这首歌的旋律。有一次 Michael 偶然哼起一支歌，歌词完全不同，但跟这首陪伴着我长大的歌谣有着完全相同的旋律。从那以后，我常会让 Michael 唱这首歌。在这个安详美妙的夜晚，两个人一起唱起了这首歌，我唱中文，Michael 用英文，在那亲切的旋律中，两种语言完美和谐地融合到了一起。

　　我们一遍遍地重复着那首古老的歌谣，地铁站已经出现在我们的前方。Michael 突然停了下来，我也跟着停下了脚步和歌唱，我看见他正含情脉脉地望着我。

　　我可以吻你吗？Michael 温柔地问道。

　　我点了点头，四片湿润的嘴唇自然而然地粘合到了一起。这是我们之间的第一次真正意义上的接吻，一个男人和一个女人从爱情而来的亲密无间。这不是我的初吻，可我好像从未这么放松这么投入地去吻一个男人，没有一丝一毫的惊悸和犹疑，像初生婴儿的睡梦般甜美、陶醉。

　　Michael 把我送回家后，还要开车回马里兰。我送他出门，站在门口，我们两个又长久地拥吻在一起。好久没有这样，想跟一个男人更多地待在一起。他走了以后，我的心里空荡荡的，很快又塞满了牵挂。雪停了，但路面很滑，这让我更多了些担心。我就心神不定地坐在那里，一直到他打来电话，说他已经平安地回到了家里。

7

来年的情人节是我满怀期待的。

我很精心地为 Michael 挑选了礼物。他喜欢弹吉他，我选了一个吉他造型的台灯。以红色为主，是情人节的色调。光线是朦胧的，温暖而浪漫。我还为他选了一盒包装精美的巧克力，盒子上是一支含苞欲放的红玫瑰。

选了带玫瑰图案的巧克力礼盒，是觉得我和 Michael 已经是恋人的关系。不过在写贺卡时，我又含蓄起来。毕竟我们还没有正式表白，特别是 Michael，还没有很正式地告诉我，他是爱我的。虽然他为我所做的一切已经说明了这一点，我还是很小女人地想要一个言语上的表白。

Michael 在情人节晚饭前赶到我这里。这次他的手里还是捧着鲜花。是娇艳的红玫瑰，而且是两大束，一束给我，一束给媛。我喜欢他的这份周到。

Michael 还抽出一支玫瑰花递给民和媛的三岁的女儿 Ashley。本来这个房子里的所有的女士都有了玫瑰，偏偏那天民的表妹来这里做客，她没收到玫瑰，让我们多少有些尴尬。

Michael 还送给我一个水晶做的摆件。静的花，动的鸟。花儿盛开，飞鸟落下，栖落在一片花瓣上。宁静的瞬间，可以听到花瓣颤动的声音。

我们一起出去吃晚饭。Michael 想带我去一家高档的饭馆，我说，还是去吃披萨吧，我们第一次见面，吃的就是披萨。

离我们不远的地方就有一家必胜客。那天那里很是冷清，大概很少有情侣会选一家披萨店庆祝情人节。但我觉得很温馨，安静整洁的环境，一起吃披萨的，是自己已经爱上了的男人。我也知道，他的心中有我。这不就是情人节时最美好的祝福吗？

也许是在一个特殊的日子里，也许是已经有些情不自禁，坐在我对面的 Michael 始终很深情地看着我，眼睛里饱含着我们初次见面时深秋的温暖的阳光，也有那次去肯尼迪中心时飘过的晶莹纯洁的雪花。

我爱你。当我深情地望着他的时候，这几个字脱口而出。

我也爱你。Michael 马上回应道，好像这句话已在他嘴边等了许久。

其实，我是想等他先说这句话的。只是情已深时，不由自主就说了出来。

那你是什么时候爱上我的？我好奇地问。

Michael 很认真地想了想，说，是那次我们一起去肯尼迪中心听郎朗的演奏，就是那个晚上，我爱上了你。

这么说，我们是在同一天坠入情网的。就是在那个初雪飘飞的夜晚。雪花飘过，依稀还可以看到清朗的月光和带着色彩的云朵。安静的河水上，是彩云追月的和谐、圆融。我记得我就是在那一天情意盎然，多出了一份难舍的牵挂，一份对一个男人的爱恋。

月光、彩云、飞雪，在同一时刻辉映，这是一个奇迹。

第一次发现，爱情可以是气势磅礴的交响乐，也可以只是一片静静飘落的雪花，无声无息地融入空气和大地中，没有留下任何痛苦的痕迹。这大概就是天作之合的含义吧。

那你为什么没有告诉我呢？你爱上了我，却没有告诉我。我说。掐指算来，从那天到现在，已经过去了两个多月。

Michael 不好意思地笑了笑：我不知道你的心思，我怕说出来，把你吓跑了。我有耐心，慢慢地等你。

等我什么？我故意问。

等你……也爱上我。他有些紧张地看着我。

我忍不住扑哧笑了，又忍不住问了下一个问题：你还记得我们第一次见面吗？第一次你见到我是什么感觉？

第一次我就喜欢上了你，觉得你很漂亮，人也很好。Michael 的脸有些红了。

你只是喜欢我吗？我嘴上这样说，心里也知道第一次就爱上一个人更像是童话里的故事。遇到过一些对我一见钟情的人，之后甚至跟其中的人有过轰轰烈烈的恋爱，但结局早已没有了开始时的浪漫。

那时候我还不太了解你，我不太可能爱上一个还不了解的人。Michael 很诚实地说，他比刚才更紧张了。

他的诚实和紧张都让我忍俊不禁。我从这里知道，他对待我们的这份感情，是认真的。

可是我很快爱上了你。Michael 大概怕我误解了他的意思，补充道。

我爱你。他含情脉脉地看着我。

我也爱你，我回应道，其实，我好像也是在那个晚上爱上了你。

真的吗？Michael 一脸的惊喜。

我们爱上彼此时，离我们第一次见面，大概是二十七八天。相识不久，相聚的时间也并不频繁。每一次留下的，却是丰盛的交集和甜美的回忆。那些印记串联在一起时，才知道自己过往的生命中欠缺过什么。

离开必胜客时，在门口遇到卖玫瑰花的。Michael 又买了一大束玫瑰。

不知道民的表妹也在这里，送给她吧。Michael 说。

她会喜欢的。我赞许道。

沉浸在爱情中的人，也渴望着把那份美好传递给身边的每一个人。

8

春暖花开的时候，我决定搬到 Michael 那里去住。

是一个连体房，三层高，楼上有三间卧室和两个洗手间。Michael已经早早做了准备，为我预备的卧室和洗手间焕然一新。他重新刷了墙，置换了配备。不奢华，简单朴素，却很整洁、温馨。

Michael的卧室和洗手间在旁边。一个屋檐下，有一墙之隔，给我留出了足够的空间和自由。他说，他会耐心地等待。

吃饭是在一起的。

厨房的柜子里，我看到一些花椒大料。你用这些佐料做菜吗？我有些纳闷。

Michael嘿嘿一笑：我在学做中国菜，这是你的口味。

厨房里常常飘着中国菜的香味。我做饭的时候，Michael喜欢在旁边偷师学艺。很快他就可以像模像样地做些中餐了。朋友们来做客，品尝了他的厨艺，夸奖他做中餐已达到了专业水平。他很得意于他的清炒油菜，清爽可口。单一的青菜，也可以做到色香味俱全。他也学会了包饺子。很多美国人不喜欢的韭菜倒是很合他的口味，我便用韭菜、肉末、虾仁做饺子馅。上班时若是能带韭菜馅儿的饺子做午餐，他还会到他的中国同事那里去显摆一下。

他也很喜欢素馅饺子。这是我妈妈教给我的配料，里面有萝卜胡萝卜鸡蛋鸡肉豆腐粉丝。调这种饺子馅，在剁馅上要费些功夫。Michael总是自告奋勇，拿把中式菜刀，很耐心地剁上一个时辰。各种配料都成了细细的碎末，五颜六色喜气洋洋地簇拥在一起。

Michael也会时不时地做些西餐，有正餐也有甜点。有一次我开车出门走错了路，在华盛顿市内心惊胆战地转了一大圈。回到家时，看到桌子上摆着他刚做的新鲜的草莓蛋糕，一路的晦气很快便在娇艳欲滴的蛋糕中溶化了。

以前两个人见一次面，总要在路上花些时间。中间隔了一个小时的路程，很难做到每天都见面，一般一个星期里能见上一、两次面。现在住在同一座房子里,周末和其他的闲暇时间完全重叠在一起,好像突然有了大把的可以尽情支配的幸福时光。以前独自去过的地方,现在可以一起去了。那些本来就喜欢的风景和去处,因为有了自己心爱的人的陪伴,就更是让人流连忘返了。

我们也常结伴去参加各自的亲戚朋友同事的聚会。当亲情友情爱情交汇在一起时,分分秒秒都是丰盈明亮的,流逝的时光可以就此驻足。

也有很多时候,我们只是待在家里,看看电视或影碟,或者各自抱着自己喜欢的书,静静地阅读。安静的日子里,Michael 还是喜欢时不时地添加些情趣。有一次我看到一张卡片,告诉我沙发下面藏了一样东西。我在沙发下找到的还是一张卡片。一张张卡片,带着我最后找到洗衣机那里。打开洗衣机盖,看到一只毛茸茸的泰迪熊正朝我憨笑着,手里捧着一盒我喜欢的牌子的巧克力。有时候在家里,Michael 也会趁我不注意的时候,悄悄往我手机上发条短信,说些甜言蜜语的话。

天气越来越暖和。月朗星稀的晚上,我们会一起去遛狗。两条大狗,一人牵一条,两个人空余出的另外的一只手,正好可以牵在一起。两条狗很喜欢这样的漫步,兴高采烈地在前面带路,或者左右相随。溶溶的月光下,Michael 和我牵着狗走过一排排的房屋和一条条的阡陌小径。空气中弥漫着夜晚的安宁和淡淡的花香,我们偶尔的低语和会心的笑声在花草树木中飘过,又带回欢喜的回响。

那样的夜晚是浪漫的。其实,感觉到幸福的时候,就是一起去超市买东西,一起做顿饭,做些琐碎的事情,也是甜蜜的。两个人就在柴米油盐的平淡中亲近了许多,也有了更多的默契。

搬过来后,Michael 对我还有一个请求,每天教他一个小时的中文。

每天?每天一个小时?我犹疑着问。倒不是怀疑他的决心和恒心,只是怕自己没有这份耐心。

你能教我吗?Michael 认真地看着我。

好吧。我答应得有些勉强。

既然答应了，我还是努力为之。Michael 学得比我教得更努力，加上他的悟性，他其实是个很好教的学生。很快他就可以说些简单的句子。遇到中国人，他喜欢跟人家说说中文。人家客气地夸奖他一下，他倒是照单全收，还总是告诉人家他有一个很好的中文老师，让旁边的我有些汗颜。

每天学过中文后，我们还一起读《圣经》。英文的版本，我读的时候，会有些磕绊。Michael 总是很耐心地听我读下去，遇到我不认识的单词，和不明白的内容，他也总是耐心地讲解。

有一天，读完一段经文后，Michael 突然用中文问我：嫁给我，好吗？

我愣了一下，在我确定了他的这一句话的全部含义后，我点了点头。

风轻云淡，这不是我想象中的求婚。但我知道，轻风淡云中，会有一个恒久不变的承诺。

我们决定在我们相识一周年的时候去结婚。

9

订婚以后，Michael 带我去了趟拉斯维加斯。没有刻意去选一个地方，只是想两个人一起去度个假。

也许在这个世界上很难再找到一个比拉斯维加斯更繁华骄奢的地方，这座在沙漠上建立起来的城市，也因为它的纸醉金迷恣情纵欲而被称为一座罪恶之城。刚下飞机，我们看到的就是成片的赌博机，拉斯维加斯一点都不想遮掩什么，她用自己赤裸裸的方式迎接着来自世界各地的人们。

在拉斯维加斯很难不去放纵自己,可是 Michael 和我一直逍遥于醉生梦死之外。我们碰过一次老虎机,用了很短的时间输掉了数额不多的钱。不是为了赌博,只是觉得好玩,来到拉斯维加斯总该做点类似的事情。其他的时间里我们一直沉浸在我们的爱情中,怡然从容地观光游览着。这座风月无边的城市,除了赌博和色情,还有很多让人流连忘返的地方。Michael 以前来过这里,他也知道我喜欢什么。他带着我去看各类精彩的演出,去观赏这里的奇山异水,去欣赏旖旎雍容的夜景,我们也在不同的赌场里驻足,不是去赌博,而是去看那里的人生百态。因为有 Michael 的陪伴,拉斯维加斯向我展示的完全是浪漫恬淡的一面。

Fremont 是我们最喜欢的一条街。不在闹市区,是另外一种风格的街道。白天的时候偏安静,就是到了只属于拉斯维加斯的夜晚,它看起来也是不起眼的。有很多的小店,游客们可以买大杯的啤酒,边喝边逛。也有各类的街头演出,更像是即兴随意的。惊喜就在没有预知的平淡中从天而降。音乐声起,暗淡的天空突然璀璨无比。由一千二百五十万个 LED 灯泡组合成的美轮美奂的光影天幕,密密地覆盖住广袤的夜空,在铺天盖地的惊喜中铺展出一幅幅奇异的景象,应接不暇,一座皆惊。所有的人都欣喜驻足,仰望惊叹。

绚烂到极致又戛然而止时,是一片万籁无声的寂静。寂若无人,因为惊艳和消失而无言以对。这样的停顿是片刻的,刚才敛声屏气的人们又开始徜徉在并不繁华的街道上。我跟 Michael 拉住手,继续我们散淡清心的漫步。喜欢那种到了极致的美艳,灿烂如烟花绽放。更喜欢没有烟花闪耀的夜空,还有夜空下平实的景象和怡然的人群。这是可以永远延续下去的良辰美景,不需要刻意的雕琢和维护,却可以经年累月,天长地久。

在拉斯维加斯的最后一个夜晚,我们哪儿都没去,只想透过酒店的落地窗,最后饱览下拉斯维加斯光怪陆离的夜景。拉斯维加斯是一座真

简单的快乐：**情感篇**

正的不夜城，确切地说，这是一座只有夜晚的城市，它在夜晚显示出的美丽是惊心动魄的。走进去的时候，很可能难以自拔；可是站在一定的距离外去看它的时候，可以恰到好处地感受到她的辉煌璀璨。我们偎依在窗前，就在那恰到好处的地方眺望着那巧夺天工的完美。身后开着的电视里传出了美妙的歌声，Michael 没有扭头，就报出了这首歌的歌名和演唱者，甚至首唱的年代。这是一个音乐台，一首接一首地播放着那些从前的老歌。每播一首歌，他就把这首歌的歌名、演唱者和年代告诉我。每一次我会扭头望一望电视屏幕，验证一下他的判断。我没有想到他对这些歌曲会这么熟悉。

你应该改行去做音乐 DJ。我对他说。

Michael 没有回应，只是用揽着我的手，轻轻地拍了我两下。他的思绪好像还在那些歌曲中。那些歌该是让他感动的。面对着一个看似没有关联的城市的夜景，他或许在回忆着第一次听这些歌时的情景。我在揣摩着他的心思。他并不是特别喜欢回忆的人，可是在这个夜晚，当他感觉到他的生活将翻开新的一页时，他或许会喜欢这些歌曲的带领，他可以随着它们一起走回从前，并且跟他的从前拥抱道别。

一曲终了，短暂的间歇后，我听到了那首我熟悉的的歌：《忧愁河上的桥》。我把手按在了 Michael 的嘴上，这一次是我来报幕，因为这几乎是我最喜欢的一首歌。

当你感到疲倦渺小时，
当你的眼中满含泪水，
我将拭干它们，
我会在你身旁。
当世事艰难，朋友难寻，
就像忧愁河上的桥，

09 老式爱情

我会为你俯下身躯

……

当你穷困潦倒时，

当你徘徊在街头，

当黑暗来临，痛苦包围着你，

我会安慰你，为你分担忧愁，

就像忧愁河上的桥，

我将抚慰你的心灵

……

    第一次听到这首歌时的情景还历历在目。十多年前，在故乡的城市，那个宁静的夜晚，当这首歌不经意地响起的时候，我就被深深地吸引。是那种全身心的投入，也是一生一世都放不下的向往和渴盼。那样的美好，不用刻意地记住，永远也不会忘记。每一次的偶遇，又都是没有间隙隔阂的亲密。

    此时此刻，突然意识到，走过千山万水，找寻的，就是那座忧愁河上的桥。

    夜已经深了，他已在熟睡中。沉睡中的他，脸上铺展着孩童般的纯净和甜美。我没有什么睡意，温柔地望着睡梦中的那个男人，静静地感受着那份纯净和甜美。在他均匀的呼吸中，我又来到了窗前。外面依然灯火辉煌亮如白昼，明亮中弥漫着沉醉的气息。那过去了的和即将到来的一切，犹如这闪烁的灯火，星星点点地跳跃在我的眼前。我看见了自己的初恋，甚至初恋之前就有了的憧憬和向往。青春的飘带上也曾连缀过最美丽的遐思，原来那时候的生活里空空荡荡，我才会有那么多彩云追日般的幻想。而现在我只想做一个原色传统的女人，与一个跟我心心相印可以生死相守的男人，过平凡简单却很幸福的生活。我已经漂泊到那座桥下,我的心可以不再流浪。无需再向别人证明什么,也无需为得到更多的东西冥思苦索了。当一个人甘于平淡的时候,那便是什么都体验过了。经历了很多的事情后,我才可以这么明确地知道什么才是我最想要的,什么才是真正的平安和喜乐。

想到这,我望了眼熟睡中的 Michael。我走到他那里,俯下身来,静静地偎依在他的身旁,享受着我从未体验过的宁静安详。在莺歌燕舞灯红酒绿的拉斯维加斯,我却感受到了最恬淡欣然的平静。这份安宁来自于心灵的最深处,来自于我的生命,来自于比我的生命更丰盛的地方。面对繁华,我已经可以守得住一份平淡。

10

秋天的时候,定下的结婚的日子在一天天地临近。

去办手续之前,Michael 说要跟我谈一次,是那种很正式的谈话。他要我拿出纸和笔,记下一些东西。

都是一些数字。房子和汽车所值的价钱,他的年薪和所有的存款,还有养老金,股票和其他的一些存储。我机械地记下这些数字。其实,在这之前我从没问过他有多少钱,甚至不知道他的年薪有多少。我知道他是一个勤勉的人,聪明、敬业、热爱生活,对我来说,这已经足够了。我无需过问那些数字。有时候,钱只是一些数字。

这一次是他郑重其事地告诉我这些数字。我有些不明白他的用意。我想到了婚前协议。有些人是想签婚前协议的,婚前的财产,只属于原来拥有的那一方。我可以理解这样的行为,但在感情上一直接受不了。如果 Michael 让我签婚前协议,我该如何应对呢?

我手下的数字累积得越来越高,最后一个数字出来以后,Michael 说,这是我的所有,以后,这一切都是你的了。

我怔愣了一下,心里很快充满了温润的喜悦。不是因为突然多出来的这些钱,是为一个男人毫无保留的给予。

Michael 接着说,我会永远爱你,从此以后,我会为你的快乐而活着。

我静静地坐在那里,欢喜之后,是浩渺的安宁。风恬浪静,我可以心如静水。

我可以把我全部的幸福和对幸福的渴盼交托给他,我相信他的诺言和承担。他会给我一个宁静的港湾,为我遮风挡雨,这是一个能让我安静下来不再漂泊的男人。

我们去我们所在地的法庭递交了结婚申请。定好两个星期后,在我们相识一周年的那一天回来签订婚约。双方的家人也已约好,他们会赶来为我们见证和祝福。

申请递交以后,突然有些按捺不住。Michael 说他不想等了,他想马上跟我结婚。我觉得这样也好。

Michael 给结婚登记处打了电话,他们说下个星期一会有空,我们可以来完成注册手续。时间匆忙,我们来不及通知原来准备到场的亲友,反正之后还会跟他们一起庆祝。所幸的是,我们所在的马里兰州结婚不要求其他的证人在场,只要有法官为新郎新娘证婚就可以了。

就这样最终选定了结婚的日子。以后的每一年,我们会在这一天庆祝我们的结婚周年。一个原本会在我们的指缝间悄悄溜走的一天,以后就会是属于我们两个的最重要的日子。

那天的天气很好,秋高气爽,风和日丽。一个不经意碰到的日子,却像是上帝早已为我们预备好的。

去结婚注册的那条路,是 Michael 每天去上班的必经之路。平时这个时间都堵车,今天这么顺畅。他高兴地说。

我也从这条路上走过无数次。今天才发现路两边绵长的林荫大道是

简单的快乐：情感篇

这样的枝繁叶茂。笔直的树干无遮无拦地伸展向碧蓝如洗的天空，茂密的树叶环抱在一起，又在一个相同的高度垂下顶端的枝叶，划出一条优美的弧线。高大而温柔。正是秋天最美丽的日子，树叶正在变换出丰富的颜色，姹紫嫣红，五彩缤纷。

因为路上走得很顺，我们到得早了点。安静地坐在那里，心里什么都不去想。没有回忆，也没有展望。因为安静，才觉出充沛丰盈。

快到时间的时候，我去了趟洗手间。出来时，碰上一位装扮得体的中年女士要进来。我习惯性地退后半步，让她先进来。她朝我笑着点点头，说了声谢谢。

回去没几分钟就轮到我们了。我们进去后，法官很快也到了。我扭头一看，法官碰巧是我刚刚在洗手间门口遇到的那位女士。

怎么是你？我们两个的脸上是相同的表情，然后相视一笑。

不知是我刚才的表现给她留下了好的印象，还是她的职业习惯和敬业精神，她对我们非常的热情，还主动问我们，要不要帮你们拍些照片做留念？

幸好我带了相机。本来这是唯一的遗憾，没有亲友到场，也没人为我们拍照了。

我把相机递给她。在我们签名的时候，她为我们拍了第一张照片。这是一本厚厚的装潢精美的名册，每一对来这里结婚的新人，都会在这里签上自己的名字。每一个名字，也是一段对幸福的见证。

接下来，Michael 和我在法官的引领下，宣读我们的结婚誓言：

我，Michael，娶你，珺，做我的妻子……

我，珺，嫁给你，Michael，做我的丈夫……

从今往后，彼此拥有，不离不弃，无论环境是好是坏，是富贵是贫穷，是健康是疾病，我都会跟你生死相依……

这是被无数的人重复过的誓言，对我们来说，这是第一次，也是唯一的一次。

以为自己不会哭，说完生死相依，眼泪还是没有忍住，脸上淌满了泪水。

之后，是交换戒指。法官郑重地说，婚戒是合一的象征，是一个完整的圆，无始无终，永恒不变。这两只婚戒是今天在这里所立婚约的象征。

Michael 把婚戒戴在我左手的无名指上，我把为他准备的戒指戴在他的手指上。戴戒指的同时，我们也许下诺言：我与这个戒指一起，与你结合，把我的生命融进你的生命。

法官一边带领我们完成了所有的仪式，一边为我们拍下了很多珍贵的照片。有全景，也有各类的特写；有甜蜜的偎依，也有两只戴上婚戒的手牵在一起时的承诺。

出了那座大楼，我们给各自的家人打电话，告诉他们，我们结婚了。

Michael 说，他有几个小小的计划，在结婚当日，只有我们两个人的，小小的庆祝。

我们先去买了两个新鲜的大南瓜，每一个大约有十英镑重。然后我们又买了一打白色纯棉 T 恤。Michael 说他要为我们结婚制作些特别的纪念。

回到家后，我们带上 Stella 和 Genghis，出去采集落叶。落叶缤纷的季节，满地金黄，很快就收集到了大把的不同颜色不同形状的落叶。我看着 Michael 在一片灿烂中展露着满脸的喜悦，两条大狗在旁边欢蹦乱跳，我的心里也满是幸福和欢喜。我一遍遍地重复着这份喜悦，从今天开始，我们就是一家人了。

材料准备好后，Michael 开始制作结婚纪念物。

他先掏空了两个大南瓜，在上面凿上眼睛鼻子嘴巴。两张开心的面孔，一个是他，一个是我，都咧着大嘴，傻呵呵地笑着。"他"的眼睛朝左斜着，"我"的眼睛朝右斜着，Michael 说，这叫含情脉脉，眉目传情，我看着倒像是在挤眉弄眼，风骚调情。不管怎么说，这两只南瓜还挺登对，是一对可以在一起快快乐乐过日子的活宝。

Michael 又开始制作结婚纪念衫。他把树叶处理好后，摆放在白色的 T 恤上，然后用熨斗一遍遍地熨烫，直到 T 恤上印满了错落有致五颜六色的树叶。

我喜欢他的这两个创意，更喜欢看着他幸福欢喜地做着这些事情。他兴奋地向我展示他的作品，我心满意足地看着那些独一无二的作品，和那张因为制作出了这些"唯一"而喜不自胜的笑脸。幸福就在那些简单的快乐中绽放延续。可以幸福着他的幸福，才知道自己是个幸福的人。

那个晚上，我把自己的床单从我的房间搬进了他的房间。

两条大狗幸福地拥在我们的床边。它们的鼾声里，是我们幸福的絮语。

10　陪伴孤独

它叫孤独，是我的干姐姐明姐的猫儿子。

有一次我在纽约州奥尔巴尼的一个图书馆做演讲，明姐是听众之一。讲座之后我们闲聊，越聊越投缘。很快我们就成了好朋友，还以干姐妹相待。

认识明姐后才发现我们住在同一条街上。明姐邀请我去她家吃饭，还告诉我我会见到她的猫儿子，一只叫孤独的很神奇的猫。明姐兴致勃勃地讲了一堆这位神猫的精彩故事，它因为太聪明、太有本事被大家称为猫博士。我只是听听而已，只记住这只美国猫不仅懂英文还懂中文。我比较喜欢狗，对猫没有多少兴趣。

到了明姐那儿，明姐把我"引荐"给孤独。孤独正舒服地侧卧在它的猫窝里，我伸出手，轻轻抚摸着它那一身黄白相间的绵长松软的猫毛。它闭着眼睛，没有什么反应。明姐的其他的朋友也到了，大家都聚拢过来，像是来拜见猫大人。可是任凭我们这些人大呼小叫，它就是不睁眼。明姐的女儿佳佳说，孤独是假寐，它极傲气，不屑于搭理我们。

受到孤独的冷落，我倒不觉得失望，毕竟只是一只猫。

有一天我出去散步，突然蹿出一只猫来，围着我转了两圈，觑着脸喵喵地叫着，然后亲昵地蹭着我的裤脚。正好佳佳打那走过，看见了我和那只猫。这是孤独，我妈妈的那只猫。佳佳告诉我。我这才想起明姐

简单的快乐：情感篇

的猫儿子。上次去明姐家，孤独一直闭着眼，还侧卧着，没看清它的尊容，我也没记住它。

这会儿看到的孤独相貌堂堂，神气活现。两只眼睛炯炯有神，顾盼神飞。这次它判若两猫，一点都不傲气，还很亲和，在我脚下翻来滚去，千娇百态，极尽所能地耍宝讨巧。我还真没见过这么可爱的猫咪。

你看它在向你献媚呢，孤独很喜欢你。佳佳又说。

得到气傲心高的孤独的青睐，我还算淡定，没有受宠若惊。只想着这裤腿上蹭上这么多的猫毛，我回去还得费劲清理。

明姐听说了孤独在我这里的表现，告诉我，动物喜欢的人都很有福气。我听着很开心，跟孤独亲近了一些，好像它真的能给我带来福气。

之后我再在那一带散步，时常能碰上孤独。明姐说那几个街区是孤独的领地，每天它都要出来微服私访。每次它都是很突然地出现在我的面前，跟我嬉闹一番。如果有其他的人出现，或者有什么动静，它会倏地一下消失掉，来无影去无踪。要不是我的裤脚上又落上了猫毛，我都不知道孤独刚才出现过。我不再计较孤独在我的裤腿上蹭下的那些猫毛，出去散步，越来越想见到孤独。

认识明姐也就半年多，我毕了业，要离开奥尔巴尼，去华盛顿特区找工作。临走前，我要退掉我租的公寓，有一个多星期的空当，需要住在朋友家。明姐让我住她那儿。她要回上海探亲，她的女儿佳佳在纽约市读书，她先生那段时间正好也不在家。她说我可以在那里随便折腾，而且她这里离我的公寓很近，走都能走到，也方便我慢慢收拾。

那一个多星期，我会跟孤独住在一起，朝夕相处。

我在明姐离开的前一晚搬进她家。明姐简单地交待了一下孤独的生活习惯。它每天早上五点多起床，然后出去遛弯。七点多的时候回来，它会在楼下叫门。我要去给它开门。回家后，它会先去厨房用早餐。每天下午它还会出去一趟，其他的时间大都在家里，有时会去地下室自娱自乐。生活简单而有规律。

我放它出去，它要是不回来怎么办？我有些担心。

它会回来的。明姐很肯定地说。

第二天早上五点，明姐起来赶飞机，孤独也出门了。

明姐很放心地回中国了，并不担心我能不能照顾好孤独。她知道孤独可以照顾好它自己，不会出什么差错。

我又睡了一觉。七点多的时候，迷迷糊糊地听到猫叫。我一骨碌爬起来，跑到窗户那一看，孤独正坐在楼下，望着窗户里的我。我敲了下窗户，又用手指了指后门。孤独马上站起来，朝后门走去。进了家门，孤独径直走进厨房，在它的饭盆前坐下，静静地看着我。我按照明姐的指示开了一个猫罐头，倒进孤独的饭盆。孤独悄无声息地吃起来，吃得既香甜又斯文。吃过之后，它又把饭盆舔得干干净净。我没想到接手孤独这么容易这么顺利，它真是一只很乖巧很聪明的猫。

孤独晚上都是跟明姐一起睡。我和孤独单独在家的头一个晚上，孤独跳上了我的床。可我不想搂着它睡，虽然已经很喜欢它了，还是怕它那猫爪子挠我一把，抓花了我的脸，我就不能出去见人了。我嚷嚷着让孤独自己睡，它很听话地下了床，摇着尾巴出了我的房间。我带上了门，猜想孤独会睡在它跟明姐睡觉的大床上。晚上我去洗手间，一开门，孤独一下子滚落进来。原来它就睡在我的门外，紧贴着我的房门，温暖地守护着我。但它并不强迫我做我还不想做的事，等我从洗手间回来，它已经善解人意地退了出来，还是守在我的门口。

那一个多星期对我来说是短暂而漫长的。一次次的告别，跟这个生活了三年多的城市，还有在这里的朋友们。为了告别的聚会，欢笑中总是涌动着苦涩。我是在跟一个个的依靠告别，慢慢地就只剩下我一个人，孤独地面对我自己的未来。常常是黄昏，合家团圆的时候，我一个人坐在长沙发上。光线越来越暗，却不想拧亮手边的台灯。孤独这时候总是陪在我的身边。它坐在我的腿上，或者拱到我的怀里撒娇。有时它会跟我保持一点小小的距离，坐在沙发的另一头，目不转睛地看着我。它不会说话，眼睛里却有丰富的话语。我知道它在安慰我，告诉我我并不孤独，它就在我身边陪着我。它的眼睛熠熠地发着光，那是黑暗里最后的一线光明。我总是在那缕光亮被黑暗彻底淹没之前，站起身来，打开房间里的灯，让自己的心情平复下来。每一次，我重新振作起来，孤独就会消失得无影无踪。它有那样的本事，若是它想躲起来，我是不可能找到它的。

我把最后的一件东西从我的公寓搬到了明姐这儿。打扫干净后，把钥匙交还给房东。收拾完那边的房子，才知道这三年里我攒下了这么多的东西。明姐家被我搞得很乱，地上铺满了我的七零八碎。一辆汽车带不走这么多的东西，可我总想带走更多的东西。自己用惯了的东西，有时也可以演变成一种底气。因为东西太多太乱，总是理不清头绪，我做着做着就会灰心丧气，还有深深的无助和孤独。这一刻我总会联想到即将的远行和前面的道路，孤独中还会有胆怯。虽然在那边有朋友接应，可以住在朋友家，但工作还没落定，一切都是未知的。这样的胆怯让我想放下所有的盼望，很想往回走，却发现早已没有了退路。

我站在那里，屋子里是令人窒息的静谧。后来我听到了一些声响，是孤独在旁边弄出的动静。它一会儿抖擞着一身猫毛，一会儿在一堆东西间翻来跳去，转移着我的注意力。它弄出的各种噪音打乱了我急速下滑的心绪，那些噪音，却可以是生命的气息。它不停地翻腾跳跃，好像很快乐地享受着这些简单的重复。它的萌态总是会在最后逗笑我。在我接着收拾时，它会停下来，坐在一边，像是在监督我，也像是在鼓励我。

我还会出去散步。孤独不再突然地出现在我的面前，但它会在家门口等着我。每次我开车回来，若是孤独那时候也在外面，快到家时，我

10　陪伴孤独

会沿街搜寻着它的踪影，盼望着见到它。每一次的搜寻都是徒劳的，可是我的车一停下来，或者一开车门，孤独就会神乎其神地一下蹿到我的眼前，或是坐在路边，等着我下车。而我刚才仔细地看过，孤独出现的地方，明明什么都没有。它总是以这样的方式出现，要给我更多的惊喜。我们一起回家。我会告诉孤独我出去做了些什么，它摇晃着脑袋和尾巴，听我絮絮地唠叨着。我知道，它能听懂我说的每一句话。

明姐的先生詹姆斯在我离开奥尔巴尼的前一天赶回家来，只是跟我交接一下。他要知道我明天大概什么时候离开，他可以回来照看孤独。为了不打扰我，他那晚暂时住在外面。詹姆斯是个美国人，我们用英文交流。我们说话时，孤独坐在它的饭盆前吃饭，时不时回头看我们一眼，有些心不在焉。

詹姆斯走了以后，孤独也出去散步。傍晚它回来时，在楼下叫我。我去敲了下窗户，它却一动不动。我敲了好几遍窗户，也不断地给它打手势，让它去后门，它还是不动弹。我只好跑下楼去，叫它回来。孤独看见我出现在楼下，站起身来，慢慢地朝我走来。快走到我跟前时，它突然龇牙咧嘴地跳起来，张牙舞爪着，朝我大声地吼叫。它甚至伸出爪子，气急败坏地抓住了我的裙摆。我吓坏了，不知道刚才发生了什么，让孤独变得如此疯狂。惊慌失措中，我朝孤独大吼了一声。它在我的咆哮之后安静下来，不知所措地看着我。我小心翼翼地绕过它，开了后门。孤独跟着我上了楼，但也小心翼翼地跟我保持着一小段距离，不像以前那样，总是跟在我的脚后。

那个晚上我们一直保持着一定的距离。本来我想过，这一个多星期里都是孤独在跟我相依为命，夜夜守护着我，最后一个晚上，我不会关房门，它再跳到我的床上，我不会赶它走，就让它睡在我的身边。但孤独的一番闹腾改变了我的想法。我早早地关了门，躲在我的房间里。半夜的时候，我听到猫叫。看看表，才三点多。我还是开了门，孤独看了

127

看我，然后朝家门走去。我有些奇怪，生活向来很有规律的孤独，为什么想在深更半夜出门。我想说不行，但又怕它再次发疯，只好开了房门，让它出去。

我走的那天早上，孤独没有按时回来。整个上午都没回来。我一次次地出去找它，一条街一条街地寻过去，不断叫着它的名字，可它始终没像从前那样，突然出现在我的面前。直到我离去，孤独也没回来。因为这个意外，我走的时候，满脑子都是对孤独的牵挂，完全顾不上其他的离愁别绪了。

我一路都在惦念着孤独，撕心裂肺地想念它。天开始下雨，而且越下越大。我不知道孤独现在在哪儿，很想看见它，然后跟它一起回家。

在一个休息站我停下车来，给詹姆斯打电话，问他孤独是否已回来。詹姆斯说我刚走，孤独就回来了。

我猜想孤独早就回来了。它躲在那里，看着我离去。

詹姆斯告诉我，孤独有了些变化。它以前回到家，都是先去厨房。这次它回来，先去我住过的那个房间转了一圈，然后再去厨房。

孤独后来一直保持着这个新的习惯。我在回放我跟孤独在一起的日子时，才明白了孤独为什么会在我走的前一天对我大发脾气。它也懂英文，听到我跟詹姆斯的对话，知道我第二天要走了。它想留住我，它为我对它的离弃而生气难过。

这只叫孤独的猫，也是害怕孤独的。它大概希望那些它喜欢的人，都能留在它的身边。

我走后不久，孤独被查出患了鼻腔癌。它那时已十五岁半，鉴于它的高龄，兽医建议放弃治疗。明姐不想放弃，却也没什么好办法，只能尽力照顾好它，让它多活一天是一天。

我的境况渐渐好起来。也许真的是孤独给我带来的福气，我结了婚，有了孩子，还有一份工作。因为幸福和忙碌，我已经好久没尝过孤独的滋味，也渐渐地淡忘了那只叫孤独的猫。只是每次跟明姐通电话时，我会问起孤独，还会顺便带一句，什么时候回去看看孤独。

孤独竟然苟延残喘了两年多。这期间明姐的生活中发生了一件很不幸的事。她的先生詹姆斯得了很罕见的克雅氏病，从发现到离世只有短短的十九天。这十九天里明姐一直在医院里陪伴詹姆斯。他们本来只是去医生那里检查一下，想知道哪里出了问题。没想到会是不治之症，又来势凶猛，并且急速恶化。

当悲痛欲绝的明姐回到家里时，孤独一如既往地和明姐打了招呼，就伸头往明姐身后看，寻找另一个人。它看着明姐和詹姆斯一起走的，它想不明白，明姐怎么一个人回来了。在以后的几天里它不理睬明姐，好像在怨恨明姐弄丢了詹姆斯。直到它越来越多地看到了明姐的异常，它原谅了明姐，并且竭尽所能地帮助明姐走出绝境。

那段时间明姐五内如焚心力交瘁。很多个早上，她不想再起来，就想这样一直躺下去，永远不再醒来。在她想放弃一切，甚至放弃生命时，孤独不肯放弃，它一遍遍地撕扯她，唤醒她。在孤独永不放弃的坚持下，明姐一次次地爬了起来，直到走出了抑郁和悲哀。

那是十二月初的一个夜晚。难忍的胸闷让我在惊悸中醒来。我感觉一浪高过一浪的洪水淹没了我的心跳和喘息。我的头脑很清醒，身体和心脏却似乎停止了运转。我打开灯，看见天花板在旋转。我努力爬起来，却又因为晕眩倒在床上。这样的晕悸衰竭我从未经历过，好像是在一步步地走向死亡。

我看了下闹钟，那时候是黎明前的四点钟。

一番挣扎后，我感觉好了一些。但一直躺在床上，那天没去上班。我想来想去，不知是出了什么状况。那样的感觉，肯定来自于死亡的边缘。

上午十点多的时候，我的手机响了，上面显示的是明姐的号码。我接了电话，先听到的是明姐的哭泣。她哭着告诉我，孤独走了，死于心力衰竭。

后半夜，明姐说，孤独不行了，我还是把它抱进汽车，带它去宠物医院。我开着车，听见孤独在后车座上挣扎了几下，就再也没有动静了。我知道它永远地走了。

那时候是几点钟？我问。

四点。明姐说。

这竟然是那个我百思不得其解的谜底。我一直以为，只有跟至亲的人，才会有这样的告别。只有至亲的人离去时，我才能有这样的感应。孤独离去时，我在千里之外，亲身感受到了它最后的挣扎。

孤独走了，却又活灵活现地蹿到我的面前。我看见它坐在那里，善解人意地看着我。或者，它突然出现在我的汽车边，陪着孤独的我回家。有了它的陪伴，我不再感到孤独。现在的我最想看到的，是孤独迈着四平八稳的步子，仰着脖子，威风凛凛地走来，趾高气扬地离开。没有见到它最后的衰老，它在我的回忆中始终是生气勃勃的。

我们不曾面对面地告别，也就避免了一些伤心和哀痛。我终于明了，我离开奥尔巴尼的那一天，孤独就已经知道，那是我们最后的道别。它躲在一边，看着我离去，独自承受着离别的悲伤。

它叫孤独，却不想让那些它陪伴的人感到孤独。在我们最孤独的时候，它不离不弃地守着我们，是孤独一次次地化解了我们心中的孤独。当我们不再孤独或者走出孤独之后，这只叫孤独的猫，也就放心地走了。

因为孤独，我们才变得坚强。

生 活 篇

最大的快乐，是在平凡的日子里，可以领受到生命的丰盛和甜美。

这样的快乐，就在我们的身边，在我们目之所及的地方，却要用心灵去感受和获得。

心态决定生活状态和社会状态，生活状态和社会状态又反过来影响每一个人的心态。

有一份单纯的心境，就不会迷失在物质的丛林，无论是一个人，还是一个国家。追求源自生命中最简单的快乐，才有可能感受到生活中最丰盈的快乐。

01 卖房记

1

先生和我定下我们要买的房子后,决定先卖了我们现有的房子。我在美国没买过房子,新房子定了合同,是个期房,还没正式过户。所以我在美国先体验的是卖房子的经历。

这是先生买下的第二栋房子。先生在二十三岁时买下了他的第一个房子,而且没有父母或其他人的任何资助。其实读大学的学费也是他自己挣下的。他们家姐弟七人,父母很难负担七个孩子的学费。他们若要上大学,都得自己想办法。好在美国有各类的途径获取上大学的资助。像先生的弟弟是去海军服役三年,拿到政府的补贴后去上的大学。先生则从小就喜欢电脑,在电脑方面很有天分,电脑的就业市场又一直不错,他在上大学的同时,还在一家电脑公司上班。这份薪水除了负担了他的全部学费,还有些节余。大学毕业后他找到一份更好的工作,加上原来的剩余,马上买下了他的第一栋房子。当然他付的只是首付,再用工资慢慢地还贷款。房子在宾夕法尼亚州的一个相对偏僻的地方,虽说是个独立房,还有很大的院子,但房价并不贵,一个刚毕业的大学生竟然也可以负担得起。能有自己的房子是很多美国人一生中最重要的梦想之一,只是这个梦想并不是那么难以实现。不过大学刚毕业就可以自己买房的还是少数，大多数人需要有几年的积累。

先生后来把工作换到了华盛顿特区，他卖掉了他的第一个房子，三十岁前在马里兰州买下了他的第二栋房子，也就是我们现在要卖的房子。这是个连体房，上下三层，二百多平方米，有十年房龄，当时的房价是十四万九千美元。

先生和我也曾考虑过不卖这栋房子，找人来租。但我们很快就打消了这个念头。美国实行的房产税等政策并不鼓励一个家庭拥有多套住房，我认识的大部分美国人都是只有一套住房。坐拥两套房子或者更多房子的中国人倒有一些。地主当好了还是能挣上些钱，但这个地主也不是那么好当的。特别是只有一套出租房，不值得请人来打理，房子有任何问题房东都得亲自出马。万一碰上个不好的房客就更麻烦，即使他不交房租或交不起房租或有其他的不当行为，也不能直接让他走人，还得先去法庭递上状子。当然遇上这种情况法官肯定判房客走人。美国人做起事来有时候很慢，从提交诉讼到判决下来，半年时间可能已经过去了，这半年多的房租也就打水漂了。这种倒霉事大部分房主不会摊上，但房子本身出问题的可能性几乎是百分之百。甭管大问题小问题，房东都有责任去修理房子或解决问题。先生和我都是懒人，多一事不如少一事，能有自己的一套房子已经足够了。

决定卖房子后，第一件事情是找经纪人，也就是中介。其实自己也能卖了房子，但大部分人还是会找个经纪人。房主一般要把房屋最后成交价的百分之三付给经纪人，但这些年美国的房市并不好，而考个房屋经纪人的执照并不太难，有很多人兼职做经纪人，人多粥少，代理费自然上不去，有些经纪人只要百分之二的代理费，也有一些华人代理只要百分之一点五。但买家的经纪人一般还是要付到百分之三，至少百分之二点五。

很多卖房子的人找经纪人还是靠朋友推荐，或者通过客户的网上评价来挑人。朋友的朋友向我们推荐了詹妮。我们见了一面。詹妮有备而来，给我们提供了我们这个社区这几年的卖房资料。虽说这些资料在网上都能查到，但被詹妮整理出来，方便了我们的查阅，也使我们更容易估算出我们这栋房子的大体价位。詹妮的认真给我们留下了很好的印象，我们没再去比较其他的人，马上决定请詹妮做我们的经纪人。

定下经纪人后，我们开始进行卖房子的准备。其实这个准备在两年前就开始了，那时候我们已经有了中意的新的去处。大部分美国人在卖房前都会整修下房子，只是换多换少换哪里有所不同。先生认为要换就早点换，我们自己还可以在卖房子前多享用几天。

很多人认为厨房和主卧室的卫生间是一栋房子的重点，不少卖家会在这两个地方下些功夫。我们于是先从厨房入手。朋友向我们推荐了一家中国同胞开的装修公司。他们的主要业务在厨房和卫生间的橱柜及台面上。请他们来量了尺寸，我们又去他们的公司挑了材料颜色和样式。价格估算下来，我们觉得不错。中国人开的公司，甭管是做什么的，价位一般会低于这里的平均价，质量也基本上能有保障。有的还能做得很好，价廉物美。但总的来说还是参差不齐，这样就影响到总体上的口碑。美国人摸不清哪家好哪家不好，还是更认美国人开的公司。我的朋友的朋友据说很挑剔，货比十家才挑上了这家公司。先生和我就跟在后面捡了个便宜。选柜子的材料时，我们最喜欢橡木的，橡木也比较便宜，但时下已不流行。枫木等材料现在最受欢迎。考虑到我们是为卖房子改造厨房，选用最流行的材料更保险一些，我们就选了枫木。台面选的也是时下流行的黑色系的大理石。

这家公司的效率很高，签好合同后马上就下了订货单，十天后上门施工，用两天时间更换了我们的厨房和厨房旁边的卫生间。而一般美国人的公司要用五个工作日才能做完这些事情。先生对他们的做工和价位都很满意。那家公司的老板跟我说，你老公娶了个中国老婆，能给他省

简单的快乐：生活篇

不少钱呢。这种好话我肯定不会贪污，马上转述给先生，还加了一句，没有我这个中国老婆，你哪能找到这么价廉物美的服务？

厨房加卫生间的柜子和台面换好后，我们又置换了冰箱和洗碗机。厨房里的各种电器最好是同一种颜色的。一、两年前我们换过炉子、烤箱、微波炉，都是黑色的，台面又选了黑色，我们就决定还是以黑色为主，把冰箱和洗碗机也换成黑色的。我们的洗碗机才用了一年多，只是颜色不合适。这么新的洗碗机扔掉太可惜，我就去问我们的邻居，看他们要不要。邻居是一年前搬来的，他们买这栋房子的时候，前面的房主也是新换了很多东西，偏偏没动厨房，洗碗机也用得很旧了。他们听说我们可以把洗碗机给他们，高兴坏了。

厨房焕然一新后，我们又换了屋顶，刷了外墙，撤换了房子边棱上的木头。这次我们分别挑了两家美国公司来完成外部的整修。置换木头时我们有两个选择。一是普通的木头，价格相对便宜，但两、三年后就有可能出现问题。还有一种是新材料，风吹雨打日晒下，至少十年不会有问题，但价格会高上去。当然刷上漆后，在外面看不出不同。先生和我商量了一下。两、三年后我们肯定已经卖掉了这栋房子，就是有问题也不用我们去解决了。选第一种材料，我们可以少花钱。不过这个念头只是一闪而过，我们还是决定用第二种材料。还是卖给人家质量更有保证的房子吧。

我们最后换的是一楼和三楼的地毯。两、三年前我们把二楼换成了木地板，是一家香港人开的装修地板的公司帮我们换的，方方面面我们都很满意。这次要换地毯，肯定还是找他们。我们先去他们的公司选出我们中意的一些地毯材料，很快他们的老板就来我们家量尺寸估算价格。大部分的公司，特别是中国人开的公司，老板都会亲自出马做前期，工人负责后期的施工。甭管是谁开的公司，雇的工人多半是南美洲人。老板量过尺寸后，又向我们展示了我们感兴趣的几种地毯的小样，以挑出跟我们的房子搭调的颜色和花纹。先生和我很快挑出了我们喜欢的,一问价格也是最高的,看来我们的眼光还不错,相中的是最好的。老板听说我们是为卖房子换地毯,倒说没有必要选这么好的,劝我们降一个档次,少花些钱。先生犹豫了一下,还是决定用质量最好看起来也是最好的地毯。虽说是为别人预备的,他还是希望新的房主能够住得开心。

因为早有准备,詹妮来我们家看房子时,我们的房子已基本就位。很多卖家是先确定经纪人,经纪人来看下房子,建议房主做哪些改动。詹妮认为我们的房子的位置、条件和状况都很不错,我们又置换了很多东西,完全可以到此为止了。每一个地段的同类房子都有个平均价,要价高了不好卖,要价不高的话,装修费回不来。所以花钱更换很多的东西,卖家吃亏的可能性也会增大。

其实先生和我都不是会精打细算的人。詹妮跟我们商量房子的报价时,我们想都没想我们已经为卖房子花了多少装修费。詹妮估计这个房子现在的价格在二十九万九左右,相对于先生买房时的价格,这已经翻了一番了。虽说达不到房市高峰时的近四十万的价钱,但这已经高于我们所期望的。先生说二十七、八万能卖掉就已经很好了。詹妮却说,能多卖还是多卖点。

詹妮很快带专业的摄影师为我们的房子拍了照片,从里到外拍了几十张,准备挑出一、二十张效果最好的,等卖房子的时候打广告用。

当时是二零一二年的十月,我们已基本做好了准备,马上上市也可以。但我们新买的房子才刚刚开始打地基,第二年的春天才能盖好。我们现在把这个房子卖掉,自己就没地方住了。所以决定先等上几个月,在来年的一、二月份开始卖房。冬季不是卖房子的好时候,但这个时间对我们的交接是最合适的。

既然还有时间,我们就不急不忙地把准备做得更充分一些。卖房时

简单的快乐：生活篇

比较忌讳完全搬空。房子里空空荡荡，来看房的人会对这样的房子打折扣。而且房子里没有任何家具，整个房子的大小就会缩水，不利于卖房。房子里有太多的摆设也不好，看起来很挤很乱。恰到好处的简单明了，会让来看房的人感觉最舒服，也最有可能下定单。美国到处都有公共贮藏间，有些人家在卖房子时，可以花不多的钱租个小贮藏室，把多余的家具等先存在那里。在房子里清理掉视觉上的障碍，我们倒还不需要这样做。先生是个喜欢简单的人，顾及他的感受，我在往家里敛家具时一直比较克制，这时候倒是庆幸家里没那么多的负担。我们要清理的，是一些七零八碎的小东西。东西都不大，但很多小东西凑在一起，也占了不小的空间。一楼的一个很大的房间，因为没人住，基本上成了我们的贮藏室。里面堆满了各种各样的物件，完全收拾干净也是个不小的工程。反正卖掉房子后我们很快也要搬家，不如边收拾边打包，一步到位。这里的大部分东西都是我买回来的，收拾时才想起我们还有这些东西。既然有些东西从来没用过，为什么要买回来呢？我信誓旦旦地说，以后一定要改掉乱买东西的坏习惯。先生对我的"悔过自新"大加赞赏，但马上问我能坚持多久，预测我到下次乱买东西时就不了了之了。不过我很快逮着一个反击他的机会。收拾东西时，我看到一个很大的蓝色的塑料箱子，打开一看，里面塞满了各种罐头和盒装食品。叫来先生一问，才知道这些东西都是他在一九九九年，也就是上个世纪末买来的。那时候大家都怕跨世纪时出现千年虫，很多人会在家里储存些食品。这么说，这些东西已经存了十三年了。先生早把这事儿给忘了，这会儿像是发现了宝藏，说是罐头食品可以永久保存，我们现在还可以吃。我指给他看保质期，早过了好几年了，没准还能吃出人命，坚决要求他扔掉所有的"宝贝"。从这天开始，每天我们开车出门，先生就往汽车的后备箱里装上些"宝贝"，扔到一个专门的地方。扔了一、二十天还没扔完。我有些奇怪，这东西怎么越扔越多，没完没了了。先生不吭声，我自己很快发现了新的"敌情"。我们有个小屋子里放了个一米多高的保险柜，先生已经把它挪了出来。我才知道这间屋子并不小，还挺深，只是原来被那个保险柜挡住了视线。保险柜挪开后，可以走进去，在里面还拐了个弯。里面放满了大概十年都没动过的东西，还有不少还没扔完的罐头食品。那几年先生的弟弟在马里兰大学读书，住在先生这里。兄弟俩真没少往家里贩运食物，敢情为一个世纪做好了储备。美国人都喜欢在家里储存些食品以备意外，但是存这么多的东西也太夸张了。看来先生跟我还真是一家人，只是喜欢存的东西不同而已。

历时一个多月，我们终于把该处理的东西都打发了出去。那个隐蔽的储藏间基本腾空后，我们把为搬家而打好包的东西都塞了进去，还有一些杂物也跟着挤了进去。外面看起来清爽简约了许多，每个房间都成功"瘦身"。搬家的好处之一就是可以清理掉许多年累计下来的垃圾"脂肪"。

转眼到了二零一三年，我们去看了下正在盖的新房子，得知交房日期在四月十一日，要想赶在新家落成之前卖掉这栋房子，我们得马上着手卖房事宜了。

我赶紧给詹妮打了电话。她很快来我们家视察了一番，对我们的准备工作非常满意。但作为一个房屋经纪人，她还是挑出了一些小毛病。楼梯边有一些小裂缝，墙上的漆也有被剐蹭的地方，这些瑕疵没有逃过她的火眼金睛。她请人来帮我们做了处理，修饰了一番。因为我们的精益求精，这栋房子实在看不出已有二十五年的房龄，里里外外看着都很新很干净。我还想到要在房子里多摆些花瓶插花等装饰，起到画龙点睛的作用。除了我们原有的，詹妮还很热心地从她家里搬来几件装饰物，摆在我们要卖的房子里。

房子一切准备就绪。面对我们的劳动成果，心血之作，我们越看越喜欢，也突然觉得有些不舍。我跟先生说，这么好的房子，都不舍得卖

简单的快乐：生活篇

了。先生也说，早知道就不换房子了。但他马上又说，还是新家好，这一步总是要走的。

詹妮要准备广告单了。她研究了一番我们这一带正在市场上和近期出售的房子的条件和要价，建议我们把房价提高到三十一万九，这比我们两个多月前商定的价钱又多出来两万美元。本来一月份不是卖房子的好时间，房价也会跟着降价。偏偏二零一三年出现逆转，美国房市在经历了好几年的低迷后走出低谷，从二零一二年秋季开始持续走高，在卖房的淡季房价没降反升。加上这时候的贷款利率又是几十年里最低的，房价在不断上涨，利率在短期内肯定会回升，这让很多人急于尽快买房。而市场上的房子并不多，我们这时候出售占上了天时地利。当然照现在的增长趋势，再等上一、两个月，还会有更多的增幅。帮我们买房子的经纪人力劝我们再等一等，他说，三、四月份的时候上市，估计可以多挣出两万美元。先生没有接受这个建议。他挺知足，觉得现在的房价已经超出了他的期望，自己觉得高兴的结果，就是最好的结果。

事过之后，到了三、四月份，我们发现另外一位经纪人的预测相当准确，我们的房子又长上去至少两万。但是那时候我们已经卖掉了房子，我们把卖房的部分收入放进了新房子的首付中，这样贷款数目少了一些，要借贷的房款降到一个最合适的数目，这帮我们拿到了最好的贷款利率。随后利率开始不断攀升，如果我们当时错过了这个最好的时机，会在贷款利息上多花出不少的钱。也许这就是生活，有所得必有所失，有所失也必有所得。该有所行动的时候，不能因为期望和贪慕更多的东西而犹疑和滞缓。舍得放弃的时候，也许会有意外的收获。

2

一月底的那个星期四，我们的房子正式上市。

01 卖房记

很多人会选星期四一大早把房子放到市场上。得益于互联网的便利，房子一开卖，那些职业的经纪人马上就可以看到。如果符合他们的客户的要求，他们就会在那个周末带客户来看房子。房子在市场上的时间越短对卖方越有利。经纪人们之所以选星期四，是想只用两天的时间，引起潜在的客户的注意。两天的时间也基本上可以覆盖当地想买房的人群。詹妮说，能负担得起上了三十万的房子的人，一般要有正式的工作，他们多半只能在周末出来看房。周四周五只是让他们知道又有一套房子在市场上了。他们可以在网上看到房子的照片，了解到跟房子有关的各方面的信息，如果他们有兴趣，周末休息时就可以来实地考察一下，做最后的决定。

除了等经纪人带客户看房，卖房子时一定要安排 Open House，也就是向公众展示要卖的房子。一次 Open House 的时间是三个小时，一般在周六或周日的下午，经纪人会守在现场，任何人都可以来看房，也不需要预约。这样可以把零零散散的客户集中在一个固定的时间段，也可以吸引更多的还没找经纪人的潜在客户。我们本来打算在房子上市后的下个星期六 Open House，詹妮临时改变了主意，她说房市正热，我们应该在上市后的那个星期天就 Open House。

正式上市前詹妮派人在我们的前院钉上一个专用的木桩，卖方的广告牌就挂在上面，上面有詹妮和她的公司的联系电话。有些人还会在木桩上加一个盒子，里面放些房子的宣传单。我们的房门上也挂上了一个专门的钥匙盒，里面是房门的钥匙。带着客户来看房的经纪人只要一刷卡，盒子就会自动打开，然后用里面的钥匙打开房门，进去看房。卖房子前我一直以为别人来看房时，房主会待在家里。有次问起先生，我们该如何接待那些来看房子的人。先生说，我们什么都不用做，我们跟他们不会碰面的，他们来之前我们就离开了，他们的经纪人会陪他们看房。

141

简单的快乐：生活篇

虽然先生卖过一次房子，我对他的说法还是有些质疑。我看过一部电影，我说，那上面可是房主带着人看房子的。房主的小女儿捅了娄子，结果把来看房的人给吓跑了。

你怎么能信电影上演的？先生笑道，然后补充说，来看房的人一般不喜欢有人在家里，自己看更随意一些。

他们要是有问题去问谁呀？

去问我们的经纪人，买房和卖房的人多半不会直接打交道。

我又想到了另外的一个问题，问道：我们的东西都在家里，人都不在，这样少了东西怎么办？

放心吧，他们只是来看房，不会碰我们的东西。先生很肯定地说。

我还是半信半疑，又咨询了詹妮，得到的是同样的答复。她说房主在家里有碍手脚，看房的人总会拘谨一些，不能随心所欲。另外，经纪人也会避免让房主直接回答客户的问题。譬如一个一、二十年的房子，总会出过这样那样的问题，客户问起来，不说就是撒谎，说了就会在客户心里投下阴影，即便那些出过问题的地方早就修好了。而经纪人可以很轻松地用一个不知道就把问题挡了回去。至于房子里的东西是否安全，詹妮也觉得不必担心。她说客户都是由经纪人带着来的，而经纪人刷卡开钥匙盒时，他的信息已经留了下来。

为了给来看房的人留一个好的印象，我们请专业的清洁工把房子很好地清理了一遍。另外，台面桌面上所有多余的东西都被请进了储藏室，看起来清爽舒畅。简单明了，会给人意想不到的效果。我对先生说，我们应该一直保持住这份简单。他说他能做到，就怕我做不到。其实简单比复杂更不容易做到。

正式上市后，客户不定什么时候就会来，每天都要让房子保持整洁。我每天早上像星级酒店的服务员那样把房子打扫得一丝不乱一尘不染。床要铺好，地上，特别是卫生间里不能有污迹，落下的头发丝也被我一一捡起扔进垃圾桶。家里有小孩子,很难保持整洁,每天这么折腾一番还挺麻烦。这么干了两天,我就开始想,这卖房子得速战速决,要是打持久战,体力和心力都要耗费不少。

正如詹妮所预料的,开卖后的周四周五都没有人来。但我的清洁工作没敢省掉。在自己家里还得小心翼翼着,怕弄乱了什么。虽然没人来看房,但游戏已经开始,我们的心情并不轻松。好在网上已经有了回馈,七个人表示喜欢这栋房子,两个不喜欢,喜欢的居多。还有几个经纪人为他们的客户预约周六周日来看房。我们已经决定在周日下午Open House,这些人要赶在Open House之前看房,多少说明他们对这个房子还是很有兴趣的。我们的房子是正南正北的,如果有太阳,白天的时候,特别是在冬天,屋子里的阳光很充足,应该能给房子加分。幸运的是,周四周五都下了小雪,但这个周末连着两天都是晴天,又占上了天时地利。

星期六我们没敢睡懒觉,第一拨儿客人会在十点钟来这里,我们必须在他们到来之前撤出。起床后我又是一番收拾,出门前开了房子里所有的灯,这是詹妮嘱咐过的。另外美国有不同气味的精油,用蜡烛加热后,香气可以弥漫整个房子。这是我的主意,总觉得气味会影响到人的感觉。我们用了这种办法后,果然收到了很不错的效果。早上起床后我就点燃了蜡烛,精油的香味慢慢地飘出。出门前吹灭了蜡烛,房子里却已经有了足够的香气。我们选的是Cranberry(蔓越莓)气味的精油,馨香却并不浓烈,一缕甜丝丝的味道沁人心脾,飘动着家的温馨暖意。

这一天大部分的时间我们都花在了商场里,不是为买东西,纯粹是去消磨时间。去饭馆时也是尽可能地拉长吃饭的时间。其间先生的手机里有过几个短信,通报我们已经有几家人进入过我们的房子。磨蹭到下午五点钟,约好的几家要看房的应该都已经看过了,我们也就开车回家。

简单的快乐：生活篇

　　开门后还能嗅到清甜的香气，比早上出门时淡了一些，但那味道和感觉还在。屋子里几乎没有任何的变化，跟我们离开时一样的整洁，只是我专门放在门口的一个小垃圾篓里已落满了一次性的塑料鞋罩。詹妮给了我们一些这样的鞋罩，让我们放在门口，客户来看房时，要先把鞋罩套在鞋子上才能进去，这样可以保持房子的清洁。这是对房主的尊重，也会让来看房的人心里舒服。他们中的一家人会是新的房主，谁不希望接手一个干净整洁的房子呢？

　　早上出门时我没来得及洗澡，第二天又要早早地出门，回家后我就钻进了楼上的卫生间。正洗着澡，先生和女儿来敲门，说是又有人来看房子，已经进了家门。他们帮我锁上了门，让我躲在里面继续洗，先别出来。这时候已经是晚上六点多，没人预约这个时间来看房。后来知道这个客户和她的经纪人因为有事临时改了时间，而我们没收到改时间的通知。他们大概也不知道房主在家里，双方都有些尴尬。他们匆匆看了下房子，因为我在洗澡，主卫生间还没看成。遭遇了这样的一次"袭击"，我才发现房主在家时来看房确有不便之处。

　　星期六晚上詹妮打电话给我们，说是当天来看房的客户中已经有人表示对这个房子很有兴趣，只是能给出的价钱低于我们的要求，怕我们不会接受。詹妮鼓励他们还是先下定单。

　　第二天下午是 Open House。Open House 一般会在下午一点到四点，但有两拨儿客户要求在 Open House 之前来看房，一个在上午十点半，另一个在十一点半。我们事先已有打算，准备去朋友家躲上一天。

　　我们先去我们的新房子那里看了看。房子已经封顶，比上次来看时有了更多的进展。看过房子后我们就去离那不远的朋友家。快到的时候，詹妮打来一个电话。我当时正在跟朋友通话，没有马上接，心想不会有什么急事，她大概是要告诉我们她已经到了我们家。Open House 时经纪人要在场，当时是将近十二点钟，她应该是提前去那里做准备。

01　卖房记

隔了几分钟，詹妮又打来电话，正好我们也到了朋友家。我一接电话，詹妮就心急火燎地告诉我，出了意外，十一点半的那拨儿客人来看房时，打开钥匙盒，里面是空的，十点半来看房的人走时没把钥匙放回钥匙盒。第二拨儿客人没看成房，好在他们给詹妮打了个电话，把情况告诉了她。詹妮马上查了记录，查到最后一个进入房屋的经纪人的电话。电话打了过去，他却一口咬定他已经把钥匙放了回去。没有钥匙，詹妮也进不了我们家，而 Open House 的时间马上就要到了。詹妮说她会跟那个经纪人继续交涉，但首先要保证的是 Open House 能如期进行。当天的天气很好，我们的广告也打了出去，很多人会来看房，错过这个机会太可惜，现在唯一的办法就是让我先生赶快赶回去，用我们手上的钥匙打开房门。

我们的房子在马里兰州，而我们人在弗吉尼亚州，虽然都属于华盛顿特区，开回去还是要一个小时。我稍微有些犹豫，怕先生辛苦。先生却意识到了事态的严重性，说他马上回去。我嘱咐他别开得太急，安全第一，大不了今天就不 Open House 了。

先生赶到的时候，詹妮也拿到了钥匙。她挂上给我的电话后，又给那个经纪人打了电话，警告他她会追查此事。他的记录都在这儿，这个账他是赖不掉的。过了一会儿，那人给詹妮打了电话，说他在自己的裤兜里找到了钥匙，已经把钥匙放了回去。詹妮也没见上这个人，只是说这人有口音，不是土生土长的美国人，光看名字像是个印度人，但很难确定。

一番折腾，好在有惊无险，没有影响到我们 Open House。晚上我们跟詹妮通电话时，詹妮说她对今天的活动很满意。来了二、三十拨儿客人，而且主要集中在三点到四点。这些人扎堆儿而来，人显得很多，无形中给想买房的人施加了压力，要想买就得快点出手。詹妮对我们的准备工作赞不绝口。家具的巧妙搭配，光线的明亮温暖，各种装饰的画龙点睛，再加上房子本身的建筑格局，从细节到整体，从气息到气场都无懈可击。很多客人进来后都惊喜连连，毫不掩饰他们对这房子的喜爱。一个老太太说光看墙上的贴画就知道女主人对这房子有多热爱，有这样的感情和照顾，这房子肯定会在一个很好的状态中。她很想买下这栋房子，只是钱不够，最多能出到二十六、七万。詹妮对这个老太太的印象很好，但这钱差得太多，也就不能考虑她了。还有一个中年女士一进门就大呼小叫。她说刚去看了另外一套房子，里面乱糟糟的，还有不好的气味，让她不能好好地呼吸，一直憋了口气。一进这个房子眼前一亮，味道也很好，她憋着的那口气总算舒舒服服地呼了出来。这位女士把整栋房子看完后仍然不改初衷，一再表示她很喜欢这个房子，她一定要买下来。她的经纪人也向詹妮表示，她有经济实力付出我们想要的价位。詹妮对这个客户抱了很大的希望。但定单不是口头上的表示，是一份很详尽的文件。里面要有客户的详细的财政资料，包括年薪、存款、可以拿到什么样的贷款以及贷款的数额等，还有用做定金的银行支票。特别重要的是，客户和他们的经纪人还要商量决定他们能出多少钱买这个房子。房市好的时候，卖房子的人往往能收到好几个定单，我听说过有一处房子收到了近五十个定单。而房子只有一个，房主会接受哪一份定单，多半会取决于客户自身的财政条件和他们能给出的价钱。买家的原则则是尽可能少出钱，但又要保证自己买到想买的房子。

我原来以为 Open House 一过，当天就能收到定单呢。詹妮说我们得给人家做定单的时间，就是有定单进来，也得到第二天了。

第二天，也就是星期一，先生和我都有些按捺不住，这会儿盼的已经不是有人来看房子，而是实实在在的定单了。詹妮早上九点钟发给我们一个短信，说是已经有人表示要下定单，这更吊足了我们的胃口。我那天正好不用去学校上课，先生也干脆在家休一天假，我们把女儿打发去学校后，就在家大眼瞪小眼地等买家的定单。

01　卖房记

虽然心里惦记着那份定单，先生却说，越抱希望的事儿越难成，等我们能把这事放下了，买家才会出现。先生躺在沙发上发表着他的高见。

照你这么说，我们今天是见不到定单了？我问道，又弱弱地补充了一句：我也没抱太大的希望。

还得再等等，先生说，还得等更多的人来看过房子后，才能有定单进来。

詹妮不是说，已经有人要下定单了吗？

光说不行，见到定单才能算数。

那你上个房子卖了多长时间？

好几个月呢。

那个房子的位置不好，想买的人不会太多。说到这里，我也不是很确定，又问了一句：那房子上市后的头几天里，也有好多人去看房子吗？

那倒没有，前几天都没什么动静，后来也是零星有人来看房。卖这个房子应该不用好几个月，一、两个月倒有可能。

听先生这么一展望，我的情绪低落下来。这么说我还得继续当清洁工，每天都得把这房子收拾得一尘不染一丝不乱。为了保持形象，我们还得小心翼翼地过上一、两个月。我想起原来的邻居两年前卖房子，好像是卖了三、四个月。他们是先乔迁新居后才开始卖房子，倒是不用像我们这样每天都得收拾，但定期还是得回来打扫一下，前后院的草坪也需要回来打理。昨天那位女士抱怨的那套乱糟糟气味不好的房子，很可能是那栋跟我们隔了一条街的房子。这个房子在市场上已经挂了三个多月了，还没脱手。房主跟我们一样，还住在里面。估计拖的时间长了，没多少打扫清理的心气儿了。我们两家的房子现在都在市场上，算是竞争对手，虽然我们现在得到比他们多的赞誉，我倒没觉得有什么可得意的。想到他们现在承受的压力和疲累，反倒有些同情他们，也不知不觉地想象着，有一天我们可能得面对跟他们类似的处境。如果两个月后我们的房子还没卖出去呢？我不想继续展望了，那会搞得自己很头痛。

中午的时候詹妮还没任何动静，就好像我们早上收到的那个短信是空穴来风。

给詹妮打个电话吧。我跟先生说。

先别打了，先生却说，詹妮收到了定单，一定会通知我们。她没跟我们联系，说明她那边还没有什么进展。

还得等更多的人看过房子后，才会有定单进来。先生又补充了一句。

不是说有好几家感兴趣吗？我有些不甘心。

或许是我们的定价要高了。我一开始就觉得高了，有些客户出不了这个价，就放弃了。

那他们至少应该报个价，双方折衷一下，不就成了？我嘴上这样说，心里却打着小鼓。我们邻居两年前卖房子，房子在市场上放了两、三个月都没卖出去，后来降了一万块钱后才有了买家。如果为了这一、两万块钱得扛上两、三个月，还不如早早地降价呢。

那我们该降多少？一万还是两万？我问。

这个得跟詹妮商量一下，听听她的想法。先生比我沉得住气，而且他的做事方式是美国式的，既然我们请詹妮做经纪人，就得充分尊重她的意见。

整个下午是在安静中度过的。先生和我都调整了心态和状态，不再那么心急火燎地等定单了。反正我们不会死较劲，能够接受降价，对各种可能出现的情况都有心理准备。就是短时间内没有任何定单，天也不会塌下来，我们还可以好好地过日子。卖房子只是生活中的一件事情，没有必要为一件事情打乱整个生活的安宁，能这样想的时候我们自己也安静了下来。

傍晚五点左右，詹妮打来电话，说是我们已经有了第一个定单，报价是二十九万，没有达到我们所期望的数目，但这是第一次的报价，还有商量的余地。有了定单就有了定心丸。这倒应了先生早上说的那句话，我们能把这事放下了，买家也就出现了。

詹妮不太确定这份定单是谁出的。她查了下 Open House 时的登记名单，没有这个人，星期六来看房的客户中也没这个人。

那会是谁呢？我突然想起星期天早上来的那家，会不会是拿走钥匙的那一家？

詹妮一查，果然是同一个名字。

难道他们是故意拿走钥匙的？我猜测道，他们看上了这个房子，不想让别人进来看了，他们知道马上要 Open House，会有不少人来看房。

看来就是这么回事，詹妮肯定了我的猜测，怪不得那个经纪人拖着不还钥匙。

这个定单在我心里打了些折扣，不过不管怎么说，总是有了一个定单。

这样我们可以有两个定单了，看看哪家出的高。詹妮又说。

两个定单？还有一个定单吗？我问。

原来詹妮短信上提到的定单不是这一个。詹妮的同事的客户昨天 Open House 时来看过房，很喜欢。早上詹妮去上班时遇上那个同事，说是已经开始做定单了，只是还没收到。

至少能有两个定单，我心里更踏实了。

我把进展讲给先生听，还有我对那个客户拿走钥匙的猜测。

先生波澜不惊，既不为定单欢喜雀跃，也不为钥匙事件生气。我一听他们拿走了钥匙，就想到这一点了。先生淡淡地说。

你早就想到了？你怎么没告诉我？我又被惊了一下。

先生朝我笑了笑，没做解释。看我这一惊一乍的，告诉我也于事无补，只会多一些担心着急。他当时就有了这个判断后，二话没说，立马采取行动，火速赶回家送钥匙。

这家太差劲了，怎么能这样做事？我马上给詹妮打电话，现在就回掉他们。他们出再高的价钱，我们也不能卖给他们。我气鼓鼓地拿起了电话。

别打别打，先生拦住了我，我才不管拿钥匙的事呢，他们只是想买上这个房子。他们出的价钱合适，就卖给他们。

先生很务实，也挺宽容。我也不敢太感情用事。每次先生和我有分歧，我如果坚持我的想法，先生一般会让我。但最后的结果出来，我的选择往往是错的或差的。几次失手后，我收敛了许多，在大事上开始尊重他的意见。但我在感情上还是不太接受这家客户，就盼着另外一家报出更好的价钱。

晚上九点多，詹妮又打来电话，告诉我们第二个定单也进来了。她说她收到第一个定单后，立刻告诉了她的同事。那家还在为报多少价钱犹豫不决，一听说我们已经有了其他的定单，赶紧做了决定，当天也下了定单。而且他们在报价上压过了第一家，报出的是二十九万九。这个买家也是三口之家，夫妻二人都是注册会计师，财政状况很好。他们是詹妮的同事的客户，我们对他们更有可能知根知底。加上他们报的价格我们也觉得不错，在这两家中我们毫不犹豫地选了第二家。

詹妮说明天傍晚等我们都下班后，她会把两份定单带来我们家，让我们最后定夺。卖方收到定单后，需要在四十八小时内给出回复。如果没有异议，我们明天就可以草签协议了。

先生和我像是坐了一天的过山车，这会儿终于可以安静下来了。那个晚上我们都踏踏实实地睡了个好觉。

3

第二天我去上班，跟同事聊起我们家卖房子的进展。有几个同事说现在房市正热，我们家的房子也热，对我们很有利，我们应该多要些钱。我马上忘了昨天早上还想着降价的事儿，给先生打了个电话，问他的意见。

先生倒挺知足，说二十九万九已经不错了，翻了一倍多，超出了我们的预期。他还强调了一句：最后的结果要让双方都满意，卖房子和买房子的人都高兴。

我回到家后，詹妮很快也到了。她带来的不是两个，而是三个定单。星期六来看房的那家最终也下了定单，报价是二十八万五，这是他们能够付出的最高数额。他们也是很喜欢这个房子，我们却不得不回绝他们。拿走钥匙的那一家，也被我们舍弃了。我第一次看到正式的定单，厚厚的一沓，确实要花些时间准备。这时候我对拿钥匙的那家也就没有了怒气，反倒有些感激。

那位中年女士的定单迟迟没有进来，詹妮 Open House 之后对她抱的希望最大。好在我们已经有了下家，也就不惦记她了。

我们几乎不用做任何的取舍斟酌，就选定了詹妮的同事的客户。据詹妮的同事说，这对夫妻已经在这一带看了半年多的房子，上市的房子并不多，上次好不容易等上一个合适的，却没抢到手，他们很是沮丧，这次不想再错过了。

詹妮带来的草拟的合同上，他们的报价已从昨天的二十九万九跳到了三十万零五千，而且他们还提出了一个附加的要求，如果我们再收到高过他们的报价，他们也愿意报出更高的价格。

这对夫妻也有一个女儿，刚刚一岁。詹妮说，他们看着很和善，小女孩也很可爱。那天他们带着女儿一起来的这里，一家人一见这房子满心欢喜，毫不掩饰他们的喜爱之情。

有些买家在看到自己喜欢的房子时，会故意装作不太感兴趣，希望借此压低些价钱。我还是更喜欢这种直接表露心意的人，不会因为人家想买就乱要钱。我特别希望能把这个房子传给一家特别喜欢它的人，少一些勉强。而且，我也挺在乎他们的品性。我们是在卖房子，不是找人租房子，本来不用考虑他们是什么样的人。但我还是希望买家也是良善之人。听到他们还有一个女儿，跟我们完全一样，我在感情上也就更贴近这家人了。

詹妮问我们是否还要求对方再加些钱，先生和我都说算了。

这个买家大概是怕夜长梦多，希望能在二月底正式过户。用二十多天办完贷款和所有的交接，在时间上会很紧张。当然紧凑一点也未必不是好事，尘埃落定，买卖双方都能早点踏实下来。但我们的新房子在二月底肯定还没完工。有些人在卖房搬迁时遇上这种时间差，会临时租个地方，或暂住在亲戚朋友家。多搬一次家是件很麻烦的事情，再加上孩子上学等问题，麻烦事会有一大堆。我们之前已经有过这方面的考虑，为了避免这些麻烦，我们宁愿在房价上往下调，也一定要求对方接受我们住到四月底。

我们跟詹妮商量了一下，提出了一个折衷的方案：房子可以在二月底过户，但我们要求反租两个月，每月付给对方三千美元的房租，另加三千美元的押金，四月底正式搬出。这个提案要写在合同里。

詹妮说她当天晚上就会做好合同。如果对方能接受，明天就可以在合同上签字了。

第二天一大早詹妮就打来电话，说是昨天很晚的时候又进来一个买家，就是我们原来最抱希望的那位中年女士。她的报价是三十一万九千五百，正如这位女士在 Open House 时说的，她一定要买下这个房子，她的报价是最高的,甚至高过了我们的要价。詹妮又说,她昨晚已经跟她的同事通过气儿,我们昨晚定的那个买家已经接受我们的条件。詹妮让我们尽快在这两家中做出选择。

先生没想太多,他说既然已经答应了那家,就不要改主意了。

我心里还是折腾了一番。新的定单的报价要高出不少,过户日期也晚于上一家,我们基本上不用反租这个房子,又省下了一笔租金。而且主动权现在在我们手上,已经有了四个定单,有些卖家在这种情况下会要求四家竞标,又会标出更高的报价。但这样做我又有些于心不忍。如果我们定好的那一家最终没有拿到这个房子,心里一定会非常的难过,只差最后一步了,却是空欢喜一场,这样的落差更让人无法接受。我又想到了他们的女儿,那个刚刚一岁的小女孩。他们大概是在孩子出生以后,想给孩子一个更好的成长环境,开始出来看房。我们也有一个女儿,跟他们有同样的心愿。选房子的时候,多是为女儿考虑。另外,他们找房子找了半年多了,一定经历过不少的失望。而且这次我们已经答应给他们了,最大的失望莫过于得到以后又失去。

我犹豫了一下,跟先生说,我也同意不改主意了,还是给原定的那一家,但我们多住两个月,只付押金,不另付租金。

先生觉得这个要求合情合理,我们把我们的意见告诉了詹妮。

詹妮想了一下,说:还是把定价提到三十一万吧,他们能拿到三十一万的贷款。

先生和我都没有反对。这一家的财政状况确实很不错。因为是第一次买房,他们可以享受政府的优惠政策,拿到利息最低的贷款,首付也很少。他们在银行还有十几万的存款,可以付出比三十一万更高的价位。而且他们说过,如果有人给出更高的价钱,他们愿意付更多的钱,超过其他的买家。但我也认同先生的想法,最好的结果是双方都欢喜,应该适可而止,没有必要得寸进尺。

简单的快乐： 生活篇

詹妮重新为我们调整了合同。好在现在可以用电子版，用电脑就可以签字，节省了时间和精力。詹妮把我们签好名字的合同传给了对方的经纪人，等待他们的回复。

我那天没课，不用去学校，先生去上班女儿去上学后，我去超市买菜。开车回来，看到我们家门口的那个牌子有了变化。走的时候还是"正在卖房"，回来时变成了"合同签定中"。我赶紧给先生打了个电话，他说对方爽快地接受了三十一万的报价和我们多住两个月的条件，他们也在合同上签了字。詹妮让他换上了这个牌子。我和先生都为进展这么神速而高兴，从上市到草签合同只有短短的五、六天。

进入这个阶段后，我们原则上不再接受其他的客户来看房。后来还有人提出来看房，我们没让他们来。但我们现在签的还不是正式的合同，要等对方拿到贷款、办好所有的交接后才能过户。正式合同签定前，双方都可以反悔，只是要付毁约金。如果对方的财政出了问题，或者贷款没办下来，我们就得重新卖房，另找买家。这时候我才意识到，挑选买家时，不一定选那个出钱最高的，要挑最合适的，这样可以减少风险。能遇上合适的，如果在感情上也认可这一家，那就很完美了。

贷款公司很快派人来我们这儿察看房子，估测这个房子是否值三十一万。贷款公司多把的这道关，相对限制了房屋的成交价，房子的价格比较合理，房市就不会过热，泡沫就不容易出现。他们来看房时，我们正好都不在家。走之前我还跟之前那样，把房子收拾打理好，只是心情上很不同，轻松了许多。

买家的贷款很顺利地获得了通过。

美国有很多贷款公司还要加一个白蚁检查。如果有白蚁，会影响到房子的质量和寿命，要进行处理，消除掉这个隐患。好在我们没有这方面的问题。

通过贷款后，买家一般会请专业的检测人员来做房屋检查。买新房子时可以略过这一步骤。

这种房检非常细致，屋里屋外，从屋顶到地下室，跟房子有关的所有部分都面面俱到。房检报告出来后，卖家要按要求更换或修复有问题的地方。有的卖家会收到一个长长的单子，特别是那种房龄偏高又不太维护的房子，更换和修复要花到几万美元。如果不能——兑现，买方会要求降低房价。买卖双方一般都会做些让步，找到一个折衷方案。对买家来说，这一步是提要求或压低房价的很好的机会。

卖房子的人这时候会比较紧张，先生和我也不例外。在一个二、三十年的房子上找出些问题还是挺容易的。那天我们又躲了出去，在外面等了几个小时。

第二天我们收到房检报告，只是几个很小的问题，譬如厨房里靠近地面的插座不能用普通的电源接口，要换成防水防漏电的电源；有个洗手间的下水管道不是很流畅，需要疏通一下……这个结果让我们松了口气。看来房子的状况确实还不错，先生向来注意房子的维护，我们卖房子前也没少换东西。还有，我们的买家不挑剔，没想在这一环节上跟我们计较。在房检之后，如果有问题，买家一般会要求由专业的修理人员来做处理，我们的买家没提这个要求。先生就自己动手，花了大半天的时间，解决了所有的问题。先生的人工是免费的，买电源开关、疏通工具等物件，总共才花了一百多块钱。如果请人来做，大概要花几百块钱，还要等人家的时间。

我们虽然还没见过买家，但彼此间已经有了默契。双方都能让一步，少算计对方，买卖双方的关系就会很融洽。

因为每一步都走得不错，房子可以如期过户。

过户的前一个晚上，我久久不能入睡。房子卖得这么顺，结果也让我们很满意，房子即将出手时，心里本该很兴奋，可这一刻，萦绕于心的，只有深深的留恋和不舍。前面每天想的是如何把房子卖出去，真的

简单的快乐：**生活篇**

卖出去了，要离开的时候，却难以跟这里告别。突然意识到，我在这个房子里，度过的，是一生中最美好的日子。我在这里跟先生恋爱结婚，接着有了我们的女儿，上帝给我的两个最美好的礼物，都是在这里收到的。女儿在这里开始蹒跚学步。很快就可以奔跑了，两只小脚跑遍了这里的每一条街每一个阡陌小径。虽然都只是一些寻常的街道和风景，但那鳞次栉比的树枝上闪耀的色彩照亮了她童年的世界。大地回春时，桃红柳绿春花烂漫；到了秋天，更是层林尽染遍地铺金。姹紫嫣红的自然风光，千娇百媚美不胜收。

每个季节会有不同的风采，我还是更喜欢春天。春天会随着我们门前的迎春花一起盛开。满眼的嫩黄，是刚刚破壳而出的生命。天气再暖和一些，那株盛大的玫瑰也会绽放。前窗下，几十朵红玫瑰娇艳欲滴，这也是春天才会有的清新绚丽。都是我喜欢的花儿。最让我惊喜的是，在我们的门前可以看到如繁星般点缀摇曳的紫丁香。这是我最喜欢的花儿，来美国后一直没再见过，没有想到会在自家的门前偶然相遇。这些花并不是先生栽下的，是这栋房子的第一家主人留下的，先生也都喜欢，就保留了它们。这样的巧合，像是冥冥之中的缘分。我跟那家人从未见过面，却因为喜欢着同样的花儿，有了一份毋需相见就会有的亲近。

花丛和草坪的前面，是一片茂密的树林，枝繁叶茂。会有不同的动物来造访。见过许多次梅花鹿。大概是一家三口，两个大的带着一只小鹿，在树林中悠闲地徜徉。定格下来，可以看到一张和美安详的画面。也会有另类的访客。女儿说她看到过狐狸，有次指给我们看，我们觉得更像是只大猫，在这个人口密度还挺高的地方，大猫的可能性也更大一些。女儿却认定是只狐狸。如果真的是只狐狸，在女儿眼里，也是一只不具伤害性的可爱的动物。每年春天，还会有只可爱的小乌龟出现。有时是在我们门前，有时是在树丛边。见到我们，会停下脚步，伸出小脑袋，跟我们打个招呼。常出没在树丛中的，是一些活泼好动的小松鼠，几乎没有停下的时候，总是在蹦来蹦去或爬上爬下。还有一群小鸟，常年栖息在这里。五颜六色的鸟儿，非常漂亮，也喜欢快乐地歌唱。无数个早上，我们是在婉转美妙的鸟鸣声中醒来。冬天，树叶落尽的时候，我们可以看到树林对面的那些房子。圣诞前后，很多人家会在门前装点圣诞彩灯。灯火闪烁，跟天上的星星相映成辉。我们站在门前眺望，一片安宁的美景尽收眼底。

曾经抱怨过这个房子的种种不是。学区不太令人满意，上班不怎么方便，房子也过了二十年，房龄见长，不定会出现什么状况。于是盼望着搬到心仪的地段，希望是一个崭新的房子，配上我们喜欢的户型。终于如愿以偿了，可以跟我们想离弃的房子说声再见。挥手之时，却有些不知所措，难以道别。蓦然回首，看到的，是生命中一段无法替代的最绚烂也最平静的岁月。这么美丽的馈赠，停下脚步，往回看时，才发现了它的丰盈和绵长。

已经不仅仅是一座房子。

第二天早上，我跟先生说起我的感受。他笑了笑，问我，我们也都喜欢我们的新家，不是吗？

我不能否认，也就没说什么。人总是要往前走的。我们的目光和心思，会有游离，却始终是面向前方的。当太阳重新升起，昨夜的星辰，也只能在光影的背后闪烁。只是，那些回忆，可以平淡，也可以炽烈。

房子正式过户前，买家还要再来看一遍，主要检查房检之后列在清单上的物件是否更换或修复。新主人接手之前，我最后一次为这个曾经的家梳洗打扮。这一次，不再是无可奈何的应付，指尖划过的地方，都是依依不舍的留恋。

我还在一些家具上留了字条，问我们的买家是否需要它们。不少的家具在新家派不上用场，有些人喜欢放到网上去卖，我和先生商量了一下，觉得没必要卖了，可以送给需要它们的人。当年先生搬进这栋房子时，很多家具就是素不相识的正在搬家的邻居送给他的。他用了很多年，跟我结婚后才陆陆续续地换上新的家具。

最后一次房检很顺利，也没花多少时间。那几处需要更新的地方，虽然都是先生这个业余修理工打理的，新主人也都很认可。让我略感意外的，是他们留下了几乎所有可以留给他们的家具。或许它们已经跟这个房子浑然一体，他们喜欢这些家具还留在这里。

因为没有任何的分歧，最后的签字水到渠成。是我先生所盼望的双方都称心满意。两家的经纪人也都很高兴，皆大欢喜。

过户合同一签，我们算是住在了别人的家里。新的主人按当初的协定没让我们付房租。但我们是准备付押金的，房屋若受损，这笔钱可用做赔偿。租用别人的房子一般要交押金，他们却没让我们付。有这样的一份信任，我们对这个房子更是爱惜。先生和我时不时地提醒还不太懂事的女儿，我们现在是住在别人家里，要好好保护。

一栋房子连接起两家原本陌生的人，我们常有互动。新主人的一些信函陆陆续续抵达他们的新家，包括一些很重要的文件。我专门腾出一个抽屉，收存这些信件。攒到一定数量，就请我们的经纪人转交给他们。我还为他们准备了一份详尽的单子，列上这一带可以带孩子去玩的地方，还有对我女儿上过的幼儿园和小学的介绍评估，以备他们的女儿今后所用。对这份心意，新的女主人很是感激。

虽然他们从未催促我们尽快搬出，但那份焦急是不言而在的。他们同时在付两份钱，新家的贷款和公寓的租金。而且，房子已经买下，谁不想早日乔迁新居？我们尽可能往前赶，也幸好我们买的房子如期竣工，我们比约定日期提前一个多星期搬了出去。

搬完家的第二天，先生和我跑回去做最后的清理，也跟新房主约好了来拿钥匙最后交接的时间。在他们到来之前，房子被我们干干净净地收拾出来，可以窗明几净地迎接新主人的到来。

新主人大概急于跟朋友们分享喜悦，除了他们一家三口，他们住在这一带的一些朋友也尾随而来。宾客盈门，好不热闹。

我终于见到了他们的女儿，那个一岁出头的小女孩。圆圆的眼睛，兴奋地打量着她自己的家。或许，她会在这里长大成人。而现在，她刚刚学会走路。妈妈把她放在地上，她急不可耐地迈出了小碎步。步子还是蹒跚的，但肯定是快乐的，她的眼睛里盈荡出更多的欢喜。

刹那间，我把她看作是自己的女儿。几年前，就是在同一个地方，我看见女儿小心翼翼却坚定地迈出了一小步，接着是第二步、第三步……两个小女孩的脚步，为这栋房子的两代主人做了最好的衔接。

很多的快乐，是可以复制和延续的。

那对夫妻对这栋房子没做任何的检查，好像想都没想过我们在这两个月里，特别是在搬家的时候是否弄坏了什么东西。先生执意带着新的男主人楼上楼下走了一圈，细细地指给他看房子的结构、机关，哪些地方有可能出问题，若出问题该如何应付。我和女主人则聊起了家常。她说若我们还有信件寄到这里，她会帮我们收好，再转交给我们。还一再表示，他们欢迎我们随时回来看看。我接受了这份心意。我们的女儿在这里度过了她的童年，总会带她回来，寻觅儿时的踪迹。

最后，我带他们去了原来的邻居家，介绍他们认识。谈笑风生间，我们好像相识已久，早已没有了买家和卖家的关系和隔阂。

那时是四月中下旬，是春花开得最绚烂的时候。杏雨梨云，春深似海。很为这栋房子的新主人高兴，能在这个春意正浓又是风和日丽的日子里，开始他们新的生活。这栋房子曾给我们带来许多可以受用一生的福气，也愿这里，成为他们的祝福。

离去时，不像是跟曾经的家园告别，倒像是刚刚造访过朋友的家，意犹未尽地踏上了回家的归途。带走的，是在这里度过的美好的岁月，并且可以永远地珍藏在心里。留在心底的，都是最美好的回忆。

02 乔迁之喜

一直很喜欢那个广告。暖意融融的画面，配上温暖的声音：跟你的好朋友结婚，买个自己的房子，这是我们的梦想。

没有具体所指，并不是商家的广告，就更加的温馨沉实，让人更加地向往。对幸福的含义会有很多的诠释，这该是很有分量的一条。

拥有自己的房子，依旧是美国梦的很重要的组成部分。

如果能跟自己所爱的人，住在自己心仪的房子里，那这个梦就更圆满了。

1

女儿快两岁的时候，先生和我冒出了换房的念头。学区是个很重要的诱因。本来我们以为能绕过这个坎儿。我们所居住的县，在美国三千多个县中排在七、八位，教育不会差到哪去。先生那时候还想着以后让女儿去私立学校，也可以不计较学区的好坏。可是，慢慢地，不断地，有不同的朋友时不时地给我们吹吹风，我们也就跟着动摇起来。原本就是两个俗人，自然无法免俗。先生和我，一个美国人和一个中国人，在这点上倒是没有差异，手拉着手一起跳进了俗套。

还有一个原因。我们住在马里兰，而我有些想搬回结婚前住过的弗吉尼亚。我在这一带的朋友大多住在弗吉尼亚北部,相隔不算远,一个小时左右的车程。如果有可能,还是希望离得更近一些,走动起来更方便。我是一个不能没有朋友的人,也挺有朋友缘,每年都会有些新的朋友出现在我的生活中。可是我在马里兰住了几年,愣是一个投缘的朋友都没交到。这些年里出现的新朋友,还是住在弗吉尼亚北部。

我们开始出去看房子,直奔弗吉尼亚而去。

先生并不是毫无保留地看上了那里。不是觉得不好,是他在马里兰出生长大,还有不少的亲戚朋友依旧住在这里。他上班的地方也在马里兰。好在他工作的地点可以在内部调换到弗吉尼亚,而且这两个地方都在华盛顿的周遭,相隔并不远,在地点上不是一个大的变动。

选择何种类型的房子,我和先生的意见倒是完全一致。我们都很在乎房子的位置,希望能离地铁和主要的交通干线近些。我们也都倾向于买连体房,而不是独门独院的大房子。两千平方尺左右的连体房很适合一个三口之家,而且我们家一年中至少有三百天不是在开暖气就是在用空调,这种大小的房子可以让我们在用电上没有顾虑。连体房的院子一般不大,对我们来说又少了锄草的负担。房子不是买来给别人看的,适合自己的就是最好的。好在华盛顿这一带交通便利的房子中,连体房占了很大的比例,我们在选择上已经有了占地之利。

还有,先生和我都想买新房子,我们搜索的范围又小了很多。因为是买新房,自己去找就可以了,不一定要找房屋经纪人。我们上网搜了搜,加上朋友推荐,很快锁定了三个正在盖房卖房的小区。

样板房都是光彩照人的,进去走一遭,不想买房的也能冒出快点儿买下来的念头。可是把各种条件各类因素综合起来一权衡,又总能找出几个不太满意的地方。毕竟不是买件衣服买个包,对我们来说这是最大的一笔投资,还得三思而行。轻易能下手得到的东西,也就不可能被称之为梦想了。

简单的快乐：生活篇

刚看了三处房子，我的热情就降落了不少，倒是可以很理性地面对买房这件事了。先生本来就不是十分的积极，见我蠢蠢欲动，就带着孩子陪我出来看房。看我的热乎劲儿过了，又没看到十分满意的房子，他就适时地提出再等上两、三年。先生喜欢做通盘考虑，他说我们买个新房子，很可能会把现在的房子卖掉。离我们的房子不远的地方正在建一条高速路，整个一个大工地，不利于卖房。高速路两年后一旦建成，不仅外观恢复正常，而且多了一大便利条件，房价也会跟着升上去。我听他说的也有道理，只是觉得两、三年有些遥遥无期。当时美国的房市正在低迷阶段，是买房的好时机，谁知道两、三年后会出现什么情况。先生说房价上涨对我们没有太大的影响，我们要买房也要卖房，一对一正好抵消了。

之后的两年里，我没再动过换房子的念头，当年的三分钟热情基本上冷了下来。只看过几处房子，我发现买个房子也挺麻烦，反正也有房子住，不如就在这呆着了。在我偃旗息鼓之后，先生偶尔还会念叨下换房之事。眼见那条高速公路在漫长的修建后终于有了眉目，女儿也越来越接近上学的年龄，先生提到换个房子的频率也跟着高了起来。恰巧这时一对朋友来我们家串门，提到离他们家不远的地方要建一大片连体房。那个地方我很熟悉，极好的地段，以前是一片树林，里面散落了几个老房子，没想到那里会开发出一个新的居民区。

第二天我们就跑去看个究竟。那对朋友是在散步时发现这个宝地的，已经进去走了两遭。我们到了后，他们也赶了过来，帮我们参谋。五个人组成了一个不大不小的看房团。

原来的那片树林不见了，已经开始盖房子，基本上还是一大片空地。站在这片几乎什么都没有的空荡之处，我们还是能掂量出这块地皮的分量。这里属于费尔法克斯县，是美国数一数二的县，中小学教育也是顶尖的，学区很好。这里可以看到地铁，七、八分钟就可以走进地铁

02 乔迁之喜

站,方便了我们坐地铁进华盛顿市区工作或游玩。这一带最主要的两条高速路也离这儿很近,交通十分方便。无论是学区还是出行,这个地方完全满足了我们的愿望。

房子的位置无可挑剔,下面要看的就是房子的结构、价位和社区规划了。我们赶紧进了售房中心,接待我们的是一位叫 Lynn 的四十岁左右的女士。小区的布局模型已经出来,一进门就可以看到。宣传册也已印了出来,上面有三种户型的内部结构图。

先生最关心两个地方。一是地面要完全平的,不能有阶梯。有些房子在客厅里或厅和厨房的连接处还加上一、两道台阶,先生很不喜欢这一点,说他哪天端个盘子从厨房往厅里走,忘了脚下还有机关,摔他一跤。前面我们看过的一个房子就因为有这道加设,让他投了反对票。我笑他多此一虑,但还是要迁就他的感觉。他还要求房子里一定要有壁炉,冬天的时候,点着壁炉里的柴火,坐在炉火边看书,是一大享受。Lynn 告诉他三种户型的地面都是平的,壁炉也可以加上,只要多付四千块钱。而且壁炉都是烧煤气的,一按开关就行,不需要买劈柴和清理了。

我对房子的构造也有两个要求。房子一定要有阳台,能坐在阳台上消磨些时光,对我来说是种享受。如果这个阳台能面向一片湖泊,一条小河或蓝蓝的海水,那就如天堂里的风景了。只是在一个人多地少的半闹市区,很难实现这样的愿望,我也就不去奢望了。但阳台一定要有。我还希望能多加一间卧室。现在有三间卧室,如果能多出一间客房就更好了。Lynn 给我的答复也是肯定的。除了阳台,一楼门边的厅堂可以改造成一间卧室,同时加上衣帽间和全套的卫生间。

几分钟的功夫,先生和我都是喜笑颜开。我们想要的,在这里都有;我们不想要的,正好这里没有。能遇上这样的房子,我们不该有什么遗憾了。房子的价格也是我们能承受的。当时三种户型的起价分别为

简单的快乐：生活篇

五十多万，六十多万和七十多万，要价还算合理。Lynn 还指着大片的模板，给我们看小区整体的规划。总共二百多套房子，配上了五个大小不一形状各异的花园。陪我们来的朋友直说这才是理想的居住小区。这一带的很多小区因为空间有限，只是建了一排排的连体房，少了花园草坪的混搭，也就少了许多的惬意和灵气。Lynn 告诉我们小区旁边还要建一个健身馆，小区和地铁之间会开辟出一个商业区。不是那种大型的购物中心，没有这么大的地方，只是一些规模不太大的特色店铺，我觉得这样反而恰到好处。小区的整体规划很到位，到底是美国最大的房地产开发商之一，计划很周详很宏大，出手不凡。

三种户型的样板房还没建好，Lynn 说轮廓和构造已经出来了，问我们要不要去看。我们挑了中号和大号的房子。

还是真正的毛坯房。屋顶还没封，楼梯没护栏，我们就颤颤悠悠地从一楼爬上了三楼。外墙也没盖好，Lynn 一再嘱咐我们看好孩子，别让她掉了下去。虽然这房子还简陋至极，进来走一遭还是很有收获的。平面的东西一下立体起来，我们对房子的感觉也更具体丰富了。问女儿喜不喜欢这里，她马上说喜欢。又问她想不想搬到这儿来，她高兴地点了点头。

不知女儿怎么会看上了这个还未竣工的衣不蔽体的房子。这么说，我们三个都看上了这里，甚至可以算作一见钟情。这样的开始，已经超出了我们的所求所想。那对朋友也是不断地说好，跟着添油加醋，我更加地急不可耐，恨不能马上就把这事儿敲定下来。那个沉睡多时的买房梦，刚一醒来，就进入了最亢奋的状态。

先生要比我冷静多了。跟 Lynn 道别时，他只是表示感谢，光看表情，都看不出他是否看上了这里的房子。回家的路上，我问他的意见。他说房子不错，但还不是出手的时候。房价相对高了些，还有降价的可能。有个朋友住在离这一个多英里的地方，同样大小的新房子，却低了

02 乔迁之喜

十万美元。当然这是地铁房,房价定得高一些也还说得过去。最重要的是,房产商现在开卖的房子,在这片小区里不是上乘的房子。开发商先盖前半部分,这部分的房子离地铁过于近了。之后这些房子和地铁站之间又会建商业区,肯定会比较嘈杂。先生认为后半部分的房子动静相宜,既离地铁和商业区不远,又相对安静。美国这里卖房子,不是整片小区的房子一起卖,而是一排排或一栋栋地卖。这一排的大部分房子卖出去了,才会出售下一排的。每排房子何时上市,开发商已排出了大体的时间。先生眼里的最合适的房子,大概要到一年多以后才会开卖。

一听说还要等上一年多,我很是沮丧。正在兴头上,更是没耐心等待了。我脑子里满是中国人买房的想法,遇上好房子,得赶紧去抢,没准儿晚上半步就抢不到了。先生笑说这是在美国,房屋市场不会那么疯狂,我们一定会在这里买上一栋我们喜欢的房子。

我们家的大事都让先生做主,他说还要等一等,我只好让自己的心气儿平顺下来。两年多前,幸亏听了他的意见,没有匆忙出手。今天看过这里的房子,才觉出两年的等待是值得的。毕竟是在买房子,一定要等到十分满意的。

当时是2011年的夏天,我们开始了又一轮的等待,只是这次的等待是有目标的。

同一年的十一月,那对朋友告诉我们,三种户型的样板房都已盖好,我们可以过来看看。

时隔几个月,那个地方多出了几排房子,但大部分还是空地。

大中小三种户型的样板房各具特色,比我们上次看过的毛坯房又好出太多。朋友喜欢那套小号的房子,很紧凑,也很精致,像个婀娜的女子,有着无限的风情。但我们觉得面积还是小了些。车库里只能停一辆车,其他两种户型的都可停两辆车。而且这小号的是上下四层,倒是苗条了,但对于房子来说,最小的面积却被分成了四块,每一层就显得拥挤紧张了一些。中号和大号的都是三层的，每一层都有足够的空间。上次我们看未完成的房子时，觉得中号的也小了些，这次全部东西都出来了，再配上赏心悦目的家具，面积好像一下大出了许多。对于我们这个三口之家，胖瘦正好合适。房子的结构也相当大气。第二层上的厨房，餐厅和客厅是完全打通的，没有任何的阻隔，非常敞阔，没浪费任何的空间。窗户也很多，有一面墙上几乎全是窗户，还都是从上落到下的大窗户，屋子里的光线自然很充足。房子的高度比一般的房子高出了差不多一英尺，气势就更出来了。

  这样的布局和细节，在我的心目中已经是完美的了。先生的兴致也很高，好像这中号的已完全出落出来，已没有了初次相见时的青涩。两个朋友也说我们自己住的话，中号的最适宜。大号的更壮一些，但面积上也没大出太多，起价上却多出了差不多十万美元，有些不合算。中号的样板房在色彩上更胜一筹。大号的是蓝色系的，偏冷艳。中号的以米黄色和棕绿色为主，是可以居家过日子的暖色。当时已入冬天，一层层飘出的暖意，让人觉得很温馨舒暖。当然我们自家的房子可以由着自己来定颜色，只是那一刻，走在那个拿捏得恰到好处的房子里，一个家的整体感觉出来了，我们的目光和心思也就被它吸引去了。女儿竟然也是更钟情于这中号的，赖在楼上的一间卧室里，不肯离开。能打动一个孩子的，其实也是那一份惬意和欢愉，并不是房子的结构和大小。

  有了这个意向，我们的选择目标更集中了。先生原来圈定了三排房子，一排大号的，两排中号的，他觉得这三排房子的位置最好。现在我们基本划掉了那排大号的。我们看上的那两排房子，差不多要到2012年的冬天才能上市，在这片小区里几乎是最后上市的房子。那对朋友说，等等也好，美国这里的房地产商盖房子，一般把好的留在后面。看过样板房后，我对这片房子的感觉更好了，但这次我没嚷嚷赶紧出手，已经接受了这样的等待。好酒是慢慢酿出来的，需要漫长时间的等待和磨杵成针的耐心。以前是等一份感情，等一个可以让自己安静下来踏踏实实过日子的婚姻。现在是在等一个房子，可以在这个房子里，跟那个终于等来的人，一起建造我们的家园。

这次造访之后，我们很长时间没再去那里。开发商已经建好了网站，随时更新动态和进展。哪排房子开始卖了，哪些房子已经卖了出去，当时的房价，在那上面都一目了然。我曾想过先交定金，以为这样可以锁住我们想要的房子，一问才知道这里没有这样的行规。是有人交定金，也就几百块钱，锁定那套想要的房子。但你交别人也可以交，开发商只是第一时间通知这些交了钱的人，这个房子要开卖了，要买的话，尽快来买。没签建房合同之前，谁都不是房子的买家，房子上市的排期也不会因为很多人想买这个房子而提前很多。确切地说，定金是定消息的，不是定房子的。而房子要上市的话，他们的网站也会马上公布的。我们也就不去多此一举了，还是得耐心地等待。

进入冬季后，房屋市场也跟着进入淡季。在我看来这么炙手可热的房子，也放慢了成交的脚步，要多花些时间才能被卖出。脚步慢了，房产商就开始往下调房价。房价降了，又降了一些。我时不时地向先生发布下最新动态。他不像我那样天天要上网查看一下，几乎从没到那个网站转悠过。他总是说，既然我们要买的房子一年以后才能开卖，现在去网上溜达也不会有什么结果。

房价又降了呀。我可经不住这样的诱惑，又动起了现在就买的念头。

冬天降价是正常的。先生还是无动于衷，又补充道，一般冬天的房价最低，春天开始往上升，春天和秋天都是卖房子的好时候。

那冬天就是买房子的好时候了。

光看价格，可以这么说。不过我们要买的是期房，得看人家什么时候卖，就不能考虑季节了。先生一棍子又把我那个刚冒出的小念想给打死了。

到了春天，房价果然开始回升，冬天掉下去的那些钱又都回来了，房子成交的速度也明显加快了。这架势又让我扛不住了，跟先生说，我们不能光坐在家里等，得赶紧去现场看看。

先生没反对，说，好几个月没去那儿了，是该去看看进展了。

这次就先生和我两个人，挑了个非周末的日子。

还是 Lynn 接待的我们。这里有两个售房员，一般第一次是谁接待的，这个客户就是谁的了。他们是在开发商那里拿工资，也就无需抢客户了。因为没有女儿在旁边捣乱，看房的人比周末也少了些，Lynn 和我们可以坐下来，具体估算一套房子的总价。除了底价，要加的东西，譬如先生要的壁炉，我要的阳台和额外的卧室，都要另外加钱。但这些附加部分的要价并不算高。我们请人加个阳台的话，差不多七、八千，这里要五千多。另加的卧室和全套的洗手间，也是五千多。在外面找人做，起码要一万。房子最后的价格也要看房子的具体位置。一排房子中，两边的房子要多加一万九。如果面对花园的话，要多交两万。房子里的设施已经一应俱全。房子盖好后，即使什么都不动了，也可以马上入住。但房产商提供的是相对低档的装修，客户一般会要求更换一些东西。像地毯，会换成木地板；所有的木柜也可以升级。这些更换都要另外加钱。花了两个多小时，Lynn 帮我们从头到尾过了一遍，把整套房子的价格算了出来，连附加和更换过的东西，是六十九万多。这个价格比我预计的还低了一点。

先生挑出估算的这个房子，是我们第一次来看房时，那对朋友和我都中意的一排房子中的一套，是中国人最喜欢的正南正北的房子，面对一个大花园，还带一个飘窗，视野很开阔。这排房子正好在市场上，总共四个房子，已经卖出去两套，还剩两套。Lynn 强调说，这是今天的报价，明天可能就不是这个价了。Lynn 还不是在吓唬我们，催促我们

02 乔迁之喜

买下这个房子。过了两天,这个房子的价格果然又升了一万美元。

先生又问了些其他的问题,甚至问到这房子什么时候交工,是否会影响到女儿转学。看他这正经劲儿,这次像是要动真格的了。是呀,为什么不买下这一套呢?如果先生说行,我肯定举双手双脚赞成。

先生还是没说出那个买字。他站了起来,感谢 Lynn 的好意和时间。原来他刚才只是稍微犹豫了一下,拐了一个小弯,很快又回到他的正路上。

跟着先生走出售房中心,我的脸拉得很长。

这套房子不是挺好的吗?我嘟哝道。

是不错,但那个位置离地铁太近了,先生说,会有些乱,还是得等后半部分的房子。

等他们开始卖后边的这些房子,这房价不知得长上去多少呢。我说。

我们买房子是给自己住的,而且要在这住上不短的时间,多花几万块钱也值得,一定要等上最合适的。

先生一副神清气爽的样子,我心里的火气却越来越大,开始怀疑他是不是真想换房子。

你到底想不想在这里买房子?我气鼓鼓地问他。

先生咧嘴一笑,安慰我说,你放心,我们一定会在这买个房子。

先生说着站了下来,指着眼前的那片空地,说,我们可以考虑这个位置的房子。

这片空地在售房中心的另一边,是后半部分的房子了,以前没想过这个地方。

你看这里离地铁和商业区相对远了些,前面还有个小花园。先生越发认真起来。

这里有什么好的,还不如刚才那个正南正北的房子呢,前面还是个

简单的快乐：生活篇

大花园,我反驳道,你既然要等,就等你看上的最后两排房子吧。

先生没吭声,眼神和心思还在眼前的那片空地上。

2

春去秋来,九月底的时候,我在网上看到先生惦记过的那两排房子中的第一排上市了。

售房中心后面的那排房子开始卖了。我随口告诉先生,并没有很当回事儿。

那我们应该去看看。先生的反应还挺积极,但也不是那么急迫。

碰巧第二天我女儿上的小学停一天课,我那天不用去学校上班,先生也可以休息一天。先生说,要不今天就去那里。

我没反对,反正得找个地方陪女儿打发时间。

我们驱车来到售房处。赶上不堵车,半个多小时就到了。Lynn 一周休息两天,赶巧那天她上班,又没别的客户。先生说,我们都来了,就请 Lynn 帮我们估算其中的一套房子吧。

这一排共有六套房子。先生不想要两边的。两边的房子跟中间的一般大,没有更多的面积。有些人喜欢两边的房子,多了几个窗户,少了一个邻居。但这片房子的密度很高,少了一个一墙之隔的邻居,跟隔壁那排房子还是挨得很近,在空间上不占优势,还多了人来车往的嘈杂。这里的每栋房子都有足够多足够大的窗户,也不差旁边多出来的那几个了。还有,先生认为,边上的房子多了一整面墙,还多了一大块屋顶,碰上狂风暴雨等自然灾害,要承受的侵扰更多,出问题的可能性也更大。

先生挑了中间正对花园的那套。Lynn 开始帮我们估算,整个过程跟上次一样。房子当时的起价是六十三万五,比上次高出了一、两万,添加或更换的费用也往上调了些。我们在做选择时就相对保守了一些，以控制总价格不要涨出来很多。

那天女儿出奇的安静。她平时很活跃，总缠着我们，不是问问题，就是让我们陪她做些什么。那天她带了个绘画本，一直静静地坐在那里画画，自娱自乐。没受干扰的我们也就一口气算出了整套房子的价格。还是六十九万多，跟上次算的那套房子差不多，但里面的内容少了些。这个房子没飘窗，少了五、六千块钱。算原来那套房子时，我们把所有的楼梯换成了木地板，又在木质楼梯的中间加上一层地毯。这次我要求保留房产商提供的地毯，又少了八、九千。我总觉得硬木楼梯更滑一些，上上下下爬楼梯时更费劲。真在楼梯上滑一跤，在地毯上要比硬木上摔得轻一些。如果更喜欢地毯，何必选木地板又加地毯呢？这些选择都要看个人的喜好，能根据个人的喜好做选择，是买期房的好处之一。

最后我们又看了下房子的外形和颜色。因为很多房子已经落成，除了看图片，我们可以透过窗户看一下旁边那排盖好的房子，看到一个很确切的形象。每一排房子的颜色早已搭配好，我们刚刚算过的房子是浅黄色的，而我一直想要个红砖青瓦的房子。

那你们可以换到这一个，Lynn 指着那个隔了一扇门的房子说，这个房子在内部结构上跟刚算过的房子完全一样，只是外墙是红色的。

这栋房子不是正对花园的中心，稍微偏了点，但我们都觉得还好。我说，那就换到这一栋吧。

这排房子刚刚上市，我们是第一家来挑的，可以由着我们挑来挪去。

Lynn 说，那个正对花园的房子加了两万，这个只要加一万五。

没想到这一动，还帮我们省了五千块钱。

先生接着问了些实质性的问题：定金要交多少？多长时间内可以反悔？从签合同到过户有哪些步骤？等等。

简单的快乐：生活篇

女儿把那个画本快涂抹完了，我们该算的也算完了，想问的问题也都有了答案。先生在等了一年多以后，终于向 Lynn 松了口。他说，我们会好好考虑一下，尽快给你答复。

这次我却没那么积极。在这一年多的等待中，我从未真正考虑过这个位置的房子。既然我们已经等了这么长的时间，不如坚持到底，等到最后的那两排房子。

从 Lynn 那儿出来，女儿又欢天喜地地去样板房里折腾了一番。那天的天气很好，秋意正浓，天高气清，女儿意犹未尽，出了样板房，又想在那片空地上接着玩耍。先生和我跟在她后面，有意无意地考察了一番。这一转悠，还真觉出这排房子或许是最理想的。最后两排房子是不错，但它们离旁边那条车水马龙的公路太近。以前光想着避开地铁了，没想到这两排房子有可能更不清静。而且，买最后上市的房子要承受更多的风险。前面的房子都卖完了，如果没买上最后面的房子，那真是空欢喜白等待了。

这样看来，我们还真可以考虑下这个房子。我也松了口。

第二天我去上班，在开车送我去地铁站的路上，先生问我，你喜欢那个房子吗？

喜欢呀。我含糊地回应了一下。

那我们就买下它了。先生淡淡地接了一句。

我没把这话太当真。那天是星期四，我们要去上班，不可能去 Lynn 那儿。

反正这两天我们也去不了，要不再多考虑一下。我说。

先生却说，既然决定了，就不用再考虑了。

我还是没太当真，这买房子总得专门跑一趟吧。

下班前，跟一个同事聊天，聊到我们买房子的事情。那个同事对房地产颇有偏好，也算是半个专家了。听说我们现在想买房，马上说，现

02　乔迁之喜

在可不是买房的好时候,这都快到十月了,转眼就是淡季,冬天以后,房价肯定会降。还有呢,明年一月联邦政府的不少部门要裁人,丢了工作的人肯定买不起房,要去华盛顿以外找工作的人,有房子的也得卖,这房价更得降了。

我听得一愣一愣的。先不管这后面一条是不是真的,冬天降价是常规,上个冬天我可是亲眼看着这房价一降再降的。如果这政府部门再用裁人来跟着凑热闹,这房价还不知得降多少呢。况且,那个房子是临时冒出来的,并不是我们当初看上的。不如等一等,等上最理想的房子,加上最便宜的价格,这才是最美的结果呀。

我揣上专家的忠告,准备回家传达给先生,让他也多一些耐心,先别匆忙做决定。没想到一进家门,先生笑嘻嘻地迎上来,喜滋滋地告诉我:我已经把你喜欢的房子买下了。

你买了那个房子?我一头雾水,你今天去 Lynn 那儿了?

没有,先生说,我给她打了个电话,告诉她我们决定买那个房子,请他们不要再给别人了。这个星期六我们去交定金,签合同。

你怎么动作这么快?也没跟我商量一下。我有些恼火。

我早上不是问过你的意见吗?先生莫名其妙地看着莫名其妙的我。

我以为你只是说说呢。你开着车,有一搭没一搭的,哪像在做一个这么重大的决定?我嘴上埋怨道,心里还嘀咕着,买房子这么大的事儿,怎么一下变得这么简单了?简单得有些不靠谱。

你不是一直想在那买房子吗?先生挺委屈。

我是想在那里买,但不一定是这个房子。我紧接着又追问了一句,我们还可以反悔吗?

为什么要反悔呢?先生瞪大了眼睛。

我赶紧把今天听来的专家意见传达给先生,分析了一番当前房屋市场的大环境和小环境,得出的结论是:我们还得等一等。

简单的快乐：生活篇

　　先生一时没反应过来。一直嚷嚷着不能再等下去的我，怎么会来这么个一百八十度的大转弯？但他只被我唬住了二十秒，很快就绝地反击，很坚决地说：我们既然看上了这个房子，就不用去管它以后是什么价钱，管它是升还是降，跟我们都没关系了。

　　先生的语气很坚定。他是天秤座的，可从不摇摆不定，特别是在大事上，一旦做出决定，绝对是一往无前，坚定不移。

　　他的坚定反倒让我动摇起来，万一等下去，又没等来个好结果，那我不得后悔死了。

　　看我不吭声了，先生拍拍我，安慰道：不就是买个房子嘛，决定已经做了，就可以轻松一下了，不用想太多。你就把这事交给我吧，我会让你满意的。

　　先生大包大揽，我也不敢把这么大的责任给抢回来，自己扛还不如让他扛。

　　吃过晚饭，女儿上床睡觉后，我溜到网上，把这房子的方方面面又过了一遍，尽可能多找些理由，证明先生做出了一个伟大正确的决定。转来转去，转到了街名上。这才想起昨天光问了门牌号，没注意这条街的名字。这一看如挨了一闷棍，这条街原来叫滑铁卢。怎么这么点儿背，一不小心掉进了这么个打败仗的地方。

　　我立马冲下楼去，逮着先生，气喘吁吁地告诉他，我们千挑万选的房子，竟然叫滑铁卢。

　　那又怎么样呢？先生很茫然地看着我。

　　那可是个打败仗的地方呀。我瞪着先生，心想他的历史知识不至于这么匮乏吧。

　　有打败仗的一方，就有打胜仗的一方。我们又不是法国人，我们还打了个大胜仗呢。先生还挺得意。

　　我一想，先生的老祖宗是德国人，这德国人在滑铁卢还真打了个胜仗。中国人没跟着掺合，至少没在那打败仗吧。

可是你知道吗，我们中国人说到滑铁卢，还有另外一个意思，这滑铁卢就是失败的代名词，说你遇上了滑铁卢，就是说你这事没做成，失败了。

没有失败哪有成功呀？再说了，这世界上叫滑铁卢的地方多了去了。加拿大有个滑铁卢大学，那可是个好大学，办得就很成功，多少人想进还进不去呢。

先生说的也没错，可我心里还是觉得有些晦气。先生可不会把这当回事儿，星期六一大早，他写好预付定金的支票，带上我和女儿，直奔售房处而去。

见到 Lynn，我还是不甘心，跟她打听这街名是怎么定的，会不会我们的房子并不在滑铁卢上。我又仔细研究了他们的规划图，这房子前后可是不同的街名，为什么我们要买的房子要沾上滑铁卢，是不是也可以用另外一个名字。

Lynn 这次给我的答复还是肯定的，但却是我不想听到的。这房子的街名百分之一百地叫滑铁卢。

为什么要叫滑铁卢呢？我可不喜欢这个名字。我很沮丧。

Lynn 笑了，她说她知道中国人都很在乎门牌号，我还是她遇上的第一个连街名也在乎的中国人。

先生没说什么，却把写好的支票交给了 Lynn。

Lynn 还是问了我一句，那你还想买这个房子吗？

我也没有更好的主意，只好不情不愿地说，那就买吧。

Lynn 又笑了一下，开始跟我们签合同。

我原来以为这合同还不就几页纸，最后签一个大名就算完了。没想到 Lynn 摆在我们面前的是厚厚的一摞纸，没有一百页，起码也有好几十页。事无巨细，面面俱到，有些是我能想到的，大部分是我想都不会去想的。但开发商不会留下任何的漏洞和模棱两可的地方，在开始时双方就要做出明确的承诺，以保证在整个过程中不出纠纷，也保证房子能顺利地建成。

Lynn 没有把这一摞纸直接丢给我们，而是一页页地跟我们过了一遍，遇到重要的地方，她会着重解读一下，问我们有没有问题。先生和我基本上没叫停过，一路绿灯。人家整出这么个合同，肯定是被无数专家论证过，又在具体操作中千锤百炼过，已经相当的成熟。先生和我在这种事情上都是懒人，懒得多想多问，浪费口舌和时间，充分地信任人家，也相信人家是值得信任的。

每过一个环节，如果我们没有疑义，就在后面签上我们的名字。因为环节繁多，我们也就没少签名，快赶上名人要签的名了。当然大部分签名只是名和姓的前一个字母，最重要的一些地方必须签上全名。

整个合同签下来，我们十分配合，用最快的速度，还是花了将近三个小时。

女儿早就等得不耐烦了，我得一边陪她玩，一边签名，所以到了后半部分，我已无暇顾及签字的缘由，反正先生签了我就跟着签上。全部合同都签完后，我长长地舒了口气。有些筋疲力尽，已经顾不上为买下一个房子欢喜雀跃了。那一刻最高兴的是，这名总算签完了，可以赶紧出去找吃的了。

我们这合同一签，网上再点到这个房子，显示房子已经售出。

但这远不是最终的结果。我们签定的还只是一个建房合同，能不能最终拥有这个房子，还要看我们能否付出首付，办下贷款，并且能按月偿还贷款。有些人会因为丢了工作，或出了其他的意外，财务上或其他方面出了问题，前功尽弃，房子建好后，却无法过户。

所以是否开始建这个房子，开发商也是相当的慎重，要先评估买家的实力，基本保证买家能负担起这个房子时，才开始动工。如果买家过

02 乔迁之喜

不了这一关,双方可以中止建房合同,买家也不需要赔款,只是签合同时给的定金很难要回来了。但这个定金并不是很高,我们付的是一万美元。付多少钱取决于房子和一些附加成分的价格。对于一个七十万左右的房子来说,交一万美元的定金,合情合理,买家也没有承担太大的风险。

紧接着的一步,是选定房子里所有的物件配备。我们在估算价格和签建房合同时已经做了选择,但我们还有更改的机会。合同签过后大约两个星期,Lynn 专门定下一天,带我和先生去材料间挑拣。上次我们只是看的图片,这里却有几乎所有的实物样品,可以亲眼亲手做鉴定比较,这样挑出来的东西,也就更合我们的心意。

每样东西都过了一遍后,我们做了些修改。原来选用的是开发商定下的无需再加钱的橱柜,但一看实物,颜色不如照片上看到的好看,用手一摸,质地也一般,略显单薄。我们就换成了我们中意的枫木橱柜,看着很大气,颜色也适中,跟我们挑的大理石台面很搭调。在这一项上我们又多加了几千块钱。但大部分开发商定下的最低标准的材料已经很不错了,我们无需升级,只要在几种颜色和图案中选出自己喜欢的。整个房子,特别是每一层的色调要一致。先生和我的眼光很接近,我喜欢的他也喜欢,他看上的我也没觉得不好。Lynn 时不时地给我们一些建议,她的意见跟我们的也并不相左,三个人的喜好几乎是一样的,难得在口味上这么相似。有些东西是听了 Lynn 的建议做的升级,但先生和我也是相当认可的。后来搬进新家,请朋友来,那些选择没少获得赞赏。

所有的东西都选定后,Lynn 让我们都拍下照片,房子盖好后,可以一一验明正身。我们也签了字,确定这些更改。多花出来一、两万块钱,因为不包括在前面所签的合同里,要尽快写个支票交上这些附加的钱。这次更改只涉及室内的装修和配件,一些构造上的东西,如阳台,

简单的快乐：生活篇

壁炉、第四间卧室等，都要按建房合同里的协议执行，不能再做修改。

同时进行的，是对先生和我的购房能力的评估，主要是查我们的财务状况。这件事一般由买家选定的银行或为银行服务的贷款公司来做。通过后，他们会向开发商提交保证书。一些大的房产商同时可做贷款。在签建房合同时，售房人员对买家已经有了相当的了解，碰到财务和其他方面没问题的，他们会开出优惠条件，想办法让这些客户选择他们来做贷款，肥水不流外人田。我们本来已考虑过一家贷款公司，Lynn 也向我们伸出了橄榄枝。我们一比较，最后决定请开发商来做贷款。房子过户时要交一万八千美元的过户费，如果用他们的贷款，他们可以给我们免去一万元，我们只需交八千。而且，建房子的和贷款的是同一家，更易于协调，心也齐，对买家来说肯定是最佳的选择。

即使是同一家，评估还是免不了的。签建房合同时，我们手上有多少钱，每年大约能挣多少钱，都是我们自己说的，是不是真的，有没有漏洞，还要拿出真凭实据。

我们很是忙活了一番。先生和我的工资证明，银行的存款证明，前几年报的税表等，都要一一准备好。给我们办贷款的部门还要查我们的信用分数。在美国每个人都有一个信用记录，叫 FICO，满分是 850 分。这信用是日积月累积攒下来的，任何不良行为都会损害一个人的诚信。一个在诚信上出过问题的人，找工作、买房贷款等都会有或大或小的麻烦。财务信用在这个分数中占很大的比重，少交了一笔钱，或者欠了信用卡公司的钱，会让自己的信用分数降下来不少。信用好的人才能拿到最好的贷款。中国人在这方面的问题不大，一查我的分数，几乎是满分。先生的分数比我的低些，但也接近八百分，在美国人中间算是很高的了。不少美国人刷信用卡时刷得挺来劲，每月付钱的时候却手下留情，没有全部付上，欠信用卡公司的钱越来越多，信用分数跟着越降越低。先生在这点上很明白，从不欠钱，但他偶尔马大哈，有些要付的钱，他没注意付款日期，迟付了几天。我猜想这会影响到他的分数。另外，先生说，我手上抓了一把信用卡，几个我喜欢的服装店，都办了他们的卡，而先生只用一、两张信用卡。我用了哪张卡，都能记着按时付钱，信用分数自然就高了。其实这是中国人加女人的优势，能把这跟钱有关的事情都记清楚，又从不欠钱或迟付，就很容易地成了一个靠得住的人。

这些年的美国房市上，出现了一些身在中国或其他国家的客户，这些人一般是全款买房，也就免了贷款这一环节。但是开发商都遵循一个原则，要控制非当地居民的数量。外面进来的买家，即使能一次付清，也并不是特别受欢迎，有钱不一定能买到房子。房子是为本地居民盖的，一般要首先考虑在当地有工作的人。

先生和我顺利地通过了评估。保证信一出，建造我们的房子也就正式进入议事日程。幸运的是，我们那排房子卖得挺快，在我们之后，很快又卖出去四套，整排房子可以同时动工，没有拖延建房时间。只有最边上的那个房子没买家，房产商就按他们的设计，同时建了这个房子。我们搬进来后，这个房子才出手。这样的房子已是现房。买现房的好处是定单一下，很快就可以搬进去，不像我们要等上几个月。不好的地方是，既然是买新房，还是希望能按自己的意愿来建这个房子，而且现房的价格一般比期房的高。

房子开建后，开发商会让买家回来三次，实地考察。前两次是在封顶和封外墙之前，买家可以审核明确建筑的内部构造，要加的东西是否加上，电源都在哪儿，线路是怎么走的，哪些地方可以加工改造，哪些墙上不能钉加东西，等等。第三次见面是在交房前一个星期左右，已基本完工，买家要进来检查一下。如果有问题，开发商必须在交房前一一解决。

这三次实地看房是签在建房合约里的，在整个过程中，买家随时都

简单的快乐：生活篇

可以回来看看。有些人想看着自己的房子是如何一点点地建起来的；还有些人是不放心，要把每一步都记录下来，以防万一出情况，能有实证。这两类人都会时常过来转转，还要拍下很多的照片。除了那三次正式的见面，买家自己来时，是不允许进入房子的，这个也签在了建房合同中。没有任何防护的人进入一个建筑工地，总有发生意外的可能，开发商不会承担这样的责任。

先生和我都是不操心的人，住得又不是那么近，还有很多其他的事情，反正房子已经开始建了，也就懒得管太多了。我们一、两个月才过来一趟，有时还是因为有别的安排，顺路过来转上一圈。

进入2013年后，我们的房子迅速出落出来。先是有了地基，又很快有了整体的模样，平地立了起来。我们不是常来看它，每次看到它，都会有一个很大的变化。

我们要开始考虑过户的事情了。最开始跟我们说的是三月份过户，后来又推到了四月。眼见工期已过半，他们应该可以给我们一个相对准确的过户日期了。

那天来看房，也去了趟售房中心。Lynn那天没上班，是个年轻的男士接待的我们。我报了我们的房号，问他大约什么时候过户。他说，应该是四月十一号。他怕有误，让我们稍等一下，又进去查了进度表，回来后很明确地告诉我们：没错，如果不出意外，你们那个房子会在四月十一号过户。

真的吗？那天可是我的生日呀。我脱口而出，惊喜万分。

太棒了，那我们不能出意外，得保证这个房子在那天过户，这可是个最好的生日礼物。那个小伙子跟我一样兴奋。

先生也来凑热闹，说，那我今年就不用费劲去想给你买什么生日礼物了。

因为签订合同和动工的日期不同，这个小区里，二百多个房子，过户日期基本不一样，就是同一排房子的过户日期也不同，大概只有这个房子，可以在我生日那天正式过户。

我们不早不晚，正好买上了这个房子。

后来我去中国大使馆参加活动，收到一个带中国农历的台历，顺手翻了一下，想知道我的农历生日会在哪一天。看到那个日子，我惊了一下，怎么会这么巧？在这一年里，我的阳历生日和阴历生日是同一天。这可勾起了我的好奇心，我又找到本万年历，想查查从出生到现在，有过几次这样的重合。这一年年地翻下去，竟然翻到我出生的那一年，才遇上这样的重叠。其间有过只差一天的时候，但还是擦肩而过。这就是说，从出生到现在，几十年里，这是我的阳历生日和阴历生日的首次重逢。

而我会在这一天，拥有这个房子。

激动之余，我没忘了表扬下先生。在买房的过程中，他没被我放出的那些幺蛾子给挡住，也没被滑铁卢吓住，坚持买下了这个房子，要不我怎么能遇上这个跟自己这么同气连枝的房子呢？

这样的软玉温香顾盼神飞，已经没有了真实性，可它确确实实是这样的。我更愿意相信，这也是天作之合，这个房子是上天专门为我预备的。这么可遇不可求的巧合，只能是上帝的成全。

3

我对这个房子有了很亲密的感情，特别地盼望，能在这个特别的日子里，拥有这个房子。

为了保证房子在四月十一日正式过户，我们做好了各种准备。

我们顺利地卖掉了原来的房子，加上银行里的存款，手上有了充足的可调动的资金。我倾向于首付尽可能地多付，先生却认为我们只要付

简单的快乐：**生活篇**

正好的钱，能拿到最好的贷款利率就行，一分钱他也不愿多付。在贷款年限上我们也有分歧。我想办十五年的，十五年的利率当时已低到百分之二点五。先生却想贷三十年的。我说这三十年太长了，我都不知道我还能不能活这么久。要是我死的时候还欠着债，我走得多不踏实呀。先生可不担心这个，他说现在的利率这么低，要尽可能多借钱，还钱的时间要尽可能拉长，要最充分地利用有利资源。我心里还是觉得有些别扭，对待钱的态度上，这中国人和美国人还是有不少差异的。但我在钱上向来稀里糊涂，这又是在美国，没准儿先生的路子是对的，不如跟着他入乡随俗吧。

我们的房子还没建完，房价却长上去四、五万美元。这年冬天的房市没按常规出牌，没降反升。房价是有些反复，但从没低于过我们买下时的价格，最高时多出了五万。好在我们已经签了合同，没有受到影响。这又要归功于先生当时的果断了，要是由着我犹豫几下，不仅碰不上那个千载难遇的过户日期，还得多付出一笔冤枉钱。

房子过户前一个月，要做的头等大事是贷下款来。我们没再改变主意，还是让同一家开发商为我们提供贷款。我们调整了首付的数额，但大部分内容没有变化，在准备正式的贷款材料时，很多东西都是现成的，双方都少费了不少的周折。

当所有的东西都准备就绪，他们问我们要不要锁住当天的利率，按这个利率正式启动贷款。利率每天会有变化，贷款方可以通过分析比较选定一个相对最好的，但更多的时候是在碰运气，碰上哪个是哪个了，我们没再多想，就定下了那一天。

利率在那一年的四月跌到了最低点，但我们不可能等到四月，必须在三月办好贷款，房子才能在四月过户。不管怎么说，我们拿到的贷款利率是百分之三点四，已经相当低了，又没延误了房子的交接，也就没什么可遗憾的了。

02　乔迁之喜

　　我们刚签建房合同时，房子还没影儿，终点还太模糊，我们只好耐心等待。可是越接近终点，越少了耐心，有些急不可耐了，来看房子的频率也跟着高了上去。只是每次来，只能在外面眼巴巴地望上几眼，不能去亲近它。合同里规定了，建房期间是不能随便进去瞎转悠的。我们在那上面签了字，只能老老实实地执行。

　　有一次我们又约了那对朋友，一起来看房。朋友到了后，看到房门是开着的，就招呼道，进去看看。我看这房子已基本完工，不该需要什么防护了，当时又没有建筑工人在工作，为什么不进去看看呢？是一个好机会，可以跟我们的房子来一个亲密接触。先生在稍远的地方正陪女儿玩，我没叫他们，跟那对朋友一起进了房子。

　　女儿向来眼尖，看见我们进了房子，马上追了过来，也要进来。跑到门口了，被先生追上，把她拽到马路的另一边。他一边看着女儿，一边朝我们喊话：你们快点出来，他们不让人进去，你们得赶紧出来……

　　我们乍开始时没搭理他，他叫了好几遍，把我们叫毛了，我们跟做贼似的，只好溜了出来。

　　我们跟那对朋友一起在附近吃了午饭，道别后，先生满脸好奇地看着我，一股脑地问了我好几个跟房子有关的问题：壁炉装上没有？橱柜好不好看？天花板上的灯怎样……

　　我想了想，说，好像没看见柜子，壁炉？灯？我也没注意。

　　你不是进去看了吗？先生有些不甘心。

　　你在外面大呼小叫的，害得我白进去一趟。光听你喊了，我都没顾上看房子。我们刚爬上二楼，就被你叫了出来，三楼都没去。先生自投罗网，我自然要教训他一下。

　　先生有些失望，只好说，反正很快就要交房了，那时候再看也不迟。

　　我看你也有些等不及了，我半真半假地说，要不咱现在掉转车头，

简单的快乐：生活篇

一起进去看看？

那可不行，房子没过户前，不能随便进去，我们可是签了字的，得说到做到。先生一本正经地说。

我扑哧笑了，告诉先生，这规矩就是管你们这些死脑筋的美国人的，刚才朋友说了，他们不想让我们进去的一个原因，是怕我们发现问题，找他们的麻烦。

那你发现了什么问题？先生笑道。

我看见一块玻璃是碎的。我进去没几分钟，又不懂房子，你要是进去多转几圈，肯定还会发现很多问题。

放心吧，他们把房子交给我们之前，会把一切处理好的。而且房子有保修，再有问题，他们会来修的。

先生不以为然。从小到大，很少被骗过，他可以把任何人任何事都想得很简单。

接近过户日期时，开发商发来邮件，跟我们确定过户的时间。日子没有更改，还是四月十一号，具体时间是下午一点。

我那天要上班，要教的第一节课中午十二点四十五分开始。同事提出代我上课，我很感激她的好意，可还是希望尽可能自己去上，于是就给开发商写信，提出把时间提前一些。

负责这件事的一位女士回了信，说是那天上午另有安排，他们可以帮我们推迟一、两天。

本来推迟一下也没什么，可甭说推一天，晚一分钟就不是我的生日了。先生赶紧郑重其事地给那位女士又发了封信，情真意切地陈述了我们想在四月十一日上午过户的理由。他说那天是太太的生日，他热切地希望房子能在那天过户，这样他可以把房子作为生日礼物送给太太。不巧的是那天中午和下午太太都要上课，所以不光要十一号，还要在十一号的上午时间。

02　乔迁之喜

当时已是晚上八点多,我们已经不期望当天能有回信了。人家能不能满足我们的愿望,也是一个未知数。但直觉告诉我,美国人一般会认真对待这种理由的,也会尽力成全。

不出所料,那位女士回信时告诉我们,他们已做了调整,安排我们在四月十一号的上午十点去签过户合同,并预祝我生日快乐。这封信当晚就发了回来,好像很能理解我们的心情。

过户前一个星期的时候,开发商为我们安排了在房子里的第三次见面会,也是一次房检。如果是买二手房,房检一定要请专家来做,时间上也会提前一些,不可能在临近过户时才来做。但对新房子,百分之九十多的买家不会另外请人。在建房期间,县政府会派来不同的专业人员检查房子的各项基础设施,严格把关,加上新房子都有保修期,没必要再请专业的房检人员了。

我们那排房子的监工叫马克,前两次的建房会议我都没来,还是第一次见到马克。他长得高大健硕,行动起来却很灵活。他上上下下跑前跑后,遇到低处的问题,他会俯下身去,甚至躺下或趴到地上做检查,感觉比我们还上心。他还很风趣,一边工作一边开着各种玩笑。

大多是些小问题。有的墙面上有些小的剐蹭,有的门窗太紧,需要松一松。遇上有瑕疵的地方,马克会贴上个醒目的小蓝条,提醒工人这里需要修补。那块玻璃还是破的,马克保证很快会换上块新的。最大的问题是上水管道没疏通好,房子里还没水。

这倒真是个问题,我又担心起来,问马克该怎么办。

没问题,我是说,这个问题会解决的。大大咧咧的马克很轻松地说。

只剩一个星期了,修不好的话,会不会推迟过户?那天可是我的生日,我特别希望能在十一号过户。我还是不放心,又抛出了这个理由,这也确实是我不想延期的原因。

这个理由在马克这里也很管用，他马上信誓旦旦地说：你放心，我会给你盯好的，一定让你在生日那天拿到房子钥匙。

马克又问我们：你们什么时候签过户合同？

上午十点。先生说。

马克许诺道：我早上七点就可以过来，保证不耽误你们签合同。

我这才想起我们还得过来验收，看看今天发现的问题是不是都解决了。验收合格后，才能去签合同。可七点似乎太早了，让马克这么早来上班有些过意不去，而我们要从马里兰赶过来，这得几点就起床呀。

不用这么早吧？八点是不是也来得及？我问。

那我七点就过来，你们可以晚些，八点也行。又高又壮的马克心却很细，很是善解人意。

四月十号那天，我们收到有关部门和有关人员的电子邮件或电话，确定四月十一号正式过户。

随着年岁的增长，我越来越不在乎过生日了，过或不过都无所谓。可这一年我比任何一年都盼着过生日，并且，盼着能在这个特殊的日子收到这份特别的礼物。

我本来打算那天不让女儿去上学了，这样我们可以一起过来。等她上学后再往这边赶，已经太晚了。

先生却有另外的主意。他总是很淡定，可以把重大的事情当成平常的事情来对待。每一天都是特别的，每一天也都是平常的。先生说，我们可以兵分两路，他一大早自己赶过去，跟马克会合，验收房子，反正验收时不一定要两个人都到场。我把女儿送上校车后，再坐地铁过来。他验收完房子，去地铁站接上我，我们可以一起去签过户合同。

我一听，这个安排也许是最合理的了。没耽误女儿上学，把她带过来也是个麻烦事，一个五岁多的孩子多半会来添乱。我也顾不上操心房检了，就相信马克和先生吧。大不了房子还有些问题，反正开发商会派

02　乔迁之喜

人来修的，只要让我在四月十一号成为房主就行。

四月十一号一大早先生就出门了。我八点多的时候把女儿送上校车，赶紧去赶公共汽车，再转地铁。正是高峰期，坐地铁是最快捷的办法。快到的时候，我给先生打手机，正好他那边也完事了。一出地铁站，看见先生的车已经在那里等我。上了他的车，我们直奔签合同的办公楼而去。这时候是九点四十分，好在那个地方离地铁站不远。我们走进那间办公室时，还有几分钟可以喘口气的时间。这些地方一般会有免费的咖啡机和一些小点心，我还可以很悠然地为自己冲了杯咖啡，边喝咖啡边等办公人员出场。

十点一过，一个娴静的五十多岁的女士出现在我们的面前。一身职业装，却并不刻板严肃，脸上始终挂着亲切随和的微笑。她坐在那个大桌子的另一边，把已经准备好的一叠文档摆放在我们的面前。文字是顺向我们的，便于我们阅读。还是有一叠纸，但比上次签的那个合同薄了许多。里面多是些数字，房子的底价和总价，首付的数额，过户的费用，每月要还的贷款，房产税等，都很详细地罗列在里面。我们核对以后，就签上我们的名字。先生把首付的支票交给了那位女士。这个支票的数额比较大，必须是银行开出的很正式的支票。我们也要带来个人的支票本，以防还差了些钱，可以马上补上。这种时候差的肯定都是小钱，用个人支票就可以了。这一叠纸很快就到了最后一张，要签最后一个名字前，我请那位女士帮先生和我拍下签字的照片。这个字签过之后，我们就是那栋房子正式的主人了。先生还有些不好意思，那位女士笑着说，没关系，很多买家都请她拍这张照片，特别是女主人。

整个过程也就四十多分钟。我曾问过先生，上次买房时，签合同花了多长时间。他说二十多分钟吧。我想上次他是一个人签字，这回是两个人签，自然得多花点时间。也有花几个小时的买家，主要是个人财务上有这样那样的问题，拿贷款时就没少费劲。还有些人是喜欢问问题，耽搁了时间。大部分人走到这一步，已经是水到渠成，可以轻松登顶了。

大功告成后，我看了下手表，还不到十一点钟。美国东部的时间比北京时间晚了十二个小时，可就是在我的出生地，这个时候也还是四月十一号。

我提议去看看我们的新家。这才想起问先生，房子里有水了吗？先生说问题都解决了，窗玻璃也换上了新的。

对了，马克祝你生日快乐。先生又加了一句。

车停到了那排房子前。我走出来，站在门口，又让先生给我照了两张照片。房子跟上次见的没什么两样，但对于我们，这里不仅仅是个房子，已经是我们的家了。

我没进去看，怕耽误了上课。以后还有大把的时间，可以在这里安静地度过。

我又坐上了地铁，赶去上班。并没有按捺不住的激动和兴奋，在这个喜庆的日子里，只是静静地坐在那儿，眺望着窗外的景色，看明媚的春光，在树梢和街角流转。

还是觉出了些许的不同。以后去上班，或者带女儿进城，近了许多，也方便了许多。也知道我们将属于这里，在这些此时还陌生的街区，找到新的乐趣和欢喜。淡淡的喜悦，有如水中的涟漪，一层层地漾开。但一直没起波澜，依旧风轻云淡，时光在静静地流淌，原来还是一个平常的日子，正在简单安静地走过。也许这才是让我欣喜的地方，本该忙乱的一天，可以这样风平浪静地度过。还可以有这样的心情，悠闲地欣赏窗外的街景。

4

房子一过户，就要准备搬家了。

02　乔迁之喜

其实准备早就开始了。零散的东西已打好包，哪些东西要带进新家，已经一目了然。也买好了一些新的家具。二月总统节时，遇上我喜欢的那家家具店打折。本来只想去转转，没想到那天很有感觉，几十分钟里，就看上了好几件让我欲罢不能的家具，价格也很诱人。只是当时新房子还没盖好，这时候买下这么一堆家具，不知往哪儿搁。我试着去服务台问了一下，看他们有没有办法。这才知道他们有项服务，可以免费为顾客保存买好的家具三个月。顾客可以挑选送货上门的时间，只要不出三个月就不用交钱。我一算时间，三个月内我们的新房子应该过户了，这些家具可以直接送进我们的新家。因为我们要买的家具超出了他们要求的钱数，运费也免掉了。一件我原以为很麻烦的事情，就这样轻而易举地得到一个很圆满的结果。

房子本身的东西已经一应俱全，还是按照我们的心愿配备的，我们无需考虑装修和改造。但有两样东西我还是想在搬家前做好，就是刷墙和装上窗帘。先生对这两样东西都无所谓，可以全是大白墙和百叶窗。可我很在乎房子里的色彩，对于自己在乎的东西，自然兴致很高，不遗余力。

建筑开发商并不鼓励买家为新房子重新刷漆。新房子会有一个磨合期，有的墙面会出现裂痕或钉子外露等情况，需要修复，修复后就得重新刷漆。如果整个房子用一种颜色的油漆，修补起来会相对容易。这大概也是开发商在墙面的颜色上不为客户提供选择的原因，全都是米白色。如果我们刷成了其他的颜色，即使是在保修期内，墙面出了问题，他们只管修，不管刷漆。所以有些买家会等房子过了磨合期和保修期后再刷上不同颜色的油漆。但那时候人已经住在了里面，也是一大麻烦事。要挪家具，把墙上的画全摘下来，还要被油漆味熏上好几天。我想这房子也不至于出那么多的情况吧，宁愿在搬进来之前换上我们喜欢的颜色，也不愿意以后大动干戈。

简单的快乐：生活篇

最开始的时候我还想过亲自动手。我们没本事搭出个房子，在房子里涂抹油漆的本事还是有的。自己的家，总该亲手为它做点什么。

像 Home Depot 这样的商店为业余油漆工准备了一切有可能用到的物件。从脚手架、大大小小的油漆滚筒和刷子，到保护用的塑料薄膜、胶带等，应有尽有。上面都有使用说明，不用请教任何人，就可以刷出漂亮的房子。以前的房子里，女儿的卧室和洗手间就是先生和我自己刷的，都挺不错，看不出是业余油漆工干的。所以我对先生和我来承担这项工作相当有信心。

但最终还是改了主意。不是怕干不好，实在是没时间。我们十一号拿到钥匙，二十号就要搬进来，千头万绪，我们两个还要上班，不可能腾出时间去刷漆了，而且是大把的时间。这业余的跟专业的还是不同，至少刷得比人家慢。这二百多平方米的房子，每面墙至少要刷两次，我们大概一个星期也折腾不出来。而且刷整个房子的难度也高出许多，有的墙面有几米高，这样的挑战性对我们来说还是太大了。

我知难而退，开始物色合适的油漆公司。帮我们卖房子的经纪人给我们推荐了一个俄罗斯人开的公司。她说她亲眼鉴定过他们的工作成果，精细漂亮，几乎没有任何的瑕疵。我让先生跟他们联系。先生跟他们通电话时直皱眉头，挂上电话后告诉我，那人的英语实在难懂。先生都听不懂的英语，我这耳朵就更不灵光了。既然交流都有问题，最好还是另请高明。我转向表嫂推荐的那一家，老板姓孙，都是中国人，起码在语言交流上没问题。据说他们干起活来很认真，出来的东西不是十全十美，但请过他们的人都很满意。要价也不高，算是价廉物美。

我赶紧给孙先生打了电话。他正在施工现场，我把情况简单地说了一下。他过了不一会儿给我回了个电话，报了价钱，果然是不错的价位。我又跟他交流了一下想法，他很配合，也能听出他是一个懂行的人。我当时就拍了板，跟他定下了具体的时间。他说一共需要三天，我们星期四拿到钥匙，他们星期五开始工作，星期天完成。也许只有中国同胞能这么通融，把两天周末都能搭上，在时间上很将就我们。

油漆要我们自己准备。选什么样的油漆，什么颜色的油漆，要客户来定。有些人会花上几百美元，请专业人员来帮着选颜色和搭配。我想还是我来选吧，再参考下先生的意见，有谁能比我们自己更知道我们想要什么呢。再说时间上也不允许。那时已过三月中旬，二十多天后就要动工了，已经来不及跟一个陌生人你来我去地沟通协商了。

有几家商店的油漆可以选择。我们就去了离我们最近的 Home Depot，离新家不远的地方也有这家店，便于我们去配油漆。Home Depot 这类的商店是先生的最爱，在里面可以找到跟房子有关的所有的东西，也为那些业余的木匠石匠泥瓦匠电工油漆工绘图员园丁菜农等等预备了所有的工具和材料。先生每次进来都是流连忘返。这次我们直奔油漆区而去。到了那儿，先生很放心地对我说，你来挑颜色吧，你喜欢什么就挑什么。说完他就带着女儿去别处转悠了。

我一看各种颜色的小样，至少几百种，让人眼花缭乱，怪不得先生逃之夭夭了。进门的时候我并不是很确定想要什么，本想摸着石头过河，没想到这石头太多了。我站在这一堆比天上的星星还多的石头中间，还算镇静。放眼望去，我知道得先定下一个路线。东西南北，起码得先确定下方向，再开始朝着那个方向过河。

这么多的颜色，其实也就是两大类：冷色和暖色，也有一部分是中性的。我很肯定地知道，我们该选暖色的，也可以加进一些不冷不暖的色调。我们的房子里，地板、橱柜、台面、墙上的瓷砖和大部分的家具，以棕黄色和棕褐色为主，温馨淡雅的粉色、桃色、玫瑰色、粉紫、橘黄等，不仅跟这些摆设配件很搭调，也很容易营造出恬静的氛围。我们的孩子又是一个女孩，不是男孩，房子里也就可以绰约温婉一些。

定下了这个调子，我就把这些颜色的小样放进了一个大纸袋。还挑

简单的快乐：生活篇

了些棕色、黄绿色、米黄色、褐色、沙滩黄、淡栗色之类的颜色。大多是些小纸片，纸袋里可以揣进一、二百个，准备回家再做进一步的挑选。

把那些小样带回家后，我先沉淀了一下，没急着做决定。两天后，我找出一个整块的时间，静下心来，把敛回来的小样粗略地过了一遍。有些颜色极为接近，细看还是略有不同。我惊异于十多种基本的颜色，可以这样变幻无穷，调配出这么绚丽多彩的世界。每一种颜色都有一个可爱生动的名字，像是有了生命。这些美丽的色彩和名字在我的面前动了起来，带给我一种很灵动的感觉。我就跟着这感觉，在两百左右的小样中，挑出了二、三十种颜色。

多是春天和秋天的色调，这是我在挑选的过程中刚刚冒出的灵感。房子是在秋天买下的，签合同的那天，非常接近先生的生日，秋天也是先生最喜欢的季节。房子又在春天我过生日时过户，春天是我最喜欢的季节。春天的清新灿烂和秋天的沉实明艳，可以在我们的房子里相映生辉，又融为一体。

粗选出一些颜色后，趁着去房检，我们把这些小卡片带进新房子，现场调试。室内装配的颜色和光线的强弱，都会影响到颜色的选择。我们还跑进旁边的样板房，看看人家是如何搭配颜色的，现买现卖，活学活用。

我们最后选中了九种颜色。四间卧室和四个卫生间，分别用了不同的颜色，再加上一个主色调。楼道和几个厅堂用的都是主色调，这是从样板房那里学来的。因为这种颜色要串连起整个房子的脉络风格，我在做决定时，非常慎重。我挑出了几种颜色，有粉色系的，也有桃色系的，比在新房子的几面墙上，权衡再三。让先生帮着拿主意，他觉得那个桃黄色最好，粉色中加了黄色，更中性一些。深浅略有不同的三种颜色中，又挑了中间的。深的略微重了一些，浅的过于淡了，不深不浅的恰到好处。这一款颜色叫"浪漫的早晨",我很中意这个名字。早晨是新的一天的开始,饱含着新的希望。既然是浪漫的,一定也是温馨和甜蜜的。

主色调定下后,其他几种颜色也跟着明确下来。女儿的卧室还是用了粉色,这是她自己挑的颜色,还是亮粉,比其他颜色更明亮。本来桃色中也夹杂了粉色,这种叫"甜甜的蜜糖"的粉红色,并不突兀,又别具一格。隔壁那个房间,我就定下了粉紫色。紫色是我们一家人的最爱,粉紫既有紫色的底蕴,又跟毗邻的粉红搭调。名字也很好,叫"生日蜡烛"。房子是在我的生日过户,选这一款颜色,是悄悄留下的欢喜。跟这两个房间配套的那个洗手间,我很大胆地挑了鲜艳的紫红色,叫"春日盛开的鲜花"。在没有窗户的卫生间里,着色可以更深更靓丽一些,这样才能出来效果。

房子的这一边春光明媚,另一边就是"秋日絮语"了,这是主卧室的色调。比起春日的俏丽,这一款颜色深邃厚重了一些,也带了些恍惚慵懒的暖意。秋天黄澄澄的艳阳下,是一片黄澄澄的谷粒,静静地流淌涌动着收获的喜悦。

四月十一号拿到钥匙后,我去上班,先生去了 Home Depot,配好了九种油漆。第二天上午,孙先生带着刷漆的人赶了过来。是两对中年夫妻,都是江浙人,慈眉善目,温文尔雅。刷漆毕竟算是粗活,他们好像过于儒雅了,还有两位女士,我有些疑虑,特别是高难处的地方,他们是否能刷好。他们倒没露出任何难色,我就不去多想了。跟他们讲好我们的想法,哪儿要刷,刷什么颜色的,他们马上就开始工作了。我和先生出去了一趟,也为他们买好了午饭。我们回来送饭时,看见主卧室的两面墙上已经刷上了新漆,简直是娇艳欲滴。看那纸片上的颜色,绝没这么鲜亮,这"秋日絮语"怎么变成了夏日骄阳?到底不是专家,把握不好分寸,完全走了样。这好好的房子,不知要被我糟蹋成什么

简单的快乐：**生活篇**

样子。

　　这颜色，是不是挑错了？我向先生嘀咕道，也是给他打个预防针。

　　没关系，没关系。先生还算镇定，眼睛只是扫了一下那面大花墙，就不去多看了。

　　我看着每个房间里摆着的那个油漆桶，还有正在干活的四个油漆工，骑虎难下。已经开始了，总不能现在叫停吧？

　　要是这房子给刷坏了，你不会怪我吧？我心虚地看着先生。是我嚷着要刷漆的，颜色基本上也是我定夺的，责任肯定在我身上。我很老实地摆出认错的样子，把个大尾巴夹得紧紧的。

　　先生还是说，没关系，脸上却有些异样。他拉着我逃离了现场。

　　第二天中午，我们先去饭馆订了午饭，过来给他们送饭，顺便看看进展如何。一路上我心里都在打鼓，可又不得不去。进屋后，看到有一半的墙面已经换上新颜，颜色并不是那么突兀了，看着顺眼了许多。我夹着的大尾巴松了一些，底气也回来一些。

　　第三天快收工的时候，我们一家又过来了。这次来之前我没那么紧张，昨天看过以后，我知道就是不好，至少不会太糟糕。

　　进了房门，只有两位男士在，正在收尾。一层层地走上来，一间间地看过去，心里的欢喜越来越多。所有的墙面都刷过后，整体的效果就出来了，竟然有种蓬荜生辉的感觉。九种颜色，很和谐地欢聚一堂。平淡的地方不失亮色，明艳的地方并不张扬。整个房子比刷漆前亮堂了许多，还多了些喜气和暖意。不知是被这墙衬的，还是相由心生，先生和女儿的脸上也都光彩熠熠。

　　孙先生在旁边说，刚开始刷的时候，我们还有些担心，越刷越觉得你们还挺会挑颜色。

　　我自然很兴奋，夹了两天的那个大尾巴砰地落到了地上，又唰地翘过了我的头顶。

你老婆的眼光还真不错。我得意洋洋地跟先生说。

先生故意打岔道，是很不错，要不怎么会挑上这么好的老公。

什么呀，我白了先生一眼，我是说这颜色，刷过以后，漂亮了不少吧？

是很漂亮。先生承认道。

后来，朋友们来祝贺乔迁之喜时，没少美言我们家的墙面，先生总是乐哈哈地向人家倒出他最初的惊吓。

你们不知道，先生添油加醋地说，刚刷出第一面墙时，那颜色亮得晃眼，我没法睁眼，也不敢多看，心里嘀咕，这下完了，可又不敢说，这都是太太的主意呀，不能说不好。后来全刷完了，看着还挺不错的。大概是刚开始刷的时候，旁边都是大白墙，突然冒出个不一样的，特别刺眼。

先生这才敢道出真相。我的尾巴越翘越高，早就忘了当初的怂样，摆出一幅胸有成竹早知结果的样子。所有的赞美，甭管是真的还是客气话，我都照单全收。管他是真的假的，房子按照我们的意愿换上了新装，住在里面的三个人都喜欢这身新衣，这就是完美的结局了。

比起刷漆时的一波三折，挂窗帘要顺利了许多。我们一开始就定下了朋友推荐的一家台湾人开的窗帘店。这家店已经开了许多年，非常专业。也是有几百种选择，好在店主很有经验，帮我们出谋划策。我们正好已定下了油漆的颜色，选窗帘的花色时，有了一个参照物。窗帘的设计和布局，我"偷"了样板房的创意，都是从屋顶直落地板的长窗帘。全部拉上时，整个一面墙都掩映在窗帘下。厨房里的一扇小些的窗户上，只在窗户的上头配小半截的窗帘，起装饰的作用，这小半截的窗帘的花色要跟对面的四个大窗帘完全一样，这样可以遥相呼应。

所有的窗帘都是在北卡州专门定做的，再运回来，自然要花上一段时间。我本来希望能在搬进来之前挂上窗帘，房子的窗户又多又大，没

简单的快乐：生活篇

有窗帘遮挡一下，外面可以看得一清二楚。可制作窗帘需要确切的窗户尺寸，还不能提前动工。我看时间太紧，不想强迫人家，就是没窗帘，晚上可以少开灯，先将就一下。店主却很上心，算了下时间，还是有可能赶上我们的进度。她说既然有可能性，我们就要全力争取。一拿到房门的钥匙，他们就赶来量了尺寸，定下挂窗帘的滚木和套环的颜色，加上已经选好的几种花布，工厂就可以动工了，真是争分夺秒。

店主看过房子后，还建议我们在一扇向西的玻璃房门上固定上一层纱帘，既能透光又保护了隐私，西晒时还可以保护会晒到的木地板。另外，洗手间里的一个小窗户，和那个只有小半截窗帘的厨房里的窗户，最好加上百叶帘。我第二天去新家一看，发现她说的很有道理，只是还得再来量尺寸。给店主打电话，她说尺寸她昨天都顺带量好了。加了些东西，还是她的建议，却没让我们另外加钱。

我们要在之后的那个周六搬家，周五的时候，店主带着两个助手和刚刚收到的窗帘赶到我们的新家，开始挂窗帘。百叶帘是他们到了以后才收到的，店主运筹帷幄，两个百叶帘是直接快递到我们家的，才赶上了时间。我本来以为挂窗帘用不了多少时间，又来了三个人，还不一个小时就搞定了。店主却说要三、四个小时。滚木都要现场锯出合适的长度，再套上木环，才能把窗帘挂上。有的窗帘是两层，还要加窗帘盒和滑轨。大大小小十七个窗户，他们果真花了四个小时才装扮出来。每个环节都滴水不漏，丝丝入扣，完全保证了质量。

我不太喜欢华丽的绸布和雍容的附加部分，样式都是简单明了的，选的也多是淡雅的印花棉布，或丝棉混纺的布料。足够的厚度，却不显臃肿，垂感也很好，清雅飘逸。两个百叶帘，也都是用漂亮的上好木料制作的。店主并没因为免费送给我们，去选廉价的塑料百叶窗。更让我感激的，是他们赶在我们搬家之前，为我们装上了所有的窗帘。

还有另外的一个收获。他们在挂窗帘时，我们两个多月前定下的那批家具，也按我们的要求，送到了新家。

搬家公司早就定好了。幸运的是，那天是个大晴天，不冷不热，好像就该是个搬家的日子。搬家没有不辛苦的，但心里已是满满的喜悦，也就忽略了辛苦。

5

乔迁新居后，先生和我最担心的是女儿能否适应新的学校。很好的学区，应该是很好的学校，但女儿是否喜欢，就是另外一码事了。

上哪个学校，都是按住的地方分配好的。房子过户前，先生和我去了趟女儿即将入学的那家小学。学校的行政人员看了下我们买房的合同，问了我们女儿大约会在哪天报到，给了我们几页纸，上面是些简单的介绍和信息，转学手续就算办完了。因为太过简单，我怕漏了什么，问那位接待我们的女士，我们还要做些什么。

她很认真地想了想，说，你女儿第一天来上学，你可以过来看看，别跟她上校车，你自己开车过来。

我们星期六搬好家，隔了两天，星期一一大早，就得打发女儿去新的学校上学。

学校正常的开学时间是每年的九月初，当时已是四月底，班上早就有了各种朋友圈子，女儿快到学年结束的时候才来，不知能不能融进这个集体。对一个还不到六岁的孩子来说，这是一个不小的挑战。

吃过早饭，先生带女儿去校车点等校车。校车点离我们家很近，走一、两分钟就到了。他们一出门，我就开上车，去了女儿的学校。

停好车后，我站在入口处等女儿。一辆辆校车鱼贯而入，一拨拨孩子从四面八方涌过来，最大的也就十一、二岁，都还是小学生。我等了半天，也没看见女儿，不知是看漏了，还是女儿根本就没上了校车。我赶紧掏出手机，给先生打电话。刚拨通，就看见女儿兴高采烈地朝这边走来，身边还跟了个小女孩，两个人边走边聊，看着还挺亲热。女儿也看见了我，先把我介绍给那个小女孩，又告诉我，这是她在校车上刚交的新朋友。

这么短的时间就交到了朋友，是个好兆头。

我把女儿领进了接待室，见到上次见过的那位女士。她说女儿的班级都安排好了，带着我们去了女儿的教室。教室门前，一排排的书包挂在墙上。有一格空着，上面写的是女儿的名字。女儿很高兴地把书包挂在上面，跟我道了声再见，就进了教室，坐在给她安排好的座位上。班主任老师出来跟我聊了几句，也没特别嘱咐什么，就说给孩子准备一个文具盒，里面放些铅笔和彩笔，其他的事情就不用管了。

我走的时候，女儿正在跟她旁边的那个小朋友说着什么。四个孩子围坐在一个小桌子边，女儿俨然早就是这个小组中的一员了。

到了放学的时间，我早早地等在了校车点。女儿蹦蹦跳跳地下了校车，一看就知道她在学校过得很开心。往家里走的时候，她就开始兴致勃勃地叨叨她在学校的新伙伴，也很喜欢她的老师。我心里悬着的那块石头落了地。女儿很感性，遇上她喜欢的地方、她喜欢的人，她的积极性很高；遇上她不喜欢的，她可以变着法子抵触到底。

学校对待半路转学进来的学生还是很负责任的。进门很容易，就是我看到的那几个简单的步骤。进来后他们还会跟进很多的后续工作。他们会给每个孩子做评估，如果这个孩子身上有薄弱的地方，学校会安排额外的时间和师资，帮助孩子提高。譬如有从国外转学来的孩子，英语还不行，学校就要安排英语辅导，直到这个孩子完全过了这一关。在公立学校，这些辅导都是免费的。学校也有责任，在心理上帮助学生适应新的环境。女儿在这方面倒没让学校和老师太费心。后来跟她的班主任见面时，班主任说，小孩子来了总会有个适应期，或长或短，你女儿一下子就进来了，我很惊奇，她怎么一点磨合都不需要。

我想女儿是太喜欢这个学校了，如鱼得水。提起她的学校，她的老师和同学，她总是喜上眉梢，喜不自禁。还不忘告诉我们，她去过的学校和幼儿园里，这是她最喜欢的。

乔迁新居后，我逛街的兴趣从服装店换成了家具店装饰店。房子的空间比我们原来估计的要大些，多出了一些空当，给了我多添几件家具的很好的理由。墙上挂的画，家里的各种摆设，也是由我一手操办。辛苦奔波于这店那店，还要在网上搜来搜去，我却从不抱怨，还乐此不疲。要换作别的事情，我早就要叫苦叫累了。

很多想法是即兴而出的。去逛那家叫 Michael's 的装饰店时，看到那么多漂亮的花儿，虽然是假的，却很逼真，我就想到，可以在家里开辟出一个美丽的花园。

巧的是，所有的墙面烘托出的是春天和秋天的意境，都是鲜花盛开的季节；印花窗帘上，也是花团锦簇。那么，桌子上，台柜上，还有一些角落里，恰好可以"种"上更多的花。以春天为主题的地方，可以配上春天的花，秋色辉映之处，是秋天的花朵和果实，春华秋实，争奇斗艳。不同的花儿，还可以搭配不同特色的花瓶或花架。需要特别点缀的地方，可以放上大盆的引人注目的盆栽。小茶几上，就摆一个小巧玲珑的插花。不一定非要用花瓶。看到一个钢条编出的自行车，后车座上是个又圆又大的车筐；还有一条条编出的花篮，不是用柳条，而是用瓷器，都是盛花的好器皿。有些花可以不用器皿，电视机旁，书架边，可以直接伸出一枝长杆的花来，起到画龙点睛的作用。商店里，还可以买到各种活灵活现的小动物造型。小鸟、蝴蝶、蜻蜓、甲壳虫、小乌龟、猫头鹰、兔子、猫咪、松鼠……可以让它们爬在树枝上或花盆上，也可以把它们夹在花瓣上，或是贴在墙上。这里既有了花园的美丽，又有了花园的情趣。

简单的快乐：生活篇

　　房子外面是个花园，房子里面也是一个花园。也许以后有了其他的创意，那可以重新打造另外的一个世界。像 Michael's 之类的店里，总是可以寻觅到很多价廉物美的东西，不需要太多的花费，就可以成就一个美好的蓝图。家之所以让人依恋，是因为在这里，可以长久地留存一些东西，包括最私密的念想和物件；又可以在这里，随心所欲地改变一些东西。可以有新的梦想，又可以不断实现这些梦想。

　　第一次去看样板房，很喜欢人家的设计搭配，心里还想过，不如就买这个样板房，什么都不用操办了。搬进自己的房子后，又觉得还是这样好，有个地方，可以让我们焕发出对生活的热爱，发挥所有的创造力，倾注所有的感情。一个可以称之为家的地方，一定要是自己的心血之作。每一样东西，大的小的，都会让我想起看到它们时的惊喜，和决定把它们带回家时的甜蜜。房子里的内容越来越丰富，却并不急于在短时间里铺设好这里的一切，更愿意像燕子衔泥那样，一点一滴地建造自己的家园。细水长流的幸福，更有可能天长地久。

　　女儿和我都是一开始就爱上了这里。先生有些慢热，当初决定搬到弗吉尼亚，好像也是为了成全我的愿望。虽然他并不排斥这里，我还是希望，他也真正喜欢这里。

　　我们的房子刚过户，还没出一个星期，先生收到公司发的邮件，通知他们必须在一个月内换到弗吉尼亚的办公室去。本来公司还让他们自己选择，也可以留在马里兰。突然又决定一刀切，这对住在马里兰的员工来说，绝对是个坏消息，上班的路途一下子长出来不少。而且华盛顿这一带堵起车来也挺严重，如果家在马里兰，却在弗吉尼亚上班，那是最糟糕的情况。马里兰的房价相对低一些，弗吉尼亚的工作机会更多，每天早上，马里兰往弗吉尼亚开的路上车满为患。下班时的高峰期，堵车的方向反了过来，不少路段成了蠕动缓慢的停车场。若是我们还住在马里兰，赶上这样的拥堵，先生每天花在路上的时间，差不多要两、三个小时。我们搬进新家后,按公司的要求,先生去弗吉尼亚的那个办公楼上班,坐地铁的话,只要一站路,开车的话也就十分钟。先生本来是为老婆女儿跑到这边买房子,没想到最大的受益者,恰恰是他自己。

有了一个这么大的转折和契机,先生对这房子的好感增加了不少。住了一段时间,他越来越觉出了这房子的可爱。先生最看重的是房子是否实用,住在这里是否方便。除了上班,我们最常去的商店超市和饭馆,都离这不远。加上看医生、车检、加油等等,日常生活中需要去的地方,开车一、二十分钟基本都能到了。先生最怕住在前不着村后不着店的地方,去哪儿都得长途跋涉。再加上地铁和几步之遥的高速路,迅速扩大了女儿的游乐版图。先生也就时不时地回家感叹一句,这地儿真好,去哪儿都方便。说起住在这里的好处,他列出的单子,竟然比我的还长了。先生轻易不动感情,一旦动了感情,就越爱越深,海枯石烂不变心。

不经意间就在这里住了一年。一年里房子未出什么大的问题,只冒出些新房子都会有的头疼脑热之类的小毛病。有几扇门窗开始发福,需要瘦身;还有几颗钉子耐不住寂寞,从天花板或墙面上伸出了小脑袋。开发商派人上门,免费解决了所有的问题。修理完后,只有几小块油漆需要自己补上,先生很轻松地就应付了。我觉得很幸运,幸亏搬进来之前就刷上了我们喜欢的油漆。

房子的价格,从我们买时的七十万长到了八十万。开发商尝到了甜头,又加盖了几栋公寓楼。本来公寓房不如连体房抢手,这里却是门庭若市。一开盘,买家远远超出了房子的数量,想要的话,还得去竞标。看这架势,会误以为美国的房市又热火朝天了。朋友们说我们会挑房子,捡了大便宜。我还不领情,美国是要交房产税的,房价升了,我们得跟着多交税钱。不管怎么说,这还算是好事,房子抢手,至少说明这里的人气很旺。

简单的快乐：生活篇

　　一年里我们跟街坊邻居熟络了许多。住在这里的人，多半在华盛顿市内或周遭工作，也是图这里交通方便。这样的价位，至少中产阶级的家庭才能负担得起。住进来以后才知道，这片小区里的一些房子，是十四万买进的。这些房子相对较小，但也有一百多平方米，又是在一个很好的地段和学区，用这样的价钱，就可以买下一个三层的新房子，还是让我吃惊不小。原来美国很多地方有这样的政策，盖房子的时候，一定要为低收入的家庭留出一定比例的房子。当然哪天他们要往外卖房子时，也不能走市场价，还是要低价卖给低收入的家庭。房子只是其中的一部分，生活中的很多方面，低收入的人或家庭，也在享受着各类的优惠福利。这美国走的路子，不知是资本主义的还是社会主义的。或许跟什么主义都无关，只是强烈的平民色彩和平民意识。很难遇上那种自以为高人一等的人，也无需特别仰视什么人，每个人都有自己的特色，都是美好的生命，人生来也该是平等的。

　　喜欢住在这样的地方，无需去攀比什么，也不需要去证明什么，都是普通人家，过着平民百姓的简单朴素的生活。

　　女儿在这里交上了很多朋友，放学以后，或者周末，可以走到朋友家去串门。这是我们所期望的，女儿在成长时，近在咫尺的地方，能有一些跟她年龄相仿的玩伴。小孩子们都喜欢去一排排房子围住的那个大花园玩耍，无拘无束的绿草坪上，他们可以开心地奔跑追逐，尽情挥洒年少时的快乐。孩子们嬉闹时，家长们就在旁边聊天，或站或坐，也可以一起散步。养狗的人们会来这里遛狗，还有一只可爱的大白兔常来这里凑热闹。这些动物们，在这里成了公共宠物，谁都可以去摸去抱。陪伴女儿的同时，我也有了更多的见识。追逐着女儿跑动的身影，一眼望过去，看见的，不仅仅是一个大草坪，还是一个广阔多彩的世界。这里人来人往，有些是土生土长的美国人，也有很多人跟我一样，来自世界的不同角落。喜欢这样的地方，不同文化背景的人们，可以在这里和睦相处。脚下是肥沃的土壤,不同的文化可以在这里生根发芽。开出的花儿,绽放着故土的芬芳,又用不同的风土人情,点缀丰富了别人的世界。

这里并不是十全十美,但我们在这里收获了那么多美好的东西,也就没有了再去抱怨什么的理由。一路走来,因为有那么多人的善意和成全,从买房到乔迁到建造新的家园,才可以这样顺心顺意。不断有惊喜,又留下了许多美妙的回忆。更让人欢喜的是,一个很不错的房子,还有很好的环境和位置,却没有贵得离谱。一个中产阶级的家庭,承担这样的一个房子,还没有心力交瘁,无需为付首付和还房贷愁肠百结,还有时间和心情,去享受这个房子带给我们的欢乐。并不是一个遥不可及的梦想,实现梦想和享受梦想的时候,才能有这样的轻松惬意。

因为简单,才有了更多的快乐。

03　不拘小节

记得在北京时，遇上吃西餐的机会，饭桌旁的人们多是正襟危坐，很优雅很小心地用着餐具，好像都受过专门的训练。我在临出国前赶紧补上了这一课。去美国之前，我的英文老师怕我出丑，专门给我上了一堂礼仪课，教我如何吃西餐，如何使用刀叉。

来美国以后，很快发现没人在乎我是怎样用刀叉的，只要别搞出太大的动静别伤着自己，一般还吸引不住别人的目光。而且美国人用刀叉的姿势手法也不是统一的，有的笨拙一些，有的优雅一些，只要能把食物切好放进嘴里，就算大功告成。不管吃相如何，有一点倒是共同的，吃东西时都是闭着嘴吃，不会发出吧唧吧唧之类的声音，吃面条或喝汤时也是静悄悄的。可以边吃边聊。美国人喜欢组织工作餐，面试招人时也会有共进午餐或晚餐这个环节。吃饭的时候总该更随意一些，气氛也就更轻松热烈。美国人在这种场合多是放开手脚的，不会吃得小心翼翼遮遮掩掩，总是给人大大咧咧的感觉。其实这种时候他们还是粗中有细的。在跟别人说话时嘴里不能有食物，最好先把嘴里的东西咽下去再开口说话，这是起码的礼貌。

美国还有很多东西是可以下手抓着吃的。像汉堡披萨三明治，还有鸡翅之类刀叉不好伺候的食物，不如直接用手抓着吃。美国人在这点上的顾忌会很少，特别是在那些可以来回走动的Party上，很多东西都可

03 不拘小节

以被划进手指食物。你不这样做倒显得有些与众不同。有个经典的例子，说到一个中国人跟两个美国人一起吃披萨。披萨上来了，俩美国人下手就抓。中国人是不好意思这样吃的。她把披萨夹进了盘子，用刀叉很精细地切成小块，然后用叉子送进嘴里，慢慢地咀嚼。两个美国人看得一愣一愣的。在不该优雅的时候优雅了一把，反倒出了洋相。

不拘小节的美国人还会有更夸张的举动。既然有些食物是可以用手吃的，食物进了嘴里，手指上总会有些残余。一般美国人这时会把手指放进嘴里，吸吮干净。这番吃相也会把中国人看得一愣一愣的。

美国人在家里开 Party 时，除了吃相上不拘小节，形式上也颇随意。自己开了门进来，楼上楼下后院可以任你走动。没有上座下座之分，因为一般的 Party 的规模是一二十人到几十个人，大家一般不会围在同一个桌子边，可以随便乱坐。也没有人来给你敬酒，更不会有人为你夹菜夹饭，酒水饮料食物都集中摆放在一个地方，想吃什么吃多吃少都主随客便。有些 Party 会有个开场白，有的时候差不多就开始了，邀请时已经说了为何举办 Party，大约什么时候开始，不用再多此一举。到点开饭，先来先吃。先吃的人不会为迟来的人刻意留存食物。Party 上会有充足的供应，很多客人会带个菜来，随时有新的东西进场，后来的人也饿不着。在美国人家里做客千万不能客气，你说不饿或吃饱了，他们也就真的认为你不饿或吃饱了。

吃只是一个方面，美国人在生活的方方面面都可展露他们不拘小节的特性。生活中常会看到美国人不拘小节的创意，可以把创造性和轻松随意很好地结合起来。

美国一般的政府部门和一些公司对工作人员上班时的着装是有要求的。男士西装革履，女士也着正装。穿正装特别是配上高跟鞋，有些事情做起来就有了约束。不过不拘小节的美国人总会找到应付的办法。我在纽约州政府实习时，中午出来放放风，周围不少利用午休时间出来散

简单的快乐：生活篇

步做运动的人。很多人上面衣冠楚楚，下面却配着一双运动鞋。一个个还都挺胸抬头春风满面，没有人觉得这身不伦不类的打扮有什么不妥。后来搬到华盛顿，坐地铁去上班时，也时不时地在地铁车厢里见到这类装扮的人。踩着高跟鞋走路总是不方便，美国人是不会顾忌这个面子的。当然很多人在办公室里还有备份，上班时会换上跟衣服相配的鞋子。

还有一个创意也让我大开眼界。有一年过圣诞节，去参加先生家的家庭聚会。先生的姐姐、姐夫一人扛了一个垃圾袋来，还是那种黑色的大号垃圾袋。进门后把垃圾袋往地上一放，打开后露出一堆花花绿绿包装精美的圣诞礼物。原来是礼物太多不好拿，垃圾袋的胃口大，一下子能塞进不少的东西，方便搬运。后来我发现干这事儿的还不乏其人。用垃圾袋装礼物不知是谁的创意，这倒是很符合美国人的风格。

不拘小节似乎是不上大雅之堂的习惯，想培养个绅士淑女什么的，肯定不能往不拘小节的路子上走。可是当你的身边多了些不拘小节的人，你又会觉得生活中多了些轻松和快乐。

04　车轮上的国家

美国被称作车轮上的国家，在大多数地方，没有车简直寸步难行。如果哪个土生土长的美国成年人说他不会开车，听到的人多半会惊讶万分。美国人也喜欢驾车旅行，四通八达的高速路衔接着一个又一个绚丽多彩的旅游梦。有的美国人甚至在退休之后买个房车，把余生交给了车轮上的梦想。

1

一到美国，我就琢磨着考个驾照。

我当时居住的城市奥尔巴尼是纽约州的州府，据说纽约州和加利福尼亚州的驾照最难考，不过不论在哪个州考，都得先过笔试。只要是在上班时间，这种笔试随到随考，都不用电话预约。我到了考试地点，简单地填了一张表，工作人员用电脑帮我照了相，存储了我的材料，这就算是挂上号了。考官是个中年女士，她和蔼地问我想用什么语言考，我这才知道这里除了英文考卷外，还有中文等其他语言的考卷，由我们自由挑选。中文是我的母语，要比我的英文好太多了。既然这里有中文考卷，我当然选中文的了。考官抽出一份考卷，让我自己找张桌椅去做题，没有时间限制，她也没有监督我，埋头做其他事情去了，百分之百

简单的快乐：生活篇

信任来考试的人。我大体看了眼考题，大约二十道题，全是选择题，主要是一些交通规则。因为事先准备时用的是英文材料，现在用中文去理解，反而绕了个弯子。特别是这份考题的中文让人有些不知所云，加上有些内容非常偏，我想没几个人知道答案，我更是一无所知，只能连蒙带猜。考官接到我的考卷后当场阅卷，几分钟后她遗憾地告诉我，我多错了一道题（及格线是答对15道题），没考过。话音刚落，她又抽出一份考卷，让我再试一遍。这真是新鲜事，我怎么也不会想到她这么快又给了我一次机会。这次我做得很认真，考官阅完卷后，笑着恭喜我考过了。我交了几十美元的手续费，这是从笔试一直到路考的全部费用，我又稍等了片刻，就拿到了我的临时驾照。

　　有了临时驾照，只要旁边坐上一个有正式驾照的人，就可以上路开车了。很多美国人没上过驾校，是由家人或朋友教会开车的。至于你究竟要学多长时间才能去路考，也没有人管你。我有个朋友，从摸车到路考通过，总共才用了两个小时。不过绝大部分人肯定会花比这长的时间去练车。因为是在大马路甚至高速路上学的开车，所以一般人在路考通过后都可以轻轻松松地上路了。开始我还觉得美国人太放心大胆了，愣是让这些没有任何经验的人把车开到了马路上。后来我自己亲身经历了一番，才感觉出了其中的可取之处。因为谁也不会拿自己的生命当儿戏，新学开车的人一般都万分小心，而且对学车的人来说，只有经历过实战，才能真正掌握应付各种路况的真本领。

　　在去参加路考之前，还要去听五个小时的安全知识课（这是纽约州的规定，美国大部分州都没有这个要求）。因为每次有人数限制，所以需要电话预约。听课的地点是固定的，教室不算大，能坐下二十多个学生。主讲教官先给我们讲了一个悲惨的故事，而且这是发生在他自己身上的一个真实的故事：在他十三四岁的时候，一个人酒后驾车，撞死了他亲爱的妈妈。这个开场白足以提醒我们在座的所有人，以后开车时一定要遵守安全规则，不要给别人，也给自己造成悲剧。后来我把这个故事讲给我的好朋友听，她是两三年前在奥尔巴尼考的驾照，她说她当年也是听的这个教官的课，而他讲述的是同样的故事。我想州政府聘用他来当教官多少考虑了他的这个背景，只是难为他年复一年地讲述那个故事，不断地把内心的伤口裸露给别人看。他讲课讲得很认真，中间有三次休息，基本上讲满了五个小时。听完课后当场又要做一份考卷，就是考教官刚刚讲完的内容，有二十多道选择题，教官也是当场阅卷，通过了就发给你一个证明，没通过还得再听五小时的课。我这次做得不错，几乎是全对。教官刚对我表示了祝贺，却发现他手上除了我的一份考卷，没有我的其他材料。原来我听课之前应该先到他那儿报到，把我的临时驾照交给他。教官问我什么时候进的这间教室，他不知道我是否听够了五个小时的课。这时候坐在我身后的几个美国女孩起来给我作证，证明我从讲课开始时就坐在这里了。教官只好让我先在旁边等一下，待他给剩下的人发完合格证后，他又把我带回报到处，给我补办了手续。

　　我拿到了笔试和听课的合格证明，车也练得差不多了，于是踌躇满志地去参加路考。因为几个教我开车的朋友认定我开车已没有任何问题，所以我是志在必得。路考也是在马路上，考官很严肃地坐进我的汽车，我按照他的指令完成各类动作。除了一般的行驶外，考官还让我做了三点转和平行趴车，这属于考试内容中难度最大的（在很多州没有这两项内容）。大约十分钟后我把车开回了出发地。我自我感觉良好，可是考官却告诉我没有通过。他说我开得非常好，平行趴车做得非常漂亮，但他不能让我通过，理由是我在一个"停"的标记前没有足够的停止。他的回答让我莫名其妙，我在每一个"停"的标记前都停了同样的时间，为什么他就认为其中的一个有问题呢？而且这是考车的人特别注意的地方，我怎么会犯这么小儿科的错误？后来我才知道了个中原委，有几个朋友得知我路考没过，笑着告诉我他们第一次也没过，其中

简单的快乐：生活篇

有一个朋友还在北京开了好几年的车，她第一次未获通过的理由跟我一样，而有的人什么理由也没得到，考官就是说让他再来考一次。原来考官看你开得太自信太顺畅，往往在第一次不让你通过。因为在马路上出事的，往往是那些自认为车开得不错的人。考官只是用他们自己的方式给这些人提个醒儿。

路考的第三天我就飞回北京了，所以我的第二次路考已经是两三年后我重回美国的事情。这次路考我可不敢像第一次那样掉以轻心，加上两三年里没开过车，来美国后练车的时间又很短，到了考车地点，我突然紧张起来。陪我来的朋友想办法让我放松下来，还笑着问我今天谁最可怜，我说当然是我最可怜了。朋友说其实他最可怜，那天天气挺冷，我路考时，他还得站在马路边挨冻——在美国路考时，一般不会让陪着来考试的人坐在车上。这时候考官坐进了我的车里，我的朋友理所当然要下车了，考官却问我是否想让朋友留在车里，我赶紧点头称是，一是怕他挨冻，二是给自己壮胆。接着我把第一次考车失败的记录拿给考官看，但也不确定能否挣上这个同情分，因为有不少人考了三四次，有的人甚至考到五六次时才通过。车子启动了，没想到一开始我就犯了错误。我光顾上作秀给考官看了，譬如调整后视镜和安全带，车子拐出来时不忘打灯，扭头往后看等等，以证明我有很强的安全意识。大概我演戏演得太投入，考官在旁边说什么都没听见。他让我在前边的路口往右转，我却自顾自往左转了，急得我的朋友在后面大叫右转，右转，考官很严厉地对我的朋友说，不准说话。我心知不妙，手脚更加不灵便了。这时考官让我把车停下来，我不明白他葫芦里卖的什么药，这还没开回出发地怎么就让我停了呢？于是我自作主张继续往前开，逼得考官连说几个"停"字，等我把车停下来了，才明白他是想让我在这里做三点转，而我以前练车时都是边开边转。碰到如此不听话的考生，我猜想考官不会放我一马了。更要命的是我"善"始"善"终，到了最后关头我又犯了错误。开回去的路上有个右转弯，以前朋友们都嫌我转弯的速度太快，说照我这转弯的架势肯定考不过，所以实战时我有意放慢了速度，偏偏这个右转弯碰上上坡，因为油门睬得太轻，我的车子几乎要停在马路中间了。火眼金睛的考官自然把一切看在眼里，到了目的地，他告诉我这样转弯太危险，跟在后面的车会撞上我的车，我得回去好好练练。一听这话我的朋友和我都觉得彻底没戏了，蔫蔫地像霜打的茄子。这时候考官递给我一张从手提电脑里打出来的纸条，告诉我可以带着这张纸条自己上路了，而且他们很快会寄给我带有我的照片的正式驾照。我的朋友挥舞着双手朝我大叫，你考过了，我也转过神儿来——我竟然考过了！这个结果太意外，我恨不能抱住考官狂吻一番。突然想起我的包包里还有一个从中国带来的小挂件，于是把它送给了考官，他高兴地接受了这份小礼物。考官先生把好运给了我，我也特别希望这个吉祥物能给他带来好运。

2

因为已经有了实战经验，我独自上路时并不紧张。有个朋友提醒我，拿到驾照的前三个月最容易出事，我听了不以为然，但不幸被他言中。他这话说完没几天，我就在路上捅了娄子。

那天我开车去一个朋友家，要左拐的时候有个"停"的标记。我当然老老实实地停下，左看右看，确定主路上没车时，我开始左转。这时候主路上开来一辆车，速度还挺快，我一下子懵了，好在下意识地踩了刹车，但不是急刹车，是慢慢地停下来的。到底是新手，反应不够快。如果我能来个急刹车，两辆车可能都碰不到一起，而我的慢动作把对方的车刮了个大花脸。我的车只是在右前角上蹭掉了一些油漆，没有大碍。车上是一个三十多岁的女士，她下了车，看到她的汽车破了相，很生气地问我,你为什么在"停"的标记前不停车?

对不起,我嗫嚅道,可我在"停"那里停了。我心里十分抱歉,可也不能把白的说成黑的。

她确实停了。我身后传来一位男士的声音,我转过身,看见一位五六十岁的男士朝我们走过来。他说他住在旁边的那栋房子里,当时正在门前的花园里,看见我停过车。他还说他已经给警察打了电话,警察应该很快就到。说完他就走了,我都没顾上对他说声谢谢。

等警察的那会儿功夫,那位女士和我互相交换了彼此的汽车保险信息。

几分钟后,一辆警车呼啸而来。是一个年轻的警察,停下车后,并未下车。他让我们两个当事人把各自的驾照和汽车的登记卡交给他。我还没收到正式的驾照呢,就把那张小纸条递给了警察。警察大概还没遇见过这么快就犯错的新手,一脸狐疑地问我,这是什么?

这是我的驾照。我小声回答道,底气有些不足。

警察坐在车里,掏出电脑,噼里啪啦地打着什么,大概是核对两个人的信息。接着又在纸上写了些什么。没用多长时间,他把我们给他看的东西还给了我们。那位女士拿了她的东西后,转身上了她的汽车,很快开走了。

我还愣在那里。我发现我拿在手上的,多出了一张事故报告,很简单的几句话。

那我下一步该做什么?我一头雾水地看着警察,总觉得是自己做错了什么,不知道是不是还要去法庭。

你如果想修车的话,可以联系对方的保险公司。警察说完,也离开了现场。

那时候我刚到美国不久,根本搞不明白该如何应付这种事情。我也上了车,开到朋友家。见了朋友,我把情况向她复述了一遍。她说警察又没给我开罚单，我肯定不用去法庭了。如果我在"停"那儿没停，那会是我的责任。估计那个目击者在给警察打电话时，已经为我作了证，要不这事儿可说不清了。我心里很感激那个好心人，对那位女士还是有些过意不去，自然也就没把这事报告给她的保险公司，更不会让他们去给我补那块蹭掉的油漆了。

那位女士倒是给我的保险公司打了电话，要求修车。保险公司要求我把事故的经过写下来，再附上警察报告的复印件，一并寄给他们。既然警察没说是我的责任，他们也就一口回绝了对方的要求。保险公司都是能不掏钱绝不掏钱，若是能有理由多要钱，也绝不含糊。因为有这次事故，我第二年的保险费就上涨了，而且持续了三年，三年里没再出其他事故，保险费才降了回来。

这次事故没把我吓住，我还是照常开车出门。因为不开车的话，实在不方便。开得多了，经验也就多了，应急能力也跟着提高了。但我认路的能力一直停留在小学水平。我的方向感极差，开车出门，如果是去一个新的地方，不定什么时候就走丢了。方向感颇差的我还是不惧怕独自上路，因为无论丢在哪里，总能遇上好心人的帮助。他们总是耐心地告诉我丢在了哪里，如何找到我要去的地方。有一次我从华盛顿开车去纽约，一不留神拐到了另外一条高速路上，最后开进了一个陌生城市的一个商业区里。正好有个小伙子从一家饭馆出来，我赶紧停了车跑去问路。美国人做起事来常常一板一眼，他拿过来我手上的那张地图，铺在他的汽车上，先问我目的地是哪里，这架势像是要帮我把所有的路线都理出来。我赶紧告诉他，我只要上了往北走的95号路，剩下的路怎么走我都知道了。这对他来说倒是个难题，他想了想，说还真没有一条很清晰简单的路线，我搞不清楚的话，在这个陌生的城市很容易再次走丢，不如我跟上他的车，由他把我带回我要找的那条高速路。但他是出来吃午饭的，还得回去上班，不能陪我上高速，他会在上高速前的那个路口右拐出去，我只要继续往前开，就上了 95 号路。

我跟上他的车，果然是七拐八拐，正在我担心跟丢了的时候，我看见他从车里伸出左手向我打手势，指着前方，然后他的右转的车灯亮了起来。我想他这是告诉我前面就是高速路了，就没跟着他往右边并，继续前行。我们擦车而过时，他向我伸出大拇指，我朝他挥了挥手，表示感谢。没有他的帮助，我哪能这么顺当地找着了北。

时不时迷路的我为此赚回了不少让我感动的小故事。有了 GPS 导航仪后，这样的机会也就少了许多。但出门在外，除了迷路，总会遇上这样那样的事情。我们需要别人的帮助，别人也需要我们的帮助。有次我们一家三口出门时，正停在一个红绿灯前等绿灯，先生突然开了车门，跑了出去。原来是反方向的那条路上的一辆车出了故障，发动不起来了。先生跑过去帮他推车，紧接着又有几个人下了车，几个人齐心协力，那辆车终于开了起来。我们这边的红灯早就变成了绿灯，前面几辆车的司机都在那推车，那几辆车挡住了后边的汽车，但后面没有任何人按喇叭催促。

在我们需要帮助的时候，能够得到别人的帮助，还是陌生人的帮助，哪怕只是件很小的事情，也会留下丰厚的感动和回忆。

3

因为有太多的汽车和太多的出行梦，与汽车和出行有关的服务也应有尽有。每年花几十美元就可以成为旅行组织 AAA 的会员。如果开车出外汽车出了问题，甚至是把车钥匙锁在了汽车里之类的小问题，AAA 都会派人在最短的时间内赶来解决问题。AAA 还会为会员免费提供美国各个地方的地图和旅行指南。厚厚的旅行指南除了详尽地介绍你所要去的地方，还会标明当地各类旅馆、风味餐馆等的特色和联系方式，作

04 车轮上的国家

为 AAA 的会员，在很多地方还可以享受打折优惠。类似于 AAA 这样的组织在美国有不少。

跟汽车配套的设施相当丰富，开车出门也就更加的方便。加油站到处都有，人多车多的地方，加油站也多。如果是在远程的高速路上，每开过一段路就能看到加油站的标示，一般不用担心汽车找不到吃饭的地方饿了肚子。汽车吃饱以后，车上的人也可以在那吃点喝点什么。高速路边的加油站一般连着休息站，可以在那里买到吃的喝的。城里的加油站边，也会有个小店铺，出售各种零食和饮料。在美国绝大多数地方，都是自己给汽车加油。学会开车后，还得学会给汽车喂饭。有问题的话，加油站的人也会出来帮忙，但一般情况下都是自食其力。能有本事把汽车开到路上，给汽车加个油就不在话下了。加油器边还配有刷子、清水和擦车用的纸巾，都是免费的。如果汽车的车窗脏了，加过油后，可以顺手清洗一下。

美国停车场也很多，而且很大。除非是在大城市或市中心，停起车来有些费劲，大部分地方不用担心停不了车。车位也足够宽敞，进个卡车都没问题，更不用说轿车了。这样的便利也降低了很多人的停车水平。我发现很多美国人停车的本事不大，没机会练高难动作，水平自然不高。我在考车的时候，平行停车做得几近完美，拿到驾照后，出门停车，极少用到平行停车，基本上是直不楞登地停进去，久而久之这个本事就没有了。偶尔碰上非得这样停车，我都是好一番折腾，才能歪七扭八地把车给塞进去。

美国的路标也很明晰，一目了然，特别是高速路上，提前很多就会告诉你你要去的地方离你还有多远，快到了的时候也少不了提醒你，使你不至于到了跟前才手忙脚乱地并道。这样减少了车祸的发生，也让很多人少走了冤枉路。

4

在美国，汽车的数量快赶上人口的数量了。这么多的汽车在马路上奔跑游荡，出问题起争执的机会也多出来不少。但是相对于拥有汽车的庞大数量而言，美国发生车祸或事故的比率并不算高。

减少事故的最好办法，大概是大家能按游戏规则出牌。交通法规就那么几条，每个国家都大同小异，谁都可以背得滚瓜烂熟。如果大多数人能老老实实地遵守，道路就顺畅了许多。遇上触犯法规的，严加惩罚，对被罚的人来说未尝不是件好事。

先生二十多岁的时候，跟他的弟弟去酒吧，多喝了两瓶啤酒。据他说只是多喝了两瓶啤酒，并没喝太多，白酒沾都没沾。回家的路上被警察拦了下来，一测酒精浓度，超过了正常指标。之后的三个月里，每个星期六他都要去上学习班。这三个月没白学，我认识他之后，发现他在这方面特别小心。去饭馆吃饭，或是去参加聚会，他最多喝一小瓶啤酒，有时候还得先确定我能把车开回去，他才敢喝。我跟他说，警察还真给你好好地上了一课。他开玩笑说，是呀，我是学到些东西，下次喝过酒后，遇上警察叫停，我可不会停了。

先生嘴上这么说，在实际生活中可不敢再犯这种错误了。每个星期六都得去听课，又不是什么好事，他再也不想惹这麻烦了。而且他喝的并不是那么多，当时头脑是完全清醒的。我心想你要是再多喝点，受到的处罚就要比这重多了。

我读书时有个美国室友，从来不见她开车，出门的时候就骑自行车，遇上刮风下雨很不方便，要想去远一些的地方就更不方便了。开始时我还以为她没钱买车，后来另外一个韩国室友告诉我，她出过事故，驾照被吊销了。具体是什么样的事故，韩国室友也不知道。先生若是喝得更多些，也很可能丢了驾照。什么时候能重新申请驾照，得看情节的严重程度。在美国大部分地方，没车跟没腿一样，很多没腿的残疾人都是自己开车。不能开车的话，做什么都不方便，所以想开车的话，最好的办法是不以身试法。

每次在家里开 Party，我都会准备一些低度的酒水。如果是自己开车来的，一般不去碰这些酒水。有的人会喝一点点，适可而止。绝大部分人并没出过事故，也没因为喝酒被罚过，都是在自觉遵守。

除了硬性法规，软性的礼让对道路的疏通也能起到很好的作用。

有次我开车回家，过了一个路口，两条线会并成一条线，右边的一定要并到左边来。我前面的那辆车，死活不让右边的并进来。我已经让开了距离，右边的那辆车可以并到我的前面，那个司机却死活要并到我前面的那辆车前。两个人谁也不让谁，我眼瞅着两辆车碰到了一起。虽然人没伤着，但他们这下谁也走不了了，都得停在路边，等警察过来。

这种情况并不多见，绝大多数情况下，遇上要并道或换道的车，后面的车会故意慢下来，让那辆车并进来。对后面的车来说也就慢了几秒钟，是举手之劳，对并道的车来说是解了燃眉之急，并进来后，车里的人会摆下手，表示感谢。如果不是在十字路口，停在路边等着右拐进车道时，右边车道上的车，也多半会让一下，让那个车进来。抢路的情况很少发生。给行人让道似乎是天经地义的事情。我住过的马里兰州，汽车要等行人，还被列入法律范畴。没给行人让道，就算触犯了州法。

遇到危急情况时，更需要大家都能礼让一下。有一年我们这里暴雨成灾，不少地方停电。第二天开车出门，好多路上有刮倒的树干或刮下来的树枝，两三条线挤成了一条。开过来的车没哪辆是争先恐后的，都是你让我让你，或者自觉地排出一条车队。虽然速度慢了些，但一辆辆车也都从路障边顺利地开了过去。

到了一个很大的十字路口，从四个方向来的车都不少。因为停电，红绿灯不起作用了。但所有车都很规矩地在那排队，按顺时针方向转圈，一边过一辆。马路中间并没警察指挥交通，但大家都一板一眼的，一直没出现堵塞的情况。这时候哪怕有几辆车不愿按顺序走，肯定会乱成一锅粥。

每次发生比较严重的自然灾害，就是没有了交通灯，路上依旧井然有序。

这本来就是一个很简单的道理。你不让别人，自己也过不去。你让了别人，帮的也是自己。

5

美国的汽车很多，但高档车并没那么多，卖得最好的是丰田和本田。如果在一个社会里，一个人的价值无需用开什么车来证明时，那更多的人会更在乎汽车的性能、价格，是否是自己喜欢的，是否适合自己。相对来说，后来移民过来的人，比土生土长的美国人，更青睐高档车。有的人会买一辆二手的宝马，而不愿用同样的价钱去买一辆崭新的本田或丰田，这样的选择，美国人一般会觉得难以理解。

有的美国人买车时也会想到买个爱国车，但这车是不是美国造的，倒也无关紧要，对自己或家庭是否合适比哪国造的重要得多。有一年我们换车，先生说这次可以考虑买个福特车，支持一把美国车。我也不反对。最后我们要在丰田佳美和福特金牛座之间作选择时，先生让我把两款车都试开了一下。我感觉佳美更顺手一些，也更顺眼，就问先生是不是非得买个美国车。他马上说，那就买佳美吧。还给自己找了个很好的理由。他说日本的丰田是在美国造的，美国的福特却是在墨西哥生产的。他还挺会偷换概念，照他这么理解，他最终买的也算是辆爱国车。

不少年轻的男士喜欢跑车，开着挺潇洒，自我感觉大概也不错。结婚后，特别是有了孩子后，就极少有人开两开门的跑车了。随着家里人口数的增长，汽车也跟着由小到大。有两个以上孩子的家庭，一般会有辆面包车，起码能装下七个人。无论是跑车还是面包车，像丰田本田之类的牌子，价位多半在两三万美元。人们在乎的是外形或大小，并不是档次。

中低档车跟高档车一样，在质量上是有保证的。车行把车卖出去后，也会对所有的车一视同仁，没有高低贵贱之分。

我来美国后买的第一辆车是二手车。那时候刚到美国，急于买个车学车考驾照。两个朋友，一个中国人，一个美国人，抽出周六的时间陪我去买车。我也不知道要买哪种车，其中一个朋友建议道，那我们就去中央大道，那里有很多车行，我们就一家家地往下走，总能挑到你满意的。

他们就带我去了中央大道。遇上的第一家车行是本田的。车行里新车旧车都有，对于我这样的新手来说，最适合我的应该是一辆半新半旧的二手车。我们在里面转了一圈，我觉得一辆墨绿色的车还不错。报价牌都放在车窗前，是九千美元。美国朋友带着我们试开了一下，他觉得还顺手，就让我试试。我刚开出来，就觉得这车对我来说太大了，更适合那个人高马大的美国朋友。两个朋友都说没关系，我们接着往下找。第二家是丰田的车行。我在那一眼看上了一辆紫红色的丰田花冠。是个三年的车，因为里程数高了些，只要七千多美元。不到两万美元就可以买下一辆最新款的全新花冠。车行已经重新喷了漆，里面也收拾得很干净，猛一看还以为是辆新车。两个朋友轮番上阵，还把车开到大马路上试了个够，评价都不错。我自己也试开了一段，开得很顺，感觉就更好了。

很高兴地买下了这辆车。还是用它完全学会了开车，很快就拿到了驾照，但没过多久发现了一个问题。我倒车的时候，有时会听到一个声

简单的快乐：生活篇

音，像是小鸟的叫声。因为这车是在车行买的，有三个月的保修期，我就把车开回车行，请他们帮我看看。接待我的维修员检查以后，说可能是后刹车的问题，给我换了个新的刹车。当时还没出三个月，连检查带换零件，都没问我要钱。修过之后，还真听不到鸟叫声了。过了一段时间，这"小鸟"又回来了。我只好又开回车行。这次换了一个修理员，他又给换了另外的一个部件。那会儿已过了保修期，本来让我交差不多二百美元，但他们发现这个问题在保修期内就出过，因为没修好我才回来的。他们就免掉了修车的费用。修过之后，过了一段时间，又会听到鸟鸣声。我慢慢地习惯了这个声音，就不去管它了。只是每次要开车出远门前，我的神经就紧张起来，只好再回车行，希望他们能把这小鸟给打发走。这样在三年的时间里，我大概回去了五六趟。每次的维修都是免费的。那只小鸟总是走了又回来，成了一个解不开的谜。好在车行的人向我保证开车上路没有问题，那几年车子也确实没出过问题。

我搬到千里之外的另外一个城市后，不可能再去那家车行。在新的地方车检时，还是能听到鸟鸣，但做检查的人说车子的各项性能都很好，车检都过了，我好像也就没有理由跟那只小鸟过不去了。

后来换了辆新车，要把这辆车处理掉。有的人会把旧车捐给需要它的地方。我先生用过的一辆小型卡车，就给了一家教会，他们可以用它装运东西。我也想把这辆车捐出去，但这种小车装不了太多的东西，没找到需要它的地方。有个还在读书的中国学生说她的车太老了，想要我这辆车，我就决定把车送给她。后来她又改了主意。我只好把车开到丰田车行。我的新车就是在那买的。都是丰田车，本来我买新车前可以在那处理掉这辆旧车，折出来的钱可以用来买那辆新车。但车行的人很好心地告诉我，我把顺序弄反了，先买了新车，再来处理旧车，我就不如先处理旧车拿到的钱多。他建议我去旁边的那家 CarMax，把车直接卖给他们，可以多赚些钱回来。

我听了他的建议，跑到那家 CarMax，告诉他们我想把车卖给他们，还告诉他们这车没出过别的问题，就是倒车时有时候会听到声音，像是鸟叫声。CarMax 的人说没关系，他们会检查整个车的状况。一个多小时后，那人回来了，说价钱已经估算出来，两千多美元，问我卖不卖，我当然说好了。又不放心地问了一句，你听到那个声音了吗？会不会对买这车的人不好？他说他听到了，不知道是什么原因，但车子的状况还是很好的，完全可以忽略那个声音。

那只小鸟在我这里成了永远的谜。这时候我想起了我买这辆车的那家丰田车行。每次我回去，他们都认真对待。既然这辆车没有大碍，我开车出门时它也从没给我惹过麻烦，而且那声音很小，也不刺耳，还不是每次倒车时都能听到，有些人大概根本就不去理它，是我怕车子在路上出状况，才这么神经过敏。本来车行的人几句话就可以打发了我，但他们对待这辆几千块钱的二手车总是尽力而为。顾客找了回来，他们就得想办法找出症结。免费给我换了一堆零件，也算是尽职尽责了。

一辆二手车都能有这样的待遇，买辆新车的话，质量应该更有保障了。如果只考虑汽车的安全系数，高档车和中低档车不该有那么大的差异。而汽车本来就是一种可以方便自己出行的交通工具，最先要考虑的，不就是车子的安全性能吗？

而且，廉价车不一定不带来快乐，豪车也不一定能避开麻烦。有个中国朋友讲过一个挺有意思的故事。他刚来美国时，是个穷学生，花一千多美元买了辆破车。前面的两个门还打不开，上车时要从后门进来，爬到驾驶座去。听他这么一描述，可以想象美国的大马路上能有多破的车。有次他开车超速，被警察拦了下来。警察让他下车，他就开始往后爬。警察不知道他想干嘛，差点要掏枪了。就是这么破的一辆车，却方便了很多人。车里常常坐满了人。还有没车的学生，出门买个菜，或出去游玩，都指望这辆车了。这辆车为大家贡献了很多的快乐时光。这个

简单的快乐：**生活篇**

朋友工作以后，开的车越来越好，终于换上了他想要的宝马630。他再也不带别人买菜了，怕弄脏了他的汽车。去上班时，他怕别人刮了他的车，总是把车停在离办公楼最远的地方，那里一般没车过去，可他自己得走上一大段路，倒是锻炼了身体。他开始时的自我感觉还挺好，但也没见哪个人因为这辆车对他另眼相待，他也就不再自讨没趣了。日子反倒更冷清了，他时不时地就会怀念起当年开着那辆大破车呼朋引友的热闹。

当然开什么样的车要看自己的喜好。若是自己特别喜欢，也有能力负担得起，买一辆高档车也无可厚非。

但最大的快乐不该来自于开了什么样的车，而是能拥有这种交通工具，可以开车出门，方便了许多，生活内容也丰富了许多，可以享受到这种便利带来的更多的快乐。

05 感动

都是些很普通的小事，似乎不足介意，很多人记住的，却是这些微不足道的小事。

给朋友玉玲打电话。她现在在上海。十年前，在美国生活过将近一年。我们在这里相识，成了很好的朋友。说起那段在美国的生活，玉玲问我，你还记得吗，有一次我们两个在雪地里互相照相，有一辆车从我们身边经过，又倒了回来，有个美国人下了车，问我们，要不要帮你们照张合影？

我当然记得。那一次玉玲和我的一些合影，都是那个陌生的美国人为我们拍的。

还有一次，玉玲接着说，我搭朋友小杨的车去买菜，车开在半路上不动了。小杨忘了给汽车加油，油箱全空了。后面的一辆车大概看出我们遇上了麻烦，也跟着停了下来。是一个年轻的小伙子。得知我们因为没油了开不了车，他马上打开自己的油箱，找了个矿泉水瓶子，装了汽油倒进小杨的油箱。

玉玲在那一年里，有过许多的经历，美国让她念念不忘的，就是这样的一些小事。

无独有偶，有一次去为一个朋友送行，他即将回中国。几个中国人坐在一起聊天，说到美国最让我们感动的地方，竟然也是一些小事。

简单的快乐：生活篇

　　凯说，他在波士顿读书时，开车从学校回公寓。进屋过了一会儿，才想起自己有可能忘了关一个车灯。跑回去一看，果然如此。他还发现汽车雨刷下压了一张字条。上面写着，我看到你的车灯没关，但不知道你住在哪里，无法通知你。如果你回来时汽车没电了，我可以用我的车拉动它。我就住在附近，地址是……

　　妍说，她家附近有一个很小的便利店。有天晚上她跟老公想买点零食，已经是快关门的时候才进了那家小店。两个人正在翻找，灯一下灭了，大概是店主准备关门回家了。妍赶紧嚷嚷里面还有人，店主重新开了灯。他们付钱时，店主说这些食物都免费送给他们。因为过意不去，刚才他们还在店里找东西时就关了灯。

　　辉说，他买了辆二手车后的第一个冬天，冰天雪地时开车上路，没有经验，车子打滑时没掌控好，连人带车翻到了路边。惊魂未定时，他最先听到的是一些刹车声和奔跑声。他还没从车里爬出来，有些人已经赶到了他的车边，急切地问他伤着没有。大家把他弄出了汽车，还有人为他打了报警电话。那是早晨上班的高峰期，这些跑来帮他的人，可能正在赶着上班。

　　我想到的也是几件小事。

　　有一次去美国的历史名城里士满看朋友。我们两个一起出去买东西，突然间下起了倾盆大雨。朋友把我放下，让我先在屋檐下躲雨，她去停车场停车。我的身后是个发廊，他们的屋檐挺宽，多少为我遮了风雨。这时从发廊里跑出一个金发碧眼的女士，看样子是这家发廊的主人。我心里有些忐忑，毕竟我不是来理发的，站在人家门口总不是个事儿。那女士却温和地对我说，雨太大了，你站在外面会淋湿的，快进来躲躲雨吧。我跟着她进了发廊。她让我坐在沙发上，等雨停了再走。然后就到里面忙她的事情去了。朋友在发廊里找到了我。当我们要离去时，我想对那位女士说声谢谢，却没有寻到她的踪影。

还有一次，是一个火辣辣的夏日，我陪朋友游览华盛顿。参观完华盛顿纪念碑、国会大厦、国家美术馆等地，我们已是焦渴难耐。虽然美国很多地方都设有喷泉式饮水器，可我们那时候特别想喝一杯加了很多冰块的冰水。大概跟我们有同样愿望的人不少，当我们走到一处卖食品饮料的地方，这里竟排起了在美国很少见的长队。我们沿着国家美术馆的长廊往前走，发现了一个正准备打烊的酒吧。前台还有一个清瘦的黑人小伙子，我们便问他这里有没有冰水。他礼貌地告诉我们这里不卖水，并且告诉我们旁边就有一个饮水器。朋友说，可那里面没有冰块。小伙子略一思忖，说，今天天气很热，你们等一下，我想办法给你们弄两杯冰水来。过了一会儿，小伙子给我们端来两杯加了很多冰块的冰水，并且不收我们的钱。一杯冰水下去，我顿觉神清气爽，很想感谢那个小伙子，可这次跟上次在发廊里的情况一样，又是不见了小伙子的踪影。

也许我们很多人在美国的生活是从这些小事开始的。记得我第一次坐公共汽车，到了车站，正寻思着该如何搭车，身旁的一个中年妇女主动问我，是不是要乘车？我点点头，还告诉她，我在美国从没坐过公共汽车。她马上说，没关系，我会教给你的。她果真教我该乘哪辆车，如何买票，如何拉铃叫停车。快到我想去的地方时，她告诉我做好下车的准备，并且仔细地告诉我下车后该怎样走，回去时在哪儿等车。车停下来时，开车的司机也帮忙指点着我。这种友善的氛围会给初来乍到的人们一种安全感。初来乍到的我，还分不清东南西北，却可以怡然自得地跑出去逛上半天。后来，在美国呆的时间长了，也就更多地遇到这一类看似普通的小事。很多时候，正在犹疑时，还没有开口求人，身边的人会主动问一句，你需要帮助吗？遇到小麻烦时，譬如有什么东西不会用，有什么事情搞不清，向人求助时，也总是能得到热情友好的帮助。

很多人告别美国时，或者离别美国后，依依惜别的，不能忘却的，也是这些小事。美国有高度发达的物质文明，但最触动我们的，却是这些发生在我们身边的普普通通的小事。

这些小事太普通，很多是举手之劳，有些人可能因为它们的普通而忽视了它们。可是如果你做了，又不是刻意虚假为之，你所做的可能会在另外一个人的心里激起一片涟漪，留下一份感动。如果大部分的人能做到这一点，也就自然而然地形成了平和包容与人为善的社会风尚。外来的人，也会入乡随俗于这样的风气和习惯。那些素不相识的人，用那些小事，改变了我体验人生对待他人的态度。后来，每一次遇上其他的人在那互相拍照，我都会主动问一句，要不要帮你们照张合影？别人遇上麻烦，或有疑问，我也会自然而然地走到他身边，问他是否需要帮助。哪怕只是为别人拉一下门，或者在别人多拿了东西上下车不方便时搭一把手。这些小小的善意和帮助，又让我体验到另外一种感动，和一种快乐。能为别人送去一缕阳光时，心里会有丰盈的满足。

06 天籁之音

小的时候，最令我心驰神往的事情就是每个周末去看露天电影。每次我都要提前去学校的大操场占位置，边吃着妈妈给我准备好的晚饭边兴奋地等待着电影开演。随着岁月的流逝，这样的情趣慢慢淡出了我和我们这一代人的生活。我们已习惯于坐在设备良好的电影院里欣赏大片，不用担心风雨的侵扰，但再也找不到那份在大自然的怀抱中欣赏艺术作品的惬意。没有想到来了美国后，我又找回了这样的机会。这里不仅可以看到露天电影，还可以欣赏到非常美妙的露天音乐会。

我还是第一次见到这样的音乐厅，一半在室内，一半在室外。室内部分跟我们常见的音乐厅一样，有前台有包厢有几十排座椅，并且分上下两层。不同的是这样的音乐厅没有大门没有后墙，后半部分是四敞大开的，一直延伸为露天的宽阔的绿草坪，观众可以坐在或躺在绿草坪上听音乐会。室内部分的票价一般是几十美元，室外部分只要十几美元，但很多观众选择室外的门票并不仅仅为了少花钱，更多的人是为了感受一下听露天音乐会的情趣。如果选择在室外听音乐会，一般应该提前一个小时左右到现场。一是为了占个好位置，这里跟看露天电影一样，没有座号，只管先来后到。提前到的更重要的原因是为了在看演出之前享受一次快乐轻松的野餐。一般人都会带着塑料布、毯子或折叠椅，还有各类的食品和饮料，边吃边聊边等着演出开始。如果不是有备而来，还

简单的快乐：**生活篇**

可以到四周所设的快餐店购买吃货。野餐的队伍颇为庞大，有祖孙三代倾巢出动的，有老夫老妻，有年轻的情侣，有两对夫妻或两对情侣凑在一起的，也有几个朋友搭帮而来的。不管是怎样的组合，都兴致很高其乐融融。如果野餐之后演出还没有开始，有些人会拿出书本来翻阅，还有凑在一起打牌的，也有年轻的情侣搂抱在一起卿卿我我，当然更多的人还是继续谈天说地，这又给很多家庭很多朋友提供了一个很好的互相交流的机会。

非常幸运的是，我第一次听露天音乐会就赶上了费城交响乐团的演出，而且著名华裔大提琴演奏家马友友也来了。演奏完美国国歌后，演出正式开始，全场立刻安静下来。精妙绝伦的音符从造诣颇深的艺术家们的指间流出，令现场的观众陶醉其中。著名指挥家 Charles Dutoit 充满魅力的指挥，不仅调动起演奏家们的激情，也深深感染着每一个观众。夜幕完全降临后，有的观众点燃了准备好的蜡烛，奔腾的音乐的海洋中，烛光与星光遥相辉映。室外的观众这时候还可以躺在毯子上，遥望着纯净高朗的星空，全身心地沉浸在音乐的氛围中。那一刻我忘记了时光的流逝，忘记了身在何处，忘记了生活中的悲欢离合，只知道张开怀抱拥抱每一个跳跃的音符，尽情放纵着自己的情感。

马友友是后半场出场的。这个天才的大提琴演奏家，用琴弦传递着最深沉的爱与感动，你会觉得他拨动的不是琴弦而是你心灵深处最柔软的地方。如诉如泣的琴声中，星空如此灿烂。全场观众的情绪都被他撩拨起来，曲尽其妙，荡气回肠。当他演奏完毕，全场观众起立报以长久热烈的掌声，他不得不一次次地谢幕，并且加演了一支曲子。看到马友友的演出令观众们如此的痴迷，作为一个中国人，我感动之外，也深感自豪。其实那天晚上有很多观众是为马友友而来的，观众反响热烈也在预料之中。只是在那之前，我从来没想过，第一次看马友友的演出，会用这样的一种欣赏方式。也许正是因为有了清风朗月的烘托，那次的演出才更加的让我难以忘怀。

　　这样的演出形式在美国颇为普遍，在温暖宜人的季节，总有不少机会欣赏到露天音乐会。除了乐器演奏，也有演唱会或舞蹈表演。在大部分地方是完全露天的，有一些小型的演出还是免费的。遇上独立日等节日，举办庆祝活动时，还可以免费欣赏到一些世界顶级水平的演出。

　　我还跟着女儿看过几场露天电影。都是在女儿去的幼儿园或学校，在操场上，老师家长孩子欢聚一堂。这样的场景总会把我带回自己的童年。也是这样的操场，也会看到高高架起的银幕，也在急切地等待着夜幕的降临，当那束光亮投向屏幕时，也会激起一阵欢快的回响。放什么电影好像并不特别重要，但一定得是露天的，才能焕发出这么多的童趣，才能这么的尽兴陶醉。很多国家，为那些美国大片预备了精良的影院，好像只能在最好的影院里，才能有最好的效果。而在美国本土，还有那么多的人，保留着这样的爱好，喜欢看露天电影，喜欢听露天音乐会。对场地的要求并不高，可以因陋就简，却不能少了电影或演出之外的欣喜雀跃。

　　这样的兴会总是让人流连忘返。广袤的空间无遮无拦，快乐的音符随风飘荡，萦绕于耳回荡心田的，是从天上传来的天籁之音。

07 校园里的 Party

美国是一个盛行开 Party 的国家，特别是在大学校园里，大大小小的 Party 一个接一个，好像校园里的日子都淹没在 Party 中了。

新学期开始的时候要开 Party；学期结束时要开 Party；过节或毕业典礼时更少不了 Party；同事或同学过生日，或者亲朋好友订婚、结婚、生小孩，都需要 Party 来助兴；欢迎新老师或新同学时要开 Party；教授退休或哪位老师离职或哪位同学转学，当然也需要 Party 来送行；演讲或学术报告结束时，也要用 Party 来画最后的句号……在美国要开 Party 的理由实在太多。如果你热衷于赶场，那么几乎每一天都能在校园里找到参加 Party 的机会。

美国大学里的 Party 并不奢侈，摆上来的都是些很普通的食品、饮料和甜点，而且一般的 Party 不会提供带酒精的饮料。美国是一个很重视沟通的国家，开 Party 的目的更多的是为了给大家提供一个交流的机会和场所，吃是次要的。边吃边聊，是为了让交流的气氛更轻松更随意一些。

如果是私人召集的 Party，Party 的倡导者多半只需要提供一个开 Party 的场所，一些一次性的餐具和简单的食品饮料。来参加 Party 的客人一般都会带一份食物或饮料来。有时候为了防止客人们带东西重复，主办者会事先按每个人的姓氏的头一个字母为大家分好类，再通过电子邮件通知大家。譬如有一次我去系主任家参加 Party，我被划为带沙拉的那一类客人中，其他同事有的要带主菜，有的要带甜点，有的要带饮料。因为不会"撞车"，所以每一类食品都会有充足的预备，都能让大家尽兴。下次再开 Party 时，种类会被调换。这种各出其力共同参与的 Party 在美国非常流行。这一类的 Party 一般会在主办人的家里举行。美国人大多住在独门独院的房子里，面积够大，为举行 Party 提供了方便。暖和的季节里，美国人很喜欢在室外开 Party，这时候肯定少不了烧烤类的食物。现烤现吃，热火朝天。

有时候美国人在开 Party 这件事上也会民主一把。开 Party 前，有的 Party 倡导人会事先征求大家的意见。记得读书时有一次系里的研究生会要开个 Party。为了决定开一个什么类型的 Party，大家在网上热情高涨地讨论了一番，终于定下去饭馆共进晚餐。那么去哪家饭馆呢？什么时间更合适？几十个同学又在网上畅所欲言，争执不下，最后不得不由研究生会主席来了个"民主集中制"，总算定下在某年某月某日在某家饭馆共进晚餐。偏偏天公不作美，那天下了那一年的头一场大雪，很多同学又临时决定不去了。一场轰轰烈烈的讨论，很不幸地以虎头蛇尾来收场。不过到了下一次开 Party，大部分同学好了伤疤忘了痛，又会为时间地点和类型之类的事情绞尽脑汁，争个不亦乐乎。

校园里各式各样的 Party 虽然有泛滥成灾之嫌，但如果认为美国的大学生活是在 Party 中度过的，那就大错特错了。实际上美国大学校园里的学习空气相当浓厚，加上每门功课都有没完没了的作业和考试，在美国正儿八经的大学读书是件挺辛苦的事情。不过大家还是喜欢开 Party，因为参加 Party 是一种很好的放松方式，而且参加 Party 并不完全是去消遣的。进大学有两个主要的目的，一是学习知识掌握专业技能；二是开始建立一个人际网络。一个只会读书而不知道怎么跟人打交道的学生会少了很多出路。而 Party 为人际网络的搭建提供了一个很好的平台，为人们提供了认识、交往和保持联系的机会。很多人告别校园生活后，会渐渐淡忘读书时的辛苦，但会永远记住校园 Party 的温馨和情谊。通过各类 Party 建立起来的人脉，也可以让很多学生受用一生。

08 笑口常开

长途飞行后,抵达美国。

入关的时候,前面那个人办完了手续,入境官员却没朝我招手,或者说声下一个,我就站在黄线后面等,等了差不多半分钟,他才想起叫我。

对不起,我刚才做了个白日梦。是个五十多岁的男士,接过我递来的证件,解释道。

没关系。我朝他一笑。

他接着问了我一个问题,我没听清,这些天很疲累,脑子里迷迷糊糊的。

我只好问他,你说什么?对不起,我还在做白日梦呢。

他咧嘴笑了笑,没再重复那个问题,把证件还给了我。

本来是件正儿八经的事情,两个人光顾上做白日梦了。

突然意识到,这是到了美国,严肃的场合,也可以这样开个玩笑。

到家以后,因为时差,没睡几个钟头就起了床。冰箱里已经被先生塞得满满的,却没找到我想吃的东西。开车先去了超市,挑好东西后去付款。收银员把所有的东西都放进我的购物车后,我正要刷卡,他把手挡在了嘴边,跟我说,我让后面那位先生帮你付钱,怎么样?

他并没有压低声音,后面那位男士当然听到了他说的话,马上很绅士地说，我很荣幸能为这位女士付账。

我笑着说了声谢谢，还是自己刷的卡，知道他们都是在开玩笑，调节下气氛。

把买好的东西放进汽车的后备箱，我又走到离超市不远的一家中国餐馆。刚从中国回来，只想吃中国口味的东西，先生做好的美国饭，引不起我的食欲，自己又挺累，懒得做饭，最好的办法就是去饭馆买两个菜。

走到饭馆门口，看见刚才在超市见到的那位要为我付钱的男士从另外一个方向走过来。

我热情地跟他打了招呼，说，这么巧，你也喜欢中国菜？

我是跟着你过来的，你去哪儿我就去哪儿。那位男士说。他明明是从另外一个方向过来的，刚才肯定没跟在我后面。

进了饭馆，我跟前台的领班安妮很熟，边点菜便跟她聊天。我跟她说，这次回中国时，飞机上大家聊起机票的价钱，结果我买的最贵。有个旅伴给了我一个网址，说是能够在那买到便宜一些的机票。我把网址给了安妮，她下次回中国时可以试试。

我们都是在说中文，那个美国男士应该听不懂，出于礼貌，我把刚才说的话又用英文跟他说了一遍。

他本来坐在旁边的椅子上，听我说完后站了起来，很正经八百地说，你不用担心机票的价钱，甭管多少钱，我都替你付了。

他还走到我跟前，握了下我的手，以示他的认真。安妮和我可不会把这句玩笑话当真，都是哈哈一笑，气氛很轻松。

吃过午饭，睡了个午觉，跟先生去女儿的学校开家长会。正好都是女老师，我给每位老师带了个从中国买的花布小钱包，略表心意。老师们收到这个中国风格的小礼物后都很高兴。先生在旁边问我，你去中国，怎么也没给我带份礼物？

我当然没忘给先生买礼物,早晨已经给了他,他只是开个玩笑。

我还没吭声,有位老师说,她从中国回来了,这不就是给你的最好的礼物吗?

我接上这个话头,附和道,是呀,我不就是给你的礼物吗?

紧接着我又加了一句,你收到这么大的礼物,都没表示出惊喜,你是不是不想让我回来呀?

几个人被这后一句话逗得前仰后合。

下午女儿放学后,我带她去离我们家不远的那个花园玩。一到了那儿,她就跟其他的孩子一起去疯玩了。我站在一边,不远处有个美国男人,我们互相打了个招呼,就凑到一起闲聊。他叫 Bryan,在联邦政府的一个部门工作。他们家就住在花园旁边的一栋房子里。我们以前没碰上过,Bryan 把他的太太叫了出来,介绍我们认识。他太太是个日本人,叫友穗。

孩子们玩得很高兴,我们三个大人聊得也很开心。聊到 Bryan 和友穗已经结婚多年,Bryan 说,明年我们要庆祝结婚二十周年。友穗还很甜蜜地看了眼 Bryan。

哇,我惊叹道,二十年?你们还这么年轻,这么说你们十多岁的时候就结婚了。

我这样说,是在恭维他们,不过他们看着确实很年轻。

友穗老老实实地交待道,我们结婚的时候也不小了,二十七、八岁吧?友穗把头转向自己的丈夫,像是在向他求证。

Bryan 可不想放过这个开玩笑的机会,他笑道,什么呀,我们遇上时确实才十多岁,我弄大了她的肚子,她爸拿枪逼着我跟她结婚。

友穗只笑不语,由着丈夫嘴上跑火车。可这火车不小心跑出了轨道。我们看了眼正在玩耍的他们的两个孩子,大的是个女孩,才七岁,跟 Bryan 说的故事在时间上有很大的出入。

我帮 Bryan 找了个台阶下，跟友穗说，人家怀孕是怀十个月，你这一下怀了十年。

友穗笑道，是呀，我好辛苦呀，怀了她十年，才好不容易把她生了下来。

Bryan 在旁边笑弯了腰。三个人继续跑火车，不亦乐乎。

吃晚饭时，我把刚才跟 Bryan 和友穗互相开的玩笑向先生复述了一遍，先生笑到喷饭，两个人又嘻嘻哈哈了一番。

回家还不到二十四个小时，已经乐了好多次。生活中就是有这么多的乐子，可以让我们笑口常开。

09 在阅读中成长

美国有三亿多人口，全国的图书馆有十二万多，差不多两千四百个人可以占有一个图书馆。不是每一个美国人都热爱阅读，但几乎没有一个土生土长的美国人从小到大没去过图书馆。

美国的很多政府部门的办公楼很普通，设施也有些陈旧。而遍布每一个社区的公立图书馆都有相当的规模。不是富丽堂皇的琼楼玉宇，却有百川归海的气势，内敛而丰厚。图书馆的占地面积都很大，很多图书馆不止一层，配有很大的免费停车场。内部结构一般是开放式的，宽敞、明亮、舒适。一排排的书架边，会留出足够大的空间，摆放沙发、桌椅，人们可以坐在那儿翻阅书籍杂志。还有一些隔开的独立的房间，如果几个人需要讨论什么，可以躲在里面，不影响别人。每个图书馆都配有一定数量的电脑，可以免费使用。各种图书浩如烟海，还不断有新的图书进来。有些是图书馆买的，也有很多是私人捐赠的。不少人把自己看过的书送给当地的图书馆，这样更多的人能有机会读到这些书。

借阅图书也十分方便。只要拿上两封邮寄到你家的写着你的名字和地址的信件，或者驾照之类的证件，证明你在这个社区居住，就可以去当地的图书馆申请一个借书证。在本县内这个借书证是通用的，可以去任何一家图书馆借书。每次可以借到几十本书，还可以借录影带和CD。借阅的期限一般是三个星期，逾期未还要交纳一定的罚款。只要没出这个县，你可以在这个图书馆借书，到另外一家还书，甚至可以半夜来还。每个图书馆都有一个专用的小窗口，非办公开放时间，可以把要还的书倒进那个窗口。如果你想借的某本书被别人借走了，你可以去服务台或在网上登记一下，这本书一回来，图书馆会马上通知你。借书还书都非常的简单容易，为想看书的人们提供了最便捷的服务。

除了图书馆，书店也是个阅读的好地方。越来越多的人喜欢去网上购书，但还是有不少的人留恋这种传统的购书方式，去书店细挑慢拣。书店并不仅仅是个卖书的地方。美国的书店一般很大，精心营造出一个很放松的阅读环境。很多书店里还有一个咖啡屋，也有很多的沙发桌椅。你坐在那看上一天的书，也没人来打扰你，更不会赶你走。当然很多人进了书店，还是想买些自己喜欢的书。其实相对于个人收入，美国的图书并不算贵，有很多书只要几块钱。书店里也卖各种礼品，因为环境幽静闲适，有些人也会约到这里碰面，书店似乎是个综合性的场所。也许这是书店更吸引人的地方。很多人愿意走进去，停一下，没准儿就会遇上一本自己想买的书。书店毕竟以书为本，各种图书铺天盖地，进去了，就很容易被某本书留住了脚步。

我们的女儿是在图书馆和书店泡大的。可以给孩子报各种兴趣班，也有花样繁多的游乐场，但图书馆和书店是很多孩子隔一段就要去一趟的地方。所有的公立图书馆和大部分的书店都会为孩子们设一个专场。这些地方都被布置得情趣盎然。从墙上的装饰和贴画，到大的布局和小的摆设，宛若童话中的世界。还有随处可见的等待着孩子们去翻看的各种精美的绘本和图书，都吸引着孩子们一次次地再回到这里。

公立图书馆每年会组织各种活动。针对成年人的，可以请作家或其他领域的专家来办讲座。为孩子们搞的活动，会按年龄段细致地划分，这些活动都可以免费参加。女儿从几个月大的时候就开始参加图书馆的活动。对这么小的孩子，图书馆人员会带他们唱歌，做游戏，内容丰富多彩。但每次活动都有一个共同的内容，就是大家坐下来，一起读一本书。开始时是大人为孩子们朗读，随着年龄的增长，朗朗读书的，就换成了这些孩子。读的书，也从最简单的绘本，到了有丰富内容的图书。

图书馆和书店也很注意引导孩子们的阅读。每个季节，或每个节日来临之前，都会在一个显眼的地方，摆上跟这个季节或节日有关的书籍。书店和图书馆里的部分装饰和摆设，也会随着不同季节和节日而变化。图书馆还会有很多主题活动。那么多的图书，并不是一盘散沙地堆砌在那儿。配合某个主题分门别类后，可以帮助小读者们更系统地通过图书去了解世界的某个层面。

因为有这么好的阅读环境，再加上从小的培养和引导，阅读就成了很多美国人的一种习惯，也是陪伴一生和受益一生的爱好。

地铁、火车、飞机上，常常可以看到埋头阅读的人们。很多人接受了iPad等新型的图书阅读器，还是有不少的人更喜欢阅读纸书。出门旅行或公干时，背包里多半会放上一、两本书。有很多的口袋书，大小厚度都便于旅行时携带和阅读。去海边休假时，一定能看到在海浪声和嬉笑声中安静地读书的人。搬到一个新的地方，要尽快去光顾周遭的那几个图书馆和书店。亲朋好友聚会时，不定什么时候会聊到某本书。读到一本好书的人，会把这本书推荐给自己的家人朋友。而给亲朋好友准备礼物时，书籍永远是一个很好的选择。还有各种各样的读书小组。几个家庭主妇就可以凑成一组，选定一本书后一起去读，再聚到一起共同分享。

我们一家三口各有各的爱好，唯一共同的爱好，也是阅读。每次去图书馆都得拎个大包，每个人借上十本左右的书，满载而归。女儿七、八个月的时候就对阅读表现出了兴趣，常拿上本幼儿绘本，边翻看边咿呀个不停，好像还真看懂了。亲朋好友和我们没少给她买书，也没少带她去图书馆借书。上学以后，还常从学校的图书馆借几本书回来。老师每周给他们发个表格，每读完一本新书，要把书名和日期写在上面。读

简单的快乐：生活篇

到特别喜欢的书，可以在课堂上跟同学们分享。老师也很注意引导孩子更好地消化阅读。读过的书，要能复述出来。老师还会问一些跟这本书有关的问题，除了回答问题，还得有简单的引申和见解。这是六、七岁的孩子就能做到的，对年龄大些的孩子，就有更高的要求了。放暑假前，老师会为孩子们准备一个长长的阅读书目，起码有几十本。学校还有网上书库，老师也会定期给学生发新书书目，可以购买。我粗略地算过一次，女儿每周读到的新书平均有六、七本，这样每年至少能有三百本书的阅读量，不包括重复阅读。当然每个孩子的阅读量有大有小。

幸运的是，女儿对阅读的兴趣一直延续下来，也在书籍中学到了很多的东西。有次她读到一本《诚实的弗兰克》，开始知道大实话有时候会伤害到别人。小孩子常常童言无忌，生活中总会碰到这种尴尬的时候。既不说假话，又避免说出那句大实话，做父母的要教孩子做到这点是件挺不容易的事情。好在有这样的绘本，生动的内容，配上形象的图画，可以很好地点拨孩子，让他们意识到并且要学会这种说话的技巧。很多大小道理，女儿都是在阅读中学到的。有这么好的范本，大人再在旁边诱导一下，小孩子的心智，就这么一点一点地成熟起来。

女儿在阅读中成长，先生和我也离不开书籍的滋养。我们刚认识的时候，我正准备读一本书，叫《标杆人生》（The Purpose Driven Life）。我买书的时候，这本书在美国已卖出了两千万本。这本书最好是两个人一起读，有个读书小组也可以。先生，那时候男朋友都还不算，买来了同样的书，要做我的阅读伙伴。这本书共有四十个章节，我们一周读一章。先各自在家里读好，周末见面时，再在一起读一遍。我们开始读这本书的时候，刚刚开始约会。每周见面时，会有不同的活动安排，但有一件事是一成不变的。我们一定会安排时间，两个人都坐下来，一起读书和分享。在二十一世纪的美国，我们竟然是以这种方式谈的恋爱。书中提出了一些很有分量的问题，我们一起思考一起解答这些问题时，对对方也就有了完整和深入的了解。靠着这本书的引导，我们还在一起，把我们的过去梳理了出来，也让我们知道我们对未来有哪些共同的期待。我们用四十周读完了这本书，这四十周里，我们也从相识到相恋到决定共度此生。应该说这本书和共同的阅读，为我们的婚姻打下了坚实的基础。

结婚以后，先生和我还保持着这样的习惯。有时候会挑一本书一起读，有时候各读各的。他喜欢历史、地理、军事方面的书，我喜欢文学类的书。除了英文的，也可以在这里读到很好的中文图书。公立图书馆有不同语言的书，这个社区有多少母语是某种语言的居民，图书馆就得配备相应数量的这种语言的图书，以供这些人用母语阅读。

这是我们家的幸福时光，三个人，人手一本自己喜欢的书，坐在家里，快乐地阅读，安静地享受沉实的幸福。

喜欢阅读的人或家庭在美国数不胜数，因为太普通太正常，还没有人去估算全美国到底有多少人或家庭喜欢读书。

但是有很多人想知道美国源源不断的创造力来自何处，我想有一部分肯定来自于阅读。旺盛的生命力和创新能力，一定要根植于丰沃的精神土壤。一个不喜欢阅读，不能安静下来的民族，或国家，不可能有丰厚的生命，和经久不衰的文化魅力。

深深地感恩于那些书籍和文字，在我们孤寂时陪伴着我们；在我们沮丧时给了我们希望；在我们浮躁的时候，让我们安静下来；在我们自以为是时，又提醒着我们，我们是这么的渺小，这个世界还有太多我们不知道的东西。

简单的一本书，却可以带给我们深层次和持久的愉悦，并且有可能，改变我们的生命。

在我们离开了学校，在我们的身体早已定形甚至已经开始衰老以后，我们还可以在阅读中继续成长，不断地完善自己。那些书籍可以让我们的生命枝繁叶茂，并且青春永在。

10 开心一课

我在纽约州立大学奥尔巴尼分校读书时,既当学生又当老师,着实感受了一把美国大学课堂里的轻松随意。

我当时在传播系读研究生。我在中国读的是中文系,虽然在媒体待过几年,但家底较薄。给自己弄出一个这么大的挑战,学校还没上课,我已经惊慌失措了。拿到教授让我们读的文章,我更是找不着北了。那么多的东西要读,还有很多枯燥的理论,我读得云里雾里,跟读天书一般。前几次进教室都是胆战心惊。几堂课下来,倒是轻松了许多。不是我进步神速,不懂的还是不懂,大堆的堡垒还是挡在前面,只是轻松的课堂气氛让我渐渐找到了感觉。

美国教授很少有在课堂板着脸的,一句玩笑都不开的老师也是凤毛麟角。很多教授的形体语言颇丰富,讲得来劲时常常手舞足蹈,坐在讲台上讲课的老师也大有人在。有位胖胖的教授喜欢坐在讲台上东摇西晃,有一天那张讲台终于架不住这般折腾,哗啦一下散了架。幸亏这位教授身体肥硕但动作还算敏捷,在讲台彻底散架前及时跳了下来,没有闹出更大的笑话。还有一位教授进门时总是把两只皮鞋往门口一甩,然后跳上讲台,他的两只可爱的大脚丫就翘在第一排课桌上,上他的课时没有学生敢坐在前两排。教授和学生之间在课堂上互相开玩笑也是家常便饭。美国好像也有妻管严,有一次老师的讲课内容引发几个女学生询问男教授在家是如何表现的,几句玩笑话让教授羞红了脸,但他还是红着脸招了供。

美国的大学里还有很多的讨论课,这时候最好活跃一些。先不管说得怎么样,至少态度要积极一些,这样更容易进入状态,也更容易被大家接受。第一次遇上让我当"头",带领大家学习一篇论文,开场时,我说这篇论文很艰涩,希望我的解读不要把大家搞得更糊涂。老师同学都被这句话逗笑了,我自己也放松下来。中间我也不时地插科打诨一下,还真带动了气氛,起到了事半功倍的作用。

读书时我还在学校的东亚系兼职教中文课,这对我来说又是一件赶鸭子上架的事情。我学的不是对外汉语教学,又从未正儿八经地站过讲台,要教的第一门课又是初级中文课,对我来说教高年级的中文相对容易一些,所以第一堂课我这个老师要比学生紧张得多,但那帮可爱的学生很快让我进入了角色。很多时候我都觉得我不是在给学生上课,而是在跟一帮朋友聊天。学生可以跟老师开玩笑。我第一次给学生考试,刚进教室就有学生举起手很认真地告诉我,他听说我取消了当天的考试。学生也可以当众赞美老师,有次我剪短了头发,马上就有几个学生夸我留这个发型如何好看,平时我在课堂上为活跃气氛使出的一些小把戏,更是让学生赞不绝口。当然学生也可以跟老师抬杠,记得有一次我让他们在黑板上写汉字,有个学生写字时不是从左往右,从上往下写,而是从右往左,从下往上,我纠正了一遍,他却"抗议"道,你写出来的字不是跟我写的一个模样吗?最热闹的是跟学生一起做文字游戏,美国学生的无拘无束和想象力丰富的表演才能常常让我笑破了肚皮。我不认为学生的随意是对老师的不尊重,反倒觉得他们的无拘无束帮助我找到一种最松弛也是最佳的教学状态。学生们显然也更喜欢那些能跟他们"玩"到一起的老师。

美国大学的课堂气氛虽然很热闹,但它们也有很严格的一面。对大

简单的快乐：生活篇

学生来说，除了期中和期末考试，平常的小考跟走马灯似的接连不断，家庭作业也颇为壮观。对文科学生来说，既要阅读大量的书籍，又要写大量的论文。对理科生来说，要做的实验多如牛毛。美国的很多大学课堂还有上课点名的习惯，如果哪个学生旷课或迟到超过了规定的次数，他在期末时将无法得到这门课的成绩。大多数教授在给学生打分时也是铁面无私，有的教授平时嘻嘻哈哈，关键时刻绝不手软，被学生戏称为"披着羊皮的狼"。在如此这般的攻势下，大多数学生的学习态度还是颇认真的。更确切地说，美国的大学课堂是外松内紧，只是大家喜欢忙里偷闲，在最紧张最忙碌的时候也不放过任何"开心一刻（课）"。该念的书总得念，该考的试总得考，为什么不让自己更开心一些呢？

图书在版编目(CIP)数据

简单的快乐/章珺著. —上海:复旦大学出版社,2014.8
ISBN 978-7-309-10864-4

Ⅰ.简… Ⅱ.章… Ⅲ.散文集-中国-当代 Ⅳ.I267

中国版本图书馆 CIP 数据核字(2014)第 164729 号

简单的快乐
章　珺　著
责任编辑/李又顺　郑越文

复旦大学出版社有限公司出版发行
上海市国权路 579 号　邮编:200433
网址:fupnet@fudanpress.com　http://www.fudanpress.com
门市零售:86-21-65642857　团体订购:86-21-65118853
外埠邮购:86-21-65109143
常熟市华顺印刷有限公司

开本 787×1092　1/16　印张 15.5　字数 189 千
2014 年 8 月第 1 版第 1 次印刷

ISBN 978-7-309-10864-4/I·857
定价:32.00 元

如有印装质量问题,请向复旦大学出版社有限公司发行部调换。
版权所有　侵权必究